# 通往幸福的漫漫长路

## A Long Walk To Happiness 上

一个"灰姑娘"的真实故事

中国·上海

朱玲 著

世纪出版集团 上海人民出版社

# 献给我生命中最重要的人

——我最亲爱的先生Darryl Washington

感谢你给予我的无尽的爱
永不间断的信任和支持

# 目　录

*001*　**引　子**

## 第一部
## 我的前半生：中国上海

*003*　**第一章**
　　　故事的开始（1963 年 5 月）

*017*　**第二章**
　　　童年的最初记忆（1954 年—1958 年）

*032*　**第三章**
　　　上海——苏州河旁的家（1958 年—1962 年）

*045*　**第四章**
　　　我又有了一个新妈妈
　　　上海徐汇区天平路的新家（1962 年—1971 年）

*053* **第五章**
书籍是我的启蒙老师
天平路第一小学（1962 年—1967 年）

*058* **第六章**
文化大革命的开始
我们在上海的生活（1966 年—1971 年）

*075* **第七章**
我 15 岁生日的那天（1969 年 4 月 16 日）

*085* **第八章**
我的生身父母（1918 年—1954 年）

*096* **第九章**
我的初恋　学工学农运动
世界上最好的妈妈（1970 年—1971 年）

*115* **第十章**
上山下乡运动——初到启东文工团
（1968 年—1971 年底）

*133* **第十一章**
我在启东文工团开初几年的演艺生活
（1971 年 11 月—1973 年底）

*146* **第十二章**

站在命运的十字路口

——我在启东文工团的最后几年（1974 年—1976 年）

*166* **第十三章**

我又回到了上海

全国性的大规模知青回城运动（1976 年—1978 年）

*174* **第十四章**

万事皆有可能——生活和事业的新起点

我与生父的见面（1976 年 9 月—1978 年 8 月）

*184* **第十五章**

我的语音老师邱岳峰（1976 年 9 月—1978 年 8 月）

*197* **第十六章**

福州军区话剧团（1978 年—1980 年）

*214* **第十七章**

往事如烟——邱岳峰老师的突然逝世（1980 年 3 月 30 日）

*225* **第十八章**

上海作家协会《萌芽》编辑部

激情之路（1981 年—1987 年）

238　**第十九章**
刻骨铭心的爱，但他不属于我（1982 年春）

265　**第二十章**
秋天，我们从此天各一方（1982 年 9 月）

308　**第二十一章**
我的婚姻　本不应开始的无归路（1982 年初冬）

321　**第二十二章**
婚后的生活
我的儿子出生了，但是……（1983 年 10 月 23 日）

341　**第二十三章**
婚后的四年……
儿子、学习、渐渐消失的爱（1983 年—1987 年）

354　**第二十四章**
一个女人无尽的探寻梦
我将离开中国，前往澳大利亚……（1987 年 9 月）

# 引　子

# 澳大利亚墨尔本 Red Hill

## （2014 年）

昨晚刚下过小雨。

清晨，纯净的空气中夹杂着乡村田园那独有的青草味。刚打开门，迎面扑来的是一片无边无际的草绿色，从我脚下的那片草地起步，环绕镶嵌在天蓝色的游泳池边缘。越过蜜蜂嗡鸣的低矮的百花丛，顺着草坡往下一路延伸，再掠过野鸭成群的水塘，爬上另一个小小的山坡，终于，这片 16 公顷的绿色直接与远处的国家森林公园连接到了一起。

那片令人心醉的绿色在海天的交界处戛然终止了，取而代之的是一望无际的淡蓝色天空和闪烁着银白色浪花的海水，一直延伸到远处的地平线边。隐隐约约中，我可以看见墨尔本市中心那座最高的 Eureka 建筑，顶部那金属的板块在阳光中时隐时现，就好像一座浮在天边的海市蜃楼。

这是我们在 Red Hill 的乡村农庄，坐落在澳大利亚维多利亚省最美丽的 Mornington Peninsula 半岛地区，是一个可以远离城市嘈杂，完全置身于大自然怀抱之中的世外桃源。

我为自己倒上一杯咖啡，拉过一把白色的椅子，独自坐在山坡上的草坪前。初升的太阳温暖而又柔和地掠过我黑色的长发，微风轻轻地吹拂着身边几百年历史的大树的枝叶，发出沙沙的响声。

这是一天中我最喜欢的一个时间段。

远处，蓝色的菲利普海湾构成了一个美丽的弧度，白帆点点，海天一片，形成了一幅最壮观、美好的图景。

近边，十几只袋鼠正在吃草，其中的几位袋鼠妈妈懒懒地依附在花园角下的台阶上，腹中的口袋里，一只只小袋鼠正好奇地探出头来，试图看看这个新鲜的世界。袋鼠们总是在每天的清晨或傍晚来到我们的草坪上，也许是动物的本能告知它们，这片净土的主人是非常愿意和它们以及大自然中所有的生物万灵共享这片乐园。

一群蓝红白色相嵌的美丽的小鸟，正坦然地在树下的小吊盆里慢慢地啄食。

今天早上，我刚拉开窗帘，一只小鸟便开始在我们的窗前不停地叫唤着，发出它独有的悦耳叫声，就好像是一个顽皮的孩子在吹着口哨。见我没有及时出来，于是开始用自己的身体和双翅撞击着窗子的玻璃，试图引起我的注意。哦，我知道它们饿了，赶快跑出去往食盆里给它们添食。

这是澳洲的一种特殊的野生小鸟，当地人都管它们叫 Rosella，我不知道它们和中国的鹦鹉是否同属一个种系，聪慧灵活的眼睛和美丽的歌喉使我对它们倍加宠爱。平时它们都是在草坪树丛中自行

　　这是我们乡村家门前的景色，每天清晨或傍晚，我都喜欢
独自静静地坐在这里，眺望着远处千变万化的海和无边无际的
蓝色，每一天和每一个时段，眼前的景色都是完全不相同的，
这是我的世外桃源。

在乡村家的前花园里，永远是那样浓郁的葱绿。有着上百年的苍天大树，也有着每天来寻食的小鸟，它们是我这与世隔绝的乡村生活中不可缺少的伙伴。

在我们隔壁牧场上好奇观望我们的黑牛。

我的无花果树，每年都会结下几百颗美味的果实。

　　这是我们乡村家的门厅，墙上的油画是我们这一带草场上秋天的真实写照。

　　乡村的住所对我们来说，是一片宁静的乐土和一个温暖的家。这是我们的厨房和起居室，墙上是我们从世界各地选来的部分油画。每天，我都喜欢在厨房里忙碌，为我先生准备简单但美味合口的午餐。

我在乡村家的办公室一角，在这里，我回顾和记录了我走过的人生道路。

这是我们的小书房，墙上的照片记录着我们全家的故事。

我们的花园里盛开的鲜花，每天来寻食的小鸟，有这样美丽的大树和鲜花，任何语言的描述都是多余的，可惜我不是专业的摄影师，无法记录下更美好的一切。

　　我与我先生经常出席各种酒会和正式宴会。这是我们早期
的一个留影。一晃已经二十多年过去了，青春早已不再，但笑
容依存，爱情永在。

觅食，但只要到了周末，一看见我们的窗帘开了，便知我们又回到了乡村的家中，于是，常常在门前的栏杆上列成一排长队，耐心等待着我给它们带来一顿丰富的美餐。

一阵熟悉的汽车引擎声轻轻地从前面花园的车道上传来，不用回头，我便知是我先生开的那辆深蓝色的宾利车。今早他到当地Bakery（面包房）那里去买刚烘烤出的面包和新鲜的牛奶，顺便带回当天的报纸。

我笑着迎出门去，从他手中接过面包。"哇，你买这么多啊？我们俩几天也吃不完啊。"看着两大摞正散发着诱人香气的脆香面包，不禁惊奇地笑道。

"今天上午 Toby 和 Cherry 他们要来我家打网球，多准备一些，中途小歇的话可以就着咖啡吃一些。我已经在附近的 Winery（葡萄酒庄园）订好了午餐，但那是下午一点钟，我怕打球时运动量太大会饿，所以多买些。"我先生对我解释说。

这就是我先生，永远是这样的细微入至，周全安排。

走进宽大的厨房，将手中的面包放到白色的天然大理石桌上，为我先生递上一碗新鲜的蓝莓、草莓再加当地酸奶的早餐。已是到了这个年龄段的人了，健康养生的良好饮食习惯，似乎已成了每天的一种自然行为。

我拿起喝了一半的咖啡，穿过长长的过道，两边的墙上挂满了我们喜爱的油画，那是我先生和我在每一年的旅行中，从世界的各个角落和画廊里带回的油画。这些画也许并不在收藏家的名单之列，也绝不价值千金，但却是我们共同的喜好，至少，挂在我们这个乡村农庄里是如此天衣无缝般和谐，成了我们这个美好温馨的家中一个重要组成部分。

经过我先生的书房，走到我办公室的写字台前坐下，打开了电脑。

转头望去，我书房右侧的一排长长的落地窗外，天边的白云和蓝色的大海，与窗外盛开的鲜花一起，构成了一幅大自然赠予的最美好的图景。

在我写字台的一角上，放着我和我先生刚认识时的照片。呵，我先生曾是那样的年轻，一双聪慧而又深邃的蔚蓝色大眼睛正凝视着前方，浓密的褐色头发和一脸络腮胡子，就像是一个智慧的学者。他将双臂环绕在我的肩头，在他胸前的我，黑色的长发像瀑布一样直直地泄下，原本在国内还算是挺高的 164cm 的个子，在他那 192cm 高大身躯的护卫下，竟然变得如此娇小，我的脸上洋溢着安全和满足的笑容。

真的，一晃已经 22 年过去了，虽然他的鬓角逐渐开始变灰，满腮的大胡子已经白得像个圣诞老人。而我，虽然脸上还没有刻下岁月的皱纹，长发依旧油黑，但鬓角的白发也已无法遮掩住我的年龄。但是，老了又怎样呢？我依然是个幸福的女人！

我的先生叫 Darryl，我给他起了个中文名字叫垈诺。他是个纯英国血统的澳洲人，从 1832 年他的曾祖父被遣送到澳洲的坦斯马尼亚岛到现在，他们已经在澳洲这块土地上延续了五代。据他哥哥对家族史的考证和追寻，他们得知 Washington（华盛顿）祖先到达澳洲之前，是生活在英国一个名叫 "North Emberland" 的地区，而这也同时是美国第一任总统华盛顿的家族在英国的原籍，所以，他们这个来自同样地区，有着同样家族姓氏的后代，非常有可能有着直接的血缘链接。

　　而我，来自中国的上海，从 1987 年到达墨尔本开始，已经在澳洲生活了 27 年了。在一起，我们共同创出了一份成功的事业，培养出了一个优秀的儿子，组建起了城里和乡村两个美好又温暖的家。

　　所有我们的澳洲朋友都不能想象，如果 Darryl 的身边没有 Julia（我的英文名字），或是 Julia 的生活中没有 Darryl。因为在大家的心中，Darryl 就是 Julia，Julia 也永远离不开 Darryl。我们是一个整体，一个全方位的组合，是一对令人羡慕的和谐的恩爱夫妻。我感谢上帝赐给我这样的好丈夫！

　　宽大屏幕的无线苹果电脑，是与我们在市区的办公室电脑群联网的，即便我是在乡村的家里，也依然能看到我的 Inbox 里有一百多条新的邮件还没有阅读。从昨天下午我离开办公室到现在，才仅仅过了一个晚上，就有这么多的邮件需要处理。不过，我不想让自己去烦心这些生意上的事情，因为现在有儿子在办公室主管一切了，我应该习惯于开始退至二线。再说，现在是星期六的早晨，再重要的公事也是可以等到周一早晨上班后再处理的。

　　门口传来了汽车声，欢笑声，问候声。那是 Toby 和他的妻子 Cherry 到了。他们是我先生的老朋友了，现在正在准备去我们家的网球场和我先生大战一场。

　　我不会打网球，暂时他们也不会顾得上我。于是，我慢慢走到房中的沙发上坐下。迎面的整片墙上，贴满了我们全家的照片。每一组照片都是一段历史，一串故事。

　　左面墙角落里的那组照片，在述说着我前半生在中国的故事。那张已发黄的照片上，一个有着忧郁的黑黑大眼睛的小女孩，正在无声地看着我。还有另一张照片上，那个头戴军帽的女文艺兵，脸上充满了自豪和憧憬……

我重又坐回到我的电脑前，打开我私人的文件夹，在那里，找出了久没时间过问的书稿，那是我在过去的几年中，利用仅有的点滴空余时间写下的。那是一段仅属于我的故事，一段传奇、曲折、悲哀，但却充满了意外的结局的故事。

在澳洲的几十年里，在我与我先生一起参加的酒会席间，或是他周围的亲朋好友中，我经常会被问到许多相似的话题——

"你怎么会到澳洲来的？为什么？"

"你在中国的前半生是怎样度过的？"

"你和 Darryl 是怎么认识的？你们这样恩爱幸福的秘诀在哪里？"

"你们是怎样在生意上取得这样的成功的？"

每次我稍稍告诉他们一些我经历的点滴，听者在最终总会感慨地说："哇，这是一段多么令人难以置信的经历啊，你应该将此写下来，我一定会是你的第一个读者！"

说这样话的人多了，我也渐渐萌生了写下来的欲望。但是因为工作太忙，只能是挤牙膏般的断断续续。

人的记忆真是上帝的恩赐。我平时从不记日记，但是，我生命中经历的所有主要片段，都被清清楚楚地印刻在我的脑海深处，就好像那里有一个标记分明的档案库，每一个年代，每一段历史，每一场悲欢离合，每一个我生命中的重大事件，都被严密规范地封存在记忆的一个个抽屉里。在我开始回顾自己过去几十年的生活时，这些记忆便会将那个特定的抽屉打开，重新展示出新鲜生动的画面，于是，所有那时的场景和当事人的音容笑貌，便又重新清晰和真实地映现在我的眼前。

我只是一个普通的女人。我在中国的前半生，与我亲爱的祖国所经历的成长和磨难可以说是一个平行的历程。如同千千万万的同龄人，我的故事，只是其中的一个故事，但我相信应该是一个特殊的、只属于我的故事。

我在澳洲的后半生，以及继续要往前走的路，也是一段非常曲折但又充满了激情和传奇的故事。

到目前为止，我还一直不知道，这些关于我的故事写下来以后会怎么样？或是我该怎么办？因为我既不需钱财，也不需名利，更没有人逼迫我。我写，只是因为自己内心的需求。

我曾想，有一天，我们都会离开这个世界。所有为之梦想和奋斗了终身的金钱、物业，甚至引以为傲的功名和事业都会随之而消失，你无法带走世间的任何一丝财富到另一个世界去。但是，我们可以给我们的子孙和后代留下些什么？对我来说，希望可以留下一段属于我的故事。

我希望让我的后代知道，为什么我是一个中国人，却有着一个完全英国人的姓？而且这个姓会子子孙孙地传下去。

我从哪里来？又往哪里去？

我希望在将来，当我的后代想要了解他们的祖籍和前辈家史的时候，我和我远在中国的亲人们的名字，不会仅是一个代表符号、一组没有生命的文字。我要留下这段生活史，这段与我的祖国和家乡的历史紧紧联结在一起的故事，到那时，他们会看到，我们都是这样一群活生生的、有血有肉的人，我们有着与他们一样的喜怒哀乐，有着那个时代特殊的故事。

当然，如果有一天，真的有出版社愿意实现我的愿望，更有读者愿意和我一起重温那个逝去的年代，愿意与我一起分享今天的安宁和幸福，我将会非常感激！

呵，我想得太远了，我不禁甩了甩头，硬将游离的思绪拽回到现实中来。于是，我重又打开三年前写下的那一页，那个几十年来我记忆中不断出现的画面跃然纸上，我的思绪又开始重新回到上海，回到1963年在徐汇区天平路上的那一个场景……

故事总是要从头说起……

# 第一部

# 我的前半生：中国上海

# 第一章

# 故事的开始

（1963 年 5 月）

　　在过去的几十年里，不知有多少次，只要我一闭上眼睛，就会看见那个瘦瘦小小的女孩，在上海徐汇区的天平路上飞奔着。两条粗黑的长辫子随着她急促的喘息声前后不停地晃动着。她的肩上斜挎着一个沉重的蓝色帆布书包，细长的小腿奋力地往前迈着，晶莹的汗珠不断地从她苍白无血色的脸上滚下来，盖住了她浓浓的黑色大眼睛。

　　下午的放学铃声才刚响过 5 分钟，她就已经冲出校门几百米远了。周围的同学们正慢慢悠悠地收拾着书包，互相笑闹着，说着这种年龄的女孩感到最有意义的神秘的悄悄话，结伴到校园里去跳绳、跳橡皮筋或者踢毽子。但是她似乎从来就不属于这其中的任何一个圈子，她总是这样的孤僻、不合群和形迹匆匆，时间的每一分钟对她来说都是这样的宝贵，她必须尽快地赶回家去。

其实在今天，这已是她第四次在这条路上飞奔了。

今天早上7点多钟，她从家往学校跑，边跑边狼吞虎咽地往嘴里塞着变硬的冷馒头。坐在课堂上，她的胃里一个劲儿地翻着酸水，唯一的希望就是能有一杯热水，来暖一暖痉挛的胃，但上课的铃声已经响了。

中午的休息时间是1个半小时，她要从学校所在的靠近淮海西路天平路的这一头，飞奔15分钟，赶去靠近衡山路的天平路那一头，到阿婆家去接妹妹。

"你终于来啦，她都快饿坏了！"临时寄托和照看妹妹的阿婆正站在弄堂口等她，边说边立刻将用小棉被裹得严严实实的婴儿递到她的怀里。

"千万要抱好了，真是作孽啊，让这么小的女孩来接送，怎么会抱得动呢。可惜我老了，实在没法帮你。"阿婆叹息着，用同情的眼光目送着她。而她还没顾得上喘上一口气，便又朝着来时的方向往回走去。

她的妹妹才两个月大，却已沉重不堪（她生下来的时候就已有7斤8两，正以超常的速度，每天急增着重量）。

5月的上海已是明媚的春天，但气候仍然是变化无常的。抱着这样一个沉重的婴儿，她已无法飞奔，来时跑步才用了15分钟的路程，走回去却要用一倍多的时间。

穿过广元路，经过天平路第二小学，再经过那些市委领导住的站满警卫的康平路，前面已经快到学校了。

她的手臂因重压而变得麻木不堪，腰酸得似乎快要断裂一般。"坚持一下！再坚持一下！"她咬着牙不断地鼓励着自己。

经过学校操场的外围篱笆墙往右一拐，就可以看见新妈妈工作的天平路公共里弄食堂了。她刚刚踏上台阶，终于支撑不住一屁股坐了下来，麻木的小手却紧紧地揪住婴儿的棉被，生怕自己一松手孩子会掉下来。

"你干吗像个叫花子这样坐在大门口啊，让人看到了像什么样子？"新妈妈急冲冲地从里面赶出来，压低嗓音对着她厉声责怪道。

"先把妹妹给我喂奶，你去吃饭，20分钟以后再来抱妹妹回阿婆家。注意上课不要迟到了。"

她垂下眼帘对着新妈妈微微点点头，吃力地转动着被压得红肿酸痛的手臂走进食堂；幸好新妈妈是在食堂工作，所以每天这一顿中饭是可以吃饱的。

这是1963年5月中的一天，这个女孩便是我，那时刚刚满9岁，在天平路第一小学上两年级。以上所述的只是我在那一年里每天生活内容的一个小小的重复片断和场景。

下午放学后，我终于气喘吁吁地跑到了家，一放下书包就立刻开始每天的例行家务。我必须要在新妈妈下午四点半下班回家之前，将所有她指定的家务活做完。

整幢房子空空荡荡的，寂静无声。尽管家里有这么多的事等着我去完成，但是在一天中，这是一段唯一属于我的安静时刻。

我急急地铺好二楼亭子间里妈妈凌乱的大床，将妹妹换下的尿布浸泡到水盆的肥皂水里，等我扫完前楼、后房间、亭子间以及从三楼转角直至一楼底部的楼梯以后，便会再回来将这些尿布洗掉。

楼梯是木质的，每个台阶中间的那段，因为不断的踩踏和年久失修，已经深深地陷了进去，并泛出了疲惫而又苍白的原木色。只

*那*是九岁时的我，刚搬到天平路茅馆的新妈妈家，开始了苦难的灰姑娘生活。照片上里面穿着的那件红色黑边的毛衣，是我四岁时第二个母亲妈妈李为我买的毛线大衣，到九岁时依然是我唯一的一件御寒毛衣。外面是新妈妈穿下来的棉袄罩衣，那是我儿时最好的外套了。

有在靠墙边缘的那一段中，才能依稀找到当年初造时的华丽红木漆色，墙上宽宽的板壁，不断地顺着楼梯向上延伸着。

我从楼梯口的角落里拿起了芦花扫帚，准备将一楼至三楼的楼梯都扫干净，这是新妈妈为我规定的每天例行工作。又细又长的扫帚把柄是竹子做的，上半段已经破损露出了很多的裂口，这是新妈妈用来体罚我的武器，每一次她对我稍有不顺眼，就会用这把扫帚柄朝我全身上下猛打一通，但她从来是不打我表面的，所以只有掀起我的衣服来，才能看到大腿上一道青、一道紫的伤痕。

我在扫楼梯的时候总会习惯性地往楼上看一下。

通向三楼的小门上了一把锁，住在三层楼上的徐家妈妈一定又去看病了。她是那样一个善良的老妈妈，但似乎总是受着疾病的折磨，她的先生对她关爱备至，听说他是个电信局的工程师。他们有两个儿子和一个女儿，新妈妈让我叫他们大哥哥和大姐姐，他们每天从楼梯上上下下总是礼貌地一笑，但却从来没有正视过我，也许因为我是这样的瘦小和卑微，根本不值得任何人的注意吧。

这是一栋三层楼的花园洋房，可以看得出当初房子的原设计布局是供一家人独住的，但是现在一栋楼里住了三户人家，每一家占了一个楼面。一楼底层的这个大房间，过去设计时应该只是用来做客厅的，但是现在，则是一个餐厅加睡床的房间。前楼的大门外是一个独用的小花园，花园中间长着一棵巨大挺立的夹竹桃树，错综交叉的颀长树枝不仅横霸了大部分的花园，同时又探身墙外直冲蓝天。部分叉枝更是好奇地探身到二楼我家前楼的窗户里来，每逢粉红色的夹竹桃花盛开的季节，整栋楼都会溢满了浓郁的花香。

住在一楼的程家阿姨和叔叔总是要到晚上七点以后才回家。程家叔叔是从来不同我打招呼的，对我每天将他家的门口和楼梯扫得干干净净的劳作，似乎视而不见。程家阿姨可就和善多了，他们和我家在一楼合用一个厨房，程家阿姨每次做饭的时候，只要新妈妈不在边上，她总会舀一勺菜悄悄地催着我赶紧吃掉，免得被新妈妈看见找麻烦。他们的女儿洁明和我的年龄相差没几岁，但却从来没有看到她父母让她干一点家务。当然啦，她是程家父母的心肝宝贝和爷爷奶奶的长孙女。

"这栋房子是属于我们家的，这条弄堂里的所有房子都是我爷爷造的，你们不应该住在这里。"洁明经常这样说。

所以每个周末，当她的爷爷——那个瘦瘦高高、留着细细山羊胡子的老头来她家的时候，我总会禁不住好奇地多看他几眼。但是那时年龄还太小，实在无法搞得清这个关于房子的故事，又不敢去问新妈妈，所以对我来说，最重要的便是先要将这些家务活干完。

从一楼到二楼共要扫 11 格楼梯，往左一拐便是小小的亭子间和带有大浴缸的浴室。听说原先设计亭子间是专供佣人住的，但是现在这二楼的亭子间便是新妈妈和新生妹妹的房间。在这个仅七个半平方米的小亭子间里，那张双人大床占据了几乎所有空间，只有在靠窗的一面的角落里，才可以勉强挤下一张小方桌和两把椅子。每次吃饭的时候，我总要吃力地将桌子移到床边上，这样以床当凳才可以坐下我们一家人。

往右再登上四节楼梯，才会进入我们的前楼。在上海的这种特殊花园洋房的建筑设计中，都总是将二层楼中的前面的一间大房间作为整幢房子中最好的一间房子，上海的俗语统称"前楼"。但我当时一直不明白，为什么妈妈从来不愿意自己住在前楼，却让我独自睡在这个硕大无比、且又神秘可怕的房间里。

通向前楼的狭长走廊左侧，放着一排红木的书橱，每一个书橱的玻璃门后都挂着米色的乔其纱门帘。一排排厚重的、印着外文字的书籍，整齐而又神秘地隐身在书橱里。这些书很显然不属于新妈妈，我虽然仅有九年的生活经验，但也已经知道，能够读得懂这些书的人一定不会是个像新妈妈这样的人。

前楼有近三十个平方米大小，朝南向阳处是八扇齐腰的长窗。靠右窗边的角落里是一张精致的红木梳妆台，椭圆扇形的钢化玻璃顶端，用红木雕刻出拱状的龙凤戏珠的精细图案。靠窗左侧的是白色大理石桌面的洗面台，也同样有着精雕细琢花纹的红木底座，三面扇形的钢化镜子与对面的梳妆台遥遥相对。

去年刚刚开始进入这间房间的时候，我最不愿意面对的就是这两面镜子，镜中那个瘦小、苍白但有着一双黑色大眼睛的女孩，总是这样无助和忧郁地凝视着我，可谁又能去帮助她呢？

房间的中央放着一张红木的圆桌，同样精致的龙凤戏珠的雕刻构成了美丽的桌沿，六张鹅蛋形的红木凳子隐身在圆桌的中心柱下。在我的记忆中，惟有在吃年夜饭或者有客人来时，大家才会在这张圆桌上吃饭。

靠近门口的右墙边是两个巨大的红木大橱，顶端拱形的精细雕刻与房间里所有的家具一样，显然是出自同一设计师之手。

我每天必行的工作之一便是要将前楼所有的红木家具擦得干干净净。用一块柔软的棉布穿过每一格雕花小洞，使它们上面不留任何尘迹，新妈妈下班后是一定会来做例行检查的。

这个房间和这些家具除了需要我每天清理干净以外，似乎与我没有任何关系，因为新妈妈是不准我将任何东西放进这些橱的抽屉里的。

这个房间中唯一与我有联系的，是那张紧靠在两个巨大的褐色皮箱边上的一张双人大床，床上的席梦思因为年代长久已变得高低不平。从去年我和爸爸搬到这个家里来住以后，新妈妈便让我独自一人睡在这张床上。每天晚上，断裂的席梦思钢丝会从硬冷的棉毯垫下钻出来，刺在我骨瘦如柴的脊背上，疼痛不已。于是我便尽量睡在靠左的一边，整晚不敢翻身，时间一长，那席梦思的边缘已经被睡得塌成了一个深坑。

不知有多少个晚上，我会在半夜因害怕或刺疼而惊醒。台灯微弱的光影下，贴着淡绿色丝绸纸的墙壁显出斑斑驳驳的阴影，奇异怪状地变成了一个个张着大嘴的魔鬼，我害怕得赶紧闭上眼睛，脑子里却无法赶走那些令人恐怖的联想……

在这些寒冷而又孤独的黑夜中，我总是渴望爸爸能够走进房间，像在我小时候那样，坐到床边为我讲故事。可自从我们搬进这个新家以后，爸爸便搬到亭子间和新妈妈一起睡了。而我，只能将自己的头深深地埋到爸爸的旧枕头里，含着眼泪在爸爸熟悉的气味中渐渐睡去。

在整间房间里我最喜欢的，也许要算那张紧靠着左墙的镶着三面钢化镜子的藤床了。爸爸说，这是一张原本设计用来吸鸦片的床，床头上有一个高高的镶嵌在床架上的藤枕。自从大妹妹出生以后，爸爸有时候也会偶尔睡在这张藤床上。每天傍晚，我总是用热水把汗迹和岁月磨成红褐色的藤榔擦得干干净净，让它变得更精细光滑，即便是炎热的夏夜，睡在上面也是清凉滑爽的。

呀！光顾着走神，差一点就忘了时间了！堆在浴盆里的一大堆妹妹换下的尿布和脏衣服还没洗，却已经快下午四点了。浴缸很深，水盆又很重，我将一块窄窄的木搓板斜架在浴缸里奋力地揉擦着。

5月上海的水还是很冷的，浴缸里虽然有热水龙头的装置，但是却从未见到有热水出来过。因为每天洗衣、洗尿布，冰冷的自来水直刺进我的骨头，冻住了我的血管，手上隆起了一个一个的红色冻疮，奇痒不止，从年前便开始发黑灌脓，时不时流出发黄的浓水。但是衣服和尿布是不能不洗的，一双伤残的小手每天一次又一次地受着冷水的刺激，已变得麻木僵硬。手背上的十个指骨处，因为浮肿而深陷进去。我每次在学校见到同学和老师，都会尽力将这双又红又肿、丑陋不堪的小手藏起来。

我刚刚将尿布晾完，正想坐到小板凳上去喘上一口气，便听到了新妈妈那特有的"沙沙"沉重脚步声，从宁静的弄堂转角处传来。我惊恐地跳了起来，紧张地扫了一眼上下楼梯处，看是否还有遗漏的没扫干净的角落，因为新妈妈的眼睛像探照灯一样，任何一个微小的细节都不会逃过她的眼睛。

"你又站在那里没事干啦？你这个死鬼！"新妈妈刚踏上楼梯，就劈头盖脸地朝我吼道。我战战兢兢地缩在墙角边，垂着眼睛不敢出声。尽管从早上到现在还没有停下过一分钟，却还是不能躲过她的谩骂声。

"你炉子到现在还没生好，开水也没去泡，晚饭吃什么？我每天累死累活就是为了养你这个拖油瓶的吗？"

不管我做得怎样多，她似乎总能挑出毛病来。我刚刚张开嘴想要辩解一下，却更加激怒了她。

"你还敢顶嘴，真是没了王法了！我养条狗还会朝我摇摇尾巴点点头，养头猪还可以杀了吃，要养你这个不中用的野种干什么？赶快从我面前滚开去，省得我一看到你就烦心！"

我用细小的胳膊挡住雨点般落下来的扫把，硬是吞下委屈的眼泪，急急地直逃楼下。我实在不要再听到这些刻毒的语言，它们使我感到自己是这样的卑贱，这样的微不足道和这样的讨人嫌。其实我一直在拼命努力，希望自己能够将每件事情都尽量地做得好，尽可能讨她的喜欢，但是我现在已经清楚地意识到，无论做怎样的努力，都难以改变她对我的鄙夷和仇恨。

我从厨房里费劲地将煤球炉拎到门外的空地上，在炉底放上一些旧报纸，熟练地点上火柴，轻轻地在上面覆盖上一些劈得碎小的木材，等火焰稍稍旺盛和稳定一些的时候，再将那个有着蜂窝状的煤球胎放到火焰上面，然后抓起一把破扇子对着炉膛口使劲扇啊扇啊，终于，红红的火焰开始串入煤饼的蜂窝孔里，以我的判断，再用不了几分钟，这炉子就生成了。

我有点得意地欣赏着自己的成绩，因为没有人会相信，还在一个多月前，我连火柴该怎么划都不会，更不要说独自一人仅用十分钟就可以顺利地将炉子生着了。

第一次生炉子的情景是我终生难忘的。记得那是一个多月之前的一天下午，新妈妈刚从医院生完妹妹回到家。中国人有坐月子的习惯，生完孩子后一个月不能下地，不能碰冷水，更不能干一点体力活，通常都有佣人伺候月子，再穷的人家也会找个帮工。

虽然我爸爸那时是个知识分子，在一家大的电信公司里当会计师。但那个年代不管你做什么工作，工资都是一样的，每天早出晚归，一个月的收入才65元人民币，所以伺候月子的任务便自然地落到了我的身上，尽管我那时才八岁多。

新妈妈坐在床上，一边给妹妹喂奶一边告诉我生炉子的程序，我小心翼翼地听着，唯恐遗漏了什么。但是当我在楼下将炉子清理干净后才突然意识到，自打生下来之后还从来没有划过火柴，更没见过打火机。我拿着火柴盒依次看着隔壁的楼房，希望能找到一个大人来帮助，但也许是下午，人们还没下班回来，弄堂里家家户户都是大门紧闭。我们这个有着高高围墙的弄堂里，邻里之间是很少来往的。

不会划火柴，当然无法生炉子，我只能怯生生地返回楼上，新妈妈勃然大怒，大声数落道：

"你这个白吃饭的笨蛋，连个火柴都不会点？"她坐在床上，一边骂，一边随手划着一根火柴，点燃了一张报纸塞到我手里，我接过燃烧的报纸，飞一般冲下楼去。

也许是因为跑下楼时速度太快，步急生风，风中的火焰像一条火龙一样迅速地向上冲来，很快就吞蚀掉了剩余的报纸，滚烫的热浪直扑手臂，我再也无法握住这熊熊燃烧的火种，不得不在还没抵达煤炉前就忍痛甩掉了它们，看着燃烧的报纸在地上一转眼化成了一片灰烬。看看依然冰冷毫无生气的煤炉，我实在不敢再次回到楼上去重复刚才的一幕。

这时我已经意识到，除了自己帮助自己，别无选择。于是我硬着头皮，壮足了胆，努力回忆着刚才在楼上新妈妈点火的动作，用颤抖的小手紧捏火柴，一次又一次试划着。火柴盒边上那条深褐色的磷脂已经被磨成白灰色，地上落满了断裂的火柴……

正当我几乎绝望时，突然，一朵美丽的小火花在摩擦的瞬间出现在指尖，我简直不敢相信自己的眼睛，立刻抓起废报纸如获至宝似的接住这朵火花并塞进煤炉，终于，温暖的火花高兴得跳跃着，舞蹈着从煤饼的空洞中穿越出来，我的努力成功了！！

尽管在一年以后，我们这个弄堂的所有人家都装上了煤气，但是童年的这一天和这一幕却永远深深地刻入了我的记忆中。也许就是因为儿时的这些磨难和无助的痛苦经历，才奠定了我的性格——自强不息，永不放弃，依靠自己的努力去追求人生的目标。

现在我又回到了九岁那年 5 月的那个下午。做完所有例行的家务，生完炉子后，我立刻又从浴室前的墙角下拿起两个热水瓶和一个水壶赶去老虎灶泡水。

20 世纪 60 年代的上海，没有人家是有热水器的。烧一壶水的时间太长，用煤又多，所以家里的热水都是由我到老虎灶那里去泡来的，一分钱泡一瓶水。

离家最近的老虎灶在广元路上，来回也要半个小时的路程。我们家有四个竹壳的热水瓶，为了节约时间，我总是右手提一个铜锦（可以灌两个热水瓶的水），左手提两个竹壳热水瓶，小跑步到老虎灶前排队。我还清楚地记得那位管老虎灶的叔叔每次见我来，总会操着浓厚的苏北口音大喊："嗨，大家请让一让，这位小朋友先上来泡吧。"然后他会从灶后走上前来，从我手里接过热水瓶和铜锦放到热气腾腾的热水龙头前，一直到水满盖好瓶塞后再将水瓶递给我。

"小姑娘，你可要拿紧了啊，掉下来可不得了！哪有父母这样狠心的，让这样小的孩子提着么重的热水，烫坏了可是一辈子的事啊！"

排队来泡水的人们，从来没有因叔叔让我排到前面有过任何的怨言，我可以看到他们流露出的同情和关切的眼神。

热水瓶的竹壳已经因长年使用松散发脆发黄，每过几天都会有几根小竹片因为承受不住重负而断裂。细小的竹刺常常刺痛我麻木的小手。每走一步，竹壳的热水瓶都会发出吱呀吱呀的呻吟声。最让我害怕的是那把陈旧的铜锦壶，底部早已用铅片换了一个难看但还算是坚实的壶底，但是壶上两端扣住壶把手的搭钩却已经开始松动，我每天都会害怕其中一端的搭扣会断裂。

终于，就在那天下午，我预感和害怕的事发生了。

在泡完水回家的路上，水壶的一端突然脱落，我的身体一下失去了平衡，手一松，右手的两个热水瓶也同时掉到了地上，只听到砰的一声巨响，水瓶被砸得粉碎，滚烫的水夹着银色的瓶胆碎片撒满了我的全身和双腿。顷刻之间，我的双脚和小腿被烫得血红血红的，犹如万针刺心，疼得坐在路边大哭起来。

幸好出事的地点已经离家不远，有邻居认出了我，立刻跑回家去叫来了新妈妈。她一见此状，面无表情，拉起我就往家里跑，一进门不由分说，三下两下地把我的衣服剥了个精光，从厨房拿起一瓶酱油咕噜咕噜地往我腿上倒，一边倒一边骂："你这个不中用的死丫头，连这点小事都做不来，你把我的水壶和水瓶都打坏了，拿什么来赔我啊？你这个赔钱货，败家精，只懂得吃闲饭。"

她没有带我去医院。只记得当天晚上我的小腿上起了一大片水泡，剧痛难忍，根本不能碰任何布片，独自一人蜷缩在前楼那张大床上哭泣。就在这时，我突然听到了爸爸上楼的脚步声，赶紧闭上了眼睛装睡。

爸爸因为工作忙，每天老是有加不完的班，回到家里总是已经晚上七点以后了。每次看见他那深度的近视眼镜后面，那双熬得充满血丝的眼睛，以及那个瘦弱而又疲惫的身体，我总是将所有的委屈和苦痛咽到肚里。因为我知道，如果我向爸爸告新妈妈的状，肯定会爆发一场家庭内战。而到第二天，最终受到更大伤害的人一定又会是我，因为新妈妈是一定会将怨气出到我头上的。而爸爸即便再爱我，也无法在家二十四小时的保护我！

我可以感觉出爸爸俯身到我的脸前，亲吻了一下我的前额。突然，他用手擦了一下我脸上湿润润的泪水，不安地问道："我的宝贝小玲玲，你为什么在哭？为什么这么早就上床睡觉了，也不等我回来吃饭？赶快告诉爸爸，到底出了什么事？"

我知道纸里再也包不住火，而且腿上的伤实在是疼痛难忍，于是我一边抽咽着，一边掀开了被子，于是，那双被酱油染成红褐色的布满水泡的小腿展现在爸爸的面前，我也终于忍不住哇地一声大哭起来。

后面的那场战争是我早已可以预料到的，爸爸和新妈妈大吵了一架，亭子间的地板上撒满了破碎的碗碟残片，那是新妈妈在吃饭时向爸爸示威砸去的。我听不见他们具体在吵什么，只是用厚厚的被子将我的头和耳朵全部盖没，这样我就可以使自己进入另一个想象的世界，完全忘却身处的悲惨境地。

也许是酱油的土方发挥了作用，我的烫伤竟然慢慢痊愈了。感谢上帝，赋予我这幼小衰弱的躯体如此顽强的生命力。

　　幼年时的我一直不知道新妈妈为什么这样恨我，这样折磨我，但是有一点我却是很清楚地记得的，在我和爸爸搬到天平路来之前，也就是爸爸和新妈妈结婚之前，我过的是完全不一样的另一种生活。

# 第二章

# 童年的最初记忆

## （1954 年—1958 年）

人最初的记忆应该是从几岁开始的呢？我不知道是否有科学家确切地考证过，但我最初的记忆却是从背篓里开始的……

雾蒙蒙的天下着淅沥的小雨，山路是那样的崎岖不平，无边无际望不到头。

远处隐隐传来汽笛尖厉的鸣叫声，一个男人的肩上背着一个竹制的背篓，独自沿着山路迎着汽笛声走去。蒙蒙的细雨打湿了他的眼镜，背篓的肩绳紧紧地勒进了他单薄的肩膀，可以看出他并不擅长背这样的竹篓，也早已精疲力尽，但他还是奋力往前赶着。而我，透过这竹条的缝隙往外看着这个世界，弱小的身体，蜷曲着紧贴在背篓边，随着他沉重的呼吸在背篓里不停地晃动着。

这是一个早年无数次出现在我记忆中的场景，如同梦境，迷离在真幻之间。一直到我 17 岁那一年，爸爸才对我证实了这并不是一个梦境，而是发生在我生活中的真实一幕。那个在山路上吃力行走的男人是我的爸爸，而那个在背篓里的孩子便是才三岁多的我，正是这一天，我多灾多难的命运又开始了一个全新的转折。

那是1958年1月初，一个寒冷而又阴雨连绵的早晨，爸爸正背着我在江西九江的一个大山里，冒着细雨奔往山下的轮船码头，希望能够赶上今天唯一的那一班到上海的船。

几天之前，他突然收到了一封来自江西省南昌大学农学院的公函信，发函的时间是1958年1月3日。信中写道：

> 你妻子李华在我校工作已有一年多了，在这个时期以来，你爱人在校各方面的表现是极坏的，说了很多对领导和国家不利的话，虽经学校屡次教育，但仍不改，这是国法所不允许的。为了改造其本人，以教育群众，现经学校研究决定，上级批准，决定送去劳动教养，希你接信后立刻前来我校把你的小孩朱玲接回上海。

当时在上海工作的爸爸接到这封来自江西的信后，度过了好几个不眠之夜。他一直犹豫着，无法对自己究竟是否应该去江西接我做出最后的决定。到底怎么办？他考虑再三，终于在心里做了一个决定，独自一人踏上了去江西的漫漫长途。

他是在今天早上到了九江的学校后，才知他的妻子已经在两天前被押送去了江西边缘的劳改农场。而学校将她的孩子，也就是三岁的我，临时寄放在庐山茶民的家里等待他来领走，于是他还没来得及喘上一口气，便又心急火燎地往山里赶去。

江西的庐山是以其壮丽秀美的风光和人文历史而闻名天下的。

他一直记得，他的妻子前年也正是被此吸引，才不顾一切带着两岁的孩子，离开上海来投奔这个位于庐山附近的大学。谁知才来了一年多，她竟锒铛入狱，留下他来独自面对一大堆疑问和一个三岁女孩的命运。

此时，尽管他正身处于这雄奇秀丽、千姿百态的群山峻岭之间，却丝毫也无心去欣赏风景。他唯一的希望，就是赶紧先见一下这个与他没有任何血缘关系的孩子，然后他会去向学校的领导告知他考虑再三后做出的决定——不带这个孩子回上海，而是交给他妻子，由她带到身边去抚养。

茶民的村庄坐落在半山腰间的一个小峡谷里，只有稀稀落落几栋破旧的房子。通过山民的指点，他找到了孩子被临时寄放的人家。还没进门，就看见一个奇瘦的小女孩，正瞪着一双黑色的大眼睛，独自一人坐在小板凳上对着门口眺望，一看到他进门，立刻憋住呼吸急切紧张地看着他，他禁不住朝着这个女孩伸出了双手，小女孩摇摇晃晃地站起身来，哭着投向他的怀抱。

"爸爸，带我回家，带我回家吧，爸爸！"女孩紧紧地拽住他的衣服，并把小脸埋在他的肩头上。

在今天之前，这个三岁女孩的脑海中还没有过任何关于爸爸的记忆，暂时收留她的茶女从今早起就一直在说爸爸会来接她回家，他的出现使女孩立刻感到这就是爸爸。而女孩口中吐出的凄楚而亲切的"爸爸"这两个字，也使他怦然心颤。他成了她唯一的希望！难道是上帝让她这幼小的心灵感应到这次会面的重要性吗？

爸爸替她拭擦着脸上不断滚下的眼泪，透过那破旧肮脏的衣服，可以看见女孩的身上覆盖着红色的肿块，不知是过敏还是蚊蝇的叮咬，或者是没人给她洗澡。再加上她自己不断地抓挠，肿块上开始流出了发亮的脓水。虽然他是第一次抱住这个全然陌生的孩子，但是听着孩子无助的哀哭，他的心里突然浮起一股父爱和责任心，这是一种对他来说非常陌生的感情，但这种感情却是如此地强烈冲击着他的心灵。

"不要哭，不要哭，爸爸一定带你回家去。"他一面轻轻地拍着孩子的背，一面安慰着她。

也许在这一刻，他们两人都没有意识到这一句短短的承诺，却改变了孩子的整个命运。而这两个原本全然没有任何血缘关系的人，从今以后便会将彼此的命运紧紧连结在一起了……

当然你们早已知道，以上描述的那个可怜的女孩便是三岁时的我。残留在我记忆中的那段情景是那样的破碎不全和飘忽不定，所以我只能让爸爸的回忆来替我完成这段故事。

那天晚上爸爸在山里留宿。在山寨小屋的微弱油灯下，他和李的同事"茶女"，谈了许久许久。

他这才开始了解到，这位临时收留我的茶女是他的妻子李的同事和好友，她们在同一个大学工作。李教的是英语，茶女教的是园林学。两人都是二十五六岁，酷爱文学和艺术，又钟爱大自然。李从上海来，在江西举目无亲，但却有着说不完的故事和让人啧叹的奇异经历。而茶民的女儿土生土长，从没离开过江西，对外面的世界充满了好奇和向往，于是她们两人成了形影不离的好朋友。

因为学校提供的宿舍很小，所以每隔几个星期，她总会邀请李带上孩子，到她这深隐在庐山中的家里过周末。李将孩子交给茶女的母亲照顾，两人几乎游遍了庐山的名胜古迹。

这样美好的时光延续了有一年多，直到几个月之前的一天，李的命运突然发生了 180 度的大转弯，她的生活也从自由美好的顶端一下跌落到被禁锢的悲哀底层。

那是 1957 年 4 月，中共中央发出了关于整风运动的指示，决定在全党进行一次"以正确处理人民内部矛盾为主题，以官僚主义、宗派主义和主观主义为内容的整风运动"。但是这个运动的范围很快就扩展到了党外。

在当年的江西省农学院里，有很大一批和李一样响应了党的号召，从城市来到山区的热血青年。他们都非常单纯，善良而且不谙世事。当运动刚开始的时候，学校的领导鼓励大家给领导提意见，说这样可以帮助学校的领导更好地看到问题的所在，提高社会主义觉悟并改正错误。于是大家都在会议上坦率地谈出了自己对学校或者某一领导的看法及意见，李也是其中的一员。

李当时在学校是个非常活跃和引人注目的年轻教师，她像一朵盛开的鲜花那样美丽，充满了自信，每次文艺晚会上总少不了她悦耳的歌喉。每当她甩着两条齐腰的长辫，穿着一身白色的衣裤从校园里走过时，总会引起许多人的回头注目。再加上她这样独身一人带着一个年幼的孩子，于是关于她的来历和故事的传说，便一直在私底下悄悄流传着。

她当然知道自己的美丽和魅力，也懂得有许多人对她情有独钟的，但她除了对茶女这个好朋友无话不说外，对属于自己过去的生活一直是闭口不谈，也不做任何解释。这就更使她在人们的眼里增添了许多神秘的色彩。

不过在参加学校的活动中，尤其是与艺术或演讲有关的场合，

这是我童年时留下的唯一一张照片。照片上的是我的第二个母亲,我的养母——妈妈李与我的养父——爸爸。那年我才满十一个月,刚刚被他们领养,从妈妈李充满幸福的笑容中,她是万万不会想到,由于她的选择,从此改变了我的人生道路,重重的苦难和波折伴随着我的童年和少年。

她却很少错过。除了悦耳的歌喉以外,她还能说一口流利的普通话和广东话,很快,她便开始被邀请到学校的广播站去担任播音员,大家都说,每次听她的播音都好像在听一首美丽的歌曲。

她的文章写得很好,于是在广播站里,关于整风运动的文章几乎都是由她最后定稿、播出的。与她搭档播音的是姓张的同事,因为他个子特高,大家都叫他"长脚张"。除了播音以外,长脚还是个出色的篮球队员，又是学校优秀的年轻党员。李从张平时注视她的眼神里早已能感觉出他对自己的钟情，但却一直刻意回避着。

李对茶女说，虽然她和远在上海的丈夫的关系，现在已经紧张和跌落到了最低的程度，但是自己毕竟还是个有夫之妇，她不想因此而被人说闲话。尽管在她的心里，对张也同样充满了好感。

那段时间里，因为全国越来越深入的整风运动，学校的气氛也开始紧张起来。领导不断地要求广播站报道运动的进程，李和长脚张常常要为了准备播音稿做很多的采访和前期工作，经常一起加班到深夜。

李已经越来越没有空余时间照顾年幼的孩子，于是，她只能拜托茶女的妈妈暂时代为照看。刚开始的时候，她还每个周末到山里将孩子接回城里与她一起度过周末。但是渐渐的，一连好几个周末都没有再见她上山的踪影。

茶女不知道究竟发生了什么事，心里颇为不安。那天早上，学校广播的喇叭里突然传出的是两个全然陌生的声音，李和长脚张的播音位置被别人替代了。茶女急忙跑到播音室去找李，却被告知李已经被隔离审查了。在以后的几个月里，李成为了学校反右运动中的一个主要被批斗对象，在广播里和小组的批斗会中，列举了很多关于她不为人所知的罪行：

"出身资产阶级家庭，是个来自海外的阔小姐。"

"在社会主义的国家和大学里，仍然保持西方社会的恶习，喜欢出风头，道德作风败坏。"

"恶意收集资料攻击学校领导，用资产阶级的美人计诱惑共产党员，拉他下水。"

几天以后，茶女好不容易说通了负责关押李的领导部门，让她得以有机会见李一面，因为李年幼的孩子还在山上茶女的父母家。现在李已经成了阶下之囚，所有的工资收入已被停止，这个孩子的生活和未来去向便成为了茶女希望解决的首要任务。

学校靠边缘的一排旧教室，被临时用来关押那些被划为极右分子的阶级敌人。在一扇扇紧闭的铁窗后，茶女发现了许多旧日同事的熟悉的脸庞。她胆战心惊地垂下眼睛，不敢正对这些悲哀目光的凝视。

李被单独关押在最远一头的小房间里，茶女记得那曾是一个杂物的储藏室。现在透过窗户，可以看见里面临时用几张破课桌搭成了一个小床，除了地上有个用来洗漱的破脸盆和一个小箱子以外，便什么也没有了。

李一听到茶女的声音便立刻扑到窗前，紧紧地握住了茶女的手。她的眼睛，由于泪水多日的浸泡，早已失去了昔日的光彩。一张焦黄的脸又憔悴又苍老，仿佛老了十岁。要不是自己亲眼看到，茶女是绝对不敢相信，一个活生生的人可以在这样短短的时间里便被整个改变了。可以看出，李的精神是被彻底摧垮了。

"谢谢你来看我，"李刚一开口，一串串的眼泪又止不住哗哗滚落下来。"玲玲怎么样？我对不起你们，给你妈妈添麻烦了。"李的声音里流露出真切的歉意。

"都到这种时候了，你就不要再说这种客气话了。"茶女打断李的话头直率地说，"关键的是，我们现在要想出一个解决的办法来。我听办案小组领导说，过几天就会将你们转移到其他地方去安置，我不知道你是否想过孩子该怎样处理？你希望带她一起去吗？"

"不不！！！她还太小，连我都不知道自己该怎样维持下去，孩子就更难生存了。你还没结婚，我当然不会让你来为我永久照顾孩子。唯一的出路是通知我在上海的先生，也许他可以将孩子接走在上海过一段时间。"李的嗓音不是那么自信。

"可你们不是早已分居两年了吗？再说这孩子又不是他的亲生骨肉，你认为他会愿意来承担这个责任吗？"茶女是深知李的婚姻情况的，所以对李的这个提议不是那么确定。

"事到如今这是我唯一可以想出的方法了。你知道我在大陆除了我先生顾以外没有任何一个亲人。我们虽然没法在一起生活，但毕竟是八年夫妻了。当初也是为了一起奋斗，我才跟着他从香港来大陆的，从法律上来说他还是我的丈夫，孩子的户口本上他也是父亲。而且我很了解他，他虽然沉默寡言，性格内向，但心地是很善良的。我不知他如果知道了我现在的情况后会不会来看我，因为我刚刚在三个月之前给他写过信要求离婚。但是谁会想到有今天……"话还没说完，李的泪水又开始滚落了下来。

"那就试一试吧，至少希望这个孩子不要跟着你去受罪，你需要我给你先生写信吗？"茶女问道。

"不用了，我前天已经和办案小组说过了，他们说会给顾发正式的学校通知的。虽然我不指望他原谅我的一切，但至少可以在我临行之前见他一面，当面求求他带走孩子。也许他会愿意帮助我的，至少看在我们多年的夫妻份上。唉，要早知今天，我就不会领养这个孩子了，让她跟着她的亲妈在上海，怎样也要比在这个地方好。当初是希望可以给她一个好生活，但现在看来却是害她了，人的命运真的是不可预测的呀。"李悲哀地感叹道。

茶女刚要接口，还没来得及问一下李被关押的具体原因，就见办案组的值班人员向他们走来："时间到了，见面时间结束了，赶快走吧！"

茶女不敢多停留，轻轻地说了一声："多保重！"并紧紧地握了一下李的手指，连头都不敢再回一下便匆匆离去了。李呆呆地目送着茶女的背影，深深理解到在这样的政治空气的重压下，茶女能够有勇气来看自己，已经是要担当相当大的风险了。

两天后，李和学校的许多被定为右派的教授、学者和老师一起被送往江西边远地区的芙蓉劳改农场。没有法庭，没有审判，连是什么真正的罪名都不知道，便开始了流放的劳改生活。[①]

那一年，李才刚满 27 岁。

爸爸听完了茶女的呈述后许久许久没有说话。

现在，他将刚洗过澡的孩子安置在他临时睡觉的床头，只见孩子在睡梦中还紧紧地拽住他衣角，仿佛生怕失去他。他折叠着孩子仅有的几件衣服，由衷地对茶女感谢道："真要谢谢你和你妈妈对这孩子的照顾了。这一年多来，要不是你们，我是很难想象李可以将孩子照顾好的。"

茶女对他摆了摆手，他又继续说道："我想你也知道，李自己就还是个不懂事的孩子。当初也就是因为这一点，我才不同意她领养这个孩子，但她是从来不会听我的意见的。唉，她也许也有道理，我们结婚许多年了，她一直没有怀孕，而且总是抱怨我没有生育能力，我也不想和她争辩，所以也没法阻止她。再说当初她一定要到江西来，说是在上海找不到合适她的工作，又一心要体验一下自己独立的生活，我也就只能让她带着孩子走了。"顾的眼睛对着黯淡的灯火，渐渐沉入了伤感的回忆中。

---

① 后来才知道，在这场反右的政治运动中，每个单位都是有打击对象名额的，据 24 所高等院校统计，有 10211 名学生和 2591 名教师被打成"右派"。这批人含冤受辱了二十多年，在恶劣的气候、艰苦的环境以及物质生活极端贫乏的生活环境中断送了一生中最宝贵的青春年华和所有的梦想。

茶女尽管早已知晓他和李之间的婚姻悲剧，但是现在从顾的角度来谈出这个问题还是第一次，她不禁对顾深表同情："是的，我常常在想，如果李不是这样开放的性格和引人注目，这个厄运也许还不会落到她头上。"茶女对顾的说法呼应道。"但我一直想不通的是，你们这样两个性格如此天南地北、完全不同类型的人怎么会走到一起来的呢？"尽管茶女曾听李提起过，但她此时却很想听听来自顾的一面的故事。

顾苦笑了一下，轻轻地摇了摇头："我自己也一直在问自己这个问题，但是得不到答案。"

顾平时是个非常沉默寡言的人，极少对人谈及自己的私事，但是此时此刻，他却很想对这个了解他妻子的女子敞开一下关闭已久的话盒。

"我和李是在香港通过一个朋友认识的，那是1948年，她当时才18岁，刚从马来西亚只身一人逃出来，在香港举目无亲。她告诉我说她父亲是个有钱的商人，但是后母却要将她硬许配给一个毫不认识的有钱胖老头做二房，她连学校都没有毕业就悄悄地离家出走，独自来到了香港。当时我感到就好像是在听一个传奇的故事，对她充满了同情。

"我当时已经快29岁，虽然在香港土生土长，父亲开了一个小小修车铺，勉强可以供我上到大学。但是因为家境贫寒，又没什么背景，所以毕业后一直在写字楼打临工，也没混出个结果来。1942年中国抗日战争仍在继续的时候，我刚23岁。那年我和几个年轻的朋友曾偷偷地到广东一带参加了当时第四路军看护干部训练班，是陈汝棠先生主持建立的一支抗日工作队，是直接受到共产党领导的组织。我在医务队做行政工作，从来没有打过一枪，帮助管理财务。

"1945 年抗战胜利后我回到了香港，一下又失去了方向。后来一直在进修财务课程，并有了一份薪水低微但稳定的写字楼工作。1948 年遇到李以后她表示喜欢我，愿意永远和我在一起。你知道李是这样的漂亮和引人注目，我也不知道当时是什么吸引了她，因为我这人是既没钱也没貌，不过责任心还是非常强烈的，我便收留了她，还没到一年便很快结了婚。当时还年轻，对未来充满幻想，觉得香港地方太小，机会又少，看不到一个发展的前景。"

顾接过茶女为他递过的一杯水，抿了一口，又继续回忆道。

"上海当时是有名的冒险家的乐园。结婚以后，李一直鼓励我带着她到上海去闯一闯，找一下成功的机会，于是便双双离开香港赶到上海。

"1949 年大陆解放后，我们就留在了中国，我也在交电公司找到了一份会计的工作，一直做到现在。但是解放后有很长一段时间李一直无法找到工作，她到处打临工，心情很坏，想要怀孕又一直没有成功。在家里实在闲得无聊，她就到成人夜校去教英语。她过去在马来西亚的时候学过英语，虽然不是很正规，但是教教夜校的学生是绰绰有余的了。也就是在那里，她认识了孩子的亲生母亲舒亚平。"

顾讲到这里，看了一眼已经熟睡的孩子，为她掖了下被子，又继续往下说：

"她那天从学校回来后非常兴奋，说是也许有机会可以领养到一个孩子。我让她要三思而行，因为那时候我们之间的感情已经降到了最低点，彼此之间很少再有共同话题。你也许也知道，李在生活和家务料理上的能力是很差的，我白天要工作，晚上回来还要做饭给她吃，我很担心再添上一个孩子，会使这种不稳定的感情状况更加恶化。而且，我们也从来没有做过任何医疗检查，还不知道究竟是什么原因造成李不能怀孕。但你也知道李非常任性，凡是她打定主意的事别人是很难改变的。

"那天她兴高采烈地回来告诉我说，舒亚平刚刚生下了一个女孩。在李的再三恳求下，答应等到孩子一断奶，就将这个孩子送给李来领养。说实话，我对领养这么小的婴儿感到心里一点底都没有，但是李一个劲儿地恳求我，说是孩子一定要在婴儿时期就领养，否则肯定'养不家'。我看她那么兴奋和认真，便只能勉强同意了，当时是希望能够让她高兴，我也就安心了。

"两年前（1955 年），孩子刚刚满 11 个月，李就将她抱回家来了，我们给她保留了原来的奶名叫玲玲，是"铃铛"的谐音，因为她特别爱笑，声音像铃声那样好听。在办理正式领养手续时，父亲一栏填写的是我的名字，我当时握着笔，心里突然感到对这个孩子有一种父亲的责任心，我也希望从此以后我们全家可以恩恩爱爱、平平安安地过上正常的家庭生活。

"可是好景不长，孩子才刚满 14 个月，李就回来对我说，她报名去了江西农学院教书，被录用了。学校是在美丽有名的庐山附近的九江，她要带着孩子独自去闯一闯，呼吸一下深山里原始森林中的新鲜空气。说是上海的这种狭隘闭塞的生活空间都快让她窒息了。还说这近六年的婚姻是一个错误，她要离开我去过一下自由的生活。临行时，她对我说这孩子将属于她一个人，她要用自己的方式来教育她长大成人。

"近两年来她一共才给我写过两封信，最后的那封我是在三个月前收到的，说是她终于找到了一个真正爱她也是她所能爱的人，希望我能够同意离婚，给她自由。后面的故事我想你都知道了。"

*我*的养父年轻时的照片。那年他刚离开香港的家，来到中国大陆寻求心中的梦。

顾苦笑着对茶女说："谢谢你能那么耐心地听我讲完这个故事，我也不知道今天是怎么啦，对一个陌生人说了那么多，希望我没有使你感到太枯燥。"

茶女坐在靠墙的小板凳上一动也不动，所有的思绪都似乎被冻结住了。她被这朴实描述的故事深深地打动了。因为她对李是比较了解的，现在又听到来自另一面的故事，她似乎能够亲身体验到其间必然的性格悲剧。

过了很长一会儿，茶女才从沉思中解脱出来。她站起身来，上前握住顾的手，发自内心地说："你是一个好男人！谢谢你能够在这样的情况下赶到山里来，还愿意接受这个孩子，这不是所有的男人都能做到的，看来李对你的了解还是很深的。我相信世界上好人是会有好报的，孩子有一天长大了，了解到她的身世后一定会感恩回报的。"

顾赶紧摇了摇头，打断茶女的话道："我并不是一个你想象中那样的好人。接到你们学校领导来信的时候，我已经决定不接受这个孩子！因为我只身一人在上海，每天都要上班，对孩子又一点经验都没有，所以我本来是打算见一下李，让她将孩子带走的。但是没想到李已经被送走，所以想至少上山来看一下孩子，也不算白来一趟。但是孩子一见到我就那么亲，抱着我就好像从来都没有离开过我，我实在不忍心再弃她而去。所以应该是说孩子认准了我，感动了我，也许我们之间真的是有缘份！过去我只是她书面上的监护人，但从现在起，我希望自己应该是一个实际意义上的父亲了。"顾看着正在熟睡的孩子，非常认真地回头对茶女说。

这晚，茶女和爸爸在这山间的小屋里谈了很久很久。才三岁的我就在爸爸身边的小床上睡得很熟很熟。我一点也不知道就是在这一天晚上，我的命运有了一个突然的转变。

如果那一天爸爸没有上山来看我，或者即便来了也不愿意带我回上海，那么我从此以后的生活就会完全是一个不同的故事。我将会与妈妈李一起流放边疆，从此变成阶下之囚的孩子。所以说人生中永远也不会知道，往往一个念头、一个决定就会改变一生的方向。这个晚上，仅仅是我以后人生中许多转折的开初一步而已，但我感谢爸爸那晚的决定。

第二天一早，爸爸带着我冒着蒙蒙的细雨上路了。爸爸没有背孩子的经验，城里人即便是只身走这条山路也是非常困难的，更不要说再抱这么一个孩子了。幸好茶女的妈妈帮助准备了这个当地茶民用来采茶和背孩子的竹篓，我便被安置在这样一个绝对安全的空间里，随着爸爸深重的呼吸声和艰难的步伐，一摇一晃地往山下的轮船码头赶去。

茶女和她的家人站在山坡上的路口边，含着泪向他挥手告别。这是爸爸第一次，也是最后一次在这条山路上行走。从此以后，我和爸爸在上海开始了一种全新的生活。

# 第三章

# 上海——苏州河旁的家

## （1958 年—1962 年）

我从三岁半开始的童年的家，是在上海一条名叫新菜场路的小路上。那栋陈旧、简陋、摇摇欲晃的两层楼木房，紧靠在苏州河的口岸边，孤零零地独自坐落在离老闸桥不远的转角口上。每天早上，我总是被那熟悉的突突马达声唤醒，爸爸经常把我举起来放到窗前的长窗花台上，这样我就可以透过窗户看见那些在苏州河里行驶的大大小小的船只。

苏州河的水总是这样的混浊，墨绿色的河面上漂浮着各种垃圾和肮脏的泡沫。一到夏天，河水便会发出一阵阵难闻的臭气，随着蚊子和苍蝇一起从窗子和门缝里钻进来，无论爸爸在房间里喷上多少花露水，都无法挡住这些让人作呕的气味。

我还经常可以看到一艘艘小小的木板船，停靠在窗前小码头边的石阶边上，一些船民的女子在船头的河水里漂洗着衣服，然后将它们晾挂在横跨船身的细绳上。一转眼，我又见到她们在同样的台阶旁的河水里淘米和洗菜。我经常会惊异他们船上竟然没有自来水，平时爸爸连干净的自来水都不让我生喝，那么他们怎么能在这样肮脏的水里洗衣服、洗菜呢？

这些女子的边上，总是围绕着一些赤身裸体，经常只是围一个小红肚兜的孩子。他们的颈上常常挂着一个金色的圆箍，听说这是他们的长命锁。有些孩子流着长长的鼻涕，毫不胆怯地在那块与岸上连通的晃晃悠悠的木板上蹿上跳下。

爸爸告诉我说，这些都是以运货为生的来自苏北的船民，祖祖辈辈就是以船为家。过去的货船都是用人力摇着长长的桨来运行的，后来开始有了马达，于是大多数的船都逐渐实行了半机械化。这些小货船的尾部就可以拖上一长串装满黑煤或稻谷的小船，使他们的运输量提高了几倍。


听说当初造我们这栋小楼的时候是用来做仓库的，所以才造得那样简陋和单薄。解放后这里住进了四家人家，但都是挤在楼上。一楼的大间里仍然是电信局的仓库，但是二楼的三间房里却住了三家人家。左边靠前楼的房间里住着沈家妈妈，她的先生和三个比我大很多的大哥哥们，沈家妈妈那时候也许才四十多岁，可在我看来已经是很老的了，每次对着我和善微笑的时候，总能看到她缺损的几颗大牙。爸爸过去习惯了单身汉的生活，在我来之前一直是在单位的食堂吃饭，只懂得做一些简单的饭菜。我还记得沈家妈妈经常拿些她做好的菜来给我吃，爸爸不在的时候总是委托她照顾我。

我永远不会忘记的是有一天爸爸给我带回来一只小乌龟，说是从河边捡来的。小乌龟是那样的小，才比我的掌心大不了多少，我把它寄放在与沈家妈妈合用的水池里，隔不了一会便会趴到水池边上看看我的小宠物，每天都不忘记给它喂食。可是有一天早上，小乌龟突然不见了，我伤心地大哭了好几天，沈家妈妈和爸爸怎么安慰都不能止住我的悲哀。一直到今天，这童年的一幕还深深刻在我的记忆中，我至今还能记得那种失落的伤感，这也许就是为什么我不愿意再拥有任何动物，但是却钟爱所有动物的原因吧，因为我不愿意再次感受到那种失落的痛苦。

在这整栋楼里，我们的家在二楼是最齐整正方的一间房间，也是住得最宽松的一家人，过去只有爸爸自己，现在加上了我。与隔壁人家挤满了上下铺小床，以及堆满杂物的拥挤空间来说，我们的家就像个天堂。

门的对面是一排长窗，长窗前是一整条宽宽的石质长窗架，爸爸在那里摆了几盆美丽的花。一张大床几乎占据了房间的一半面积，挨着墙边的是一个淡木色的大衣橱和五斗橱。靠近窗台的那一面放着一张小小的方桌，桌面淡木色的贴板已经破损了，露出斑斑驳驳的底面。在桌子的上方是一盏昏暗的电灯，爸爸说要节约用电，所以灯泡的指数总是25瓦，我记得爸爸经常在晚上将缠绕电灯的线放下来，凑在暗淡的灯下为我补袜子和衣服。我趴在桌子的另一面看着他吃力、笨拙的动作，在心里暗暗地发誓，等我长大了，一定要会学会做针线来替代爸爸。

房子里是没有厕所和浴室的，所以在门后最隐秘的地方用一条大被单穿在铅丝上，挡出一个角来作为厕所的遮拦。每天清晨，那声脆亮的带着浓郁苏北口音的喊声"倒马桶啦……"刚从楼下传来，我便能听见全楼忙乱的脚步声，在楼梯那里上上下下跑个不停。

因为没有浴室，在那个年代是很少洗澡的，每年要到过年之前爸爸才带我到公共澡堂去大洗一次。雾蒙蒙地，充满了蒸汽的澡堂让我透不过气来。记得我家有两个搪瓷的脸盆，带有好看的兰花的那个盆爸爸用来为我洗脸和洗头，另外那个已经在底部补了两个深色铅洞的旧白色搪瓷盆，爸爸叫作脚盆。每晚睡觉之前，爸爸总会为我擦身并将我的小脚浸泡在盛有温水的脚盆里，擦干后又会抱起我放到床上，为我讲故事和读小人书。这样的情景从三岁半一直持续到了我八岁那年才中断。爸爸一直是一个非常宠爱我的亲人，使我原本多灾多难的童年拥有了那么多的爱，我的一生都不会忘记童年时的那一段美好记忆。

爸爸说我初回上海的时候，因为长期营养不良和受山里的寒气影响，得了软骨病。已经快四岁了还站不稳，常常走几步就摔跤，所以只能以手代脚爬来爬去，爬行的速度却是飞快的。因为我们的房间门就在紧靠着楼梯的一边，通往楼下的楼梯又窄又陡。有许多破旧的楼梯板已经裂开，趴在楼梯上可以看到底楼仓库的灯光从缝隙里透过来。爸爸怕我一转身会从楼梯上跌下去，所以总是在我的腰上用一条长长的带子系在床角上，长度刚好是够到门框边上，这样的话，即使没人看管，我也不至于掉下楼去。

在沈家和我家中间，隔开了一条窄窄通道，其深处是"长脚阿姨"家，我对于他们的记忆已经非常模糊了，只记得我们家烧饭的煤炉紧靠着她家的走廊，幸好用爸爸的话来说，我家是"很少开火仓"的（上海俚语即不做饭）。但是每天傍晚的时候，他们做菜的油酱气和煤炉的浓烟味，总会无孔不入地钻进我们房间的门缝，使我难以逃脱。

我仍然能够清楚地记得阁楼上"阿建"家的三姐妹和一家人。

这栋房子造的时候只有两层，但是阿建的爸爸非常聪明，在原来的小阁楼上搭出了整整一个楼面。虽然上楼的时候要在头顶上推开一块门板才能挤入，可是一旦进去就会发现那是一片宽阔的，有着两间大房间和一个厨房的楼面。后来我经常回忆起"阿建、大建和小建"这几个名字，因为她们三姐妹与我的年龄差不了几岁，是我儿时一起玩耍的最好的朋友。以后逐渐长大，搬离了这栋房子后，我仍无数次在梦中回到那个儿时的家，后来看过一个上海当年家喻户晓的滑稽戏《七十二家房客》，我就总会因之而联想到这个童年时的家。

在我们楼房的正对面是一栋硕大无比的建筑，稍长大一点后才知这就是北京东路上的菜场，所有北京路附近的居民都到这里来买菜。菜场从早到晚总是人头攒动，闹闹哄哄的。每天早上，除了汽笛的鸣叫和马达的突突声以外，来自菜场的喧闹声也是我童年记忆中不可缺少的一个组成部分。

菜场门口永远是湿漉漉的，散发着鱼的腥味和菜皮的霉烂气。大门口总能看到一些人在一块小板上快速地帮人清洗着鱼肚，或是看见一些穿着黑色高帮套鞋的人，拿着长长的水龙头在那里清洗着什么。

我不记得爸爸是否带我去里面买过菜，因为我们家是很少做饭的。但我记得稍稍长大一点后，经常和小朋友一起到里面去玩。在三年自然灾害[①]的时期，食物少到了极点，菜场里的货架上突然变

---

① 发生在1959—1961年期间的中国的三年自然灾害。在1959年7月，华东地区长江发洪水，因为水淹和接下来欠收所带来的饥荒，洪水直接带来的死亡人数估计达两百万，而且别的地区也多少受到影响。这场灾害被列为20世纪死亡人数最多的灾害的第七名。

得空空荡荡的，因为没有其他的食物可吃，水果和蔬菜都极其缺乏。我记得当时最不愿意吃的食物就是胡萝卜，但爸爸每天都硬行规定我要吃至少两根以保证营养，以致我在后面的几十年里，一看到胡萝卜就感到恶心，变成了一种条件反射。

刚从江西回到上海的头一年里，因为我的软骨病，没法送幼儿园，我便是在隔壁沈家妈妈的照顾和爸爸的宠爱中度过的。在他们的照料下，我的身体很快就恢复了正常，一下子长高了许多，在楼梯奔上跑下再也不成问题了。爸爸因为工作极忙，每天都有很多会议要开，更有做不完的账。他总是担心我吃不好，一个人在家太孤独。于是决定将我送到交电公司的幼儿园去全托，说是可以帮助我学会集体生活，并增长更多的知识。

爸爸后来替我回忆说，这个幼儿园是在静安寺附近愚园路上的一栋小洋房里，是一个他们机关内部的干部幼儿园。这整个一段的记忆对我来说是比较模糊的，但是有几个场景却一直存在记忆的深处，时不时就会浮现出来。但总不是非常确定，那究竟是我的梦想还是实际发生的事？一直到成年以后，爸爸对我的描述给予了肯定，我才意识到，这些都是确确实实发生在我童年时期的真实的片断，我觉得有必要将它们记录下来。

在我的记忆深处中，我总能看到自己还是那个小小的女孩，身上围着一条白色的带着花边的小围裙，微微卷曲的头发被扎成两条短短的辫子。我独自一人站在一道长长的竹篱笆前往外张望着，似乎在等待着谁，天渐渐黑了，但是这个被等待的人却一直没有出现。直到很晚很晚了，我被唤进门去，伤心地蜷缩在小床上哭泣，慢慢地进入了梦乡。在睡梦中，我突然被一双温柔的大手轻轻推醒，有力的臂膀一下将我整个举起拥入他宽大的怀抱，即便我还没睁开眼睛，从这熟悉的男子气味中就能知道，这是我的爸爸来接我了。于是所有的眼泪和悲哀都一扫而光。只要有了爸爸，我就拥有了整个世界。

在爸爸工作的交电公司里，似乎总有开不完的会和做不完的账。那段时间又提倡"干部下放劳动"。于是每过几个星期，他就会被轮到一次去郊县的农村劳动，周末也不能回来。所以每到周六的下午，其他小朋友都被家人接走了，惟有我，常常独自站在篱笆后，苦苦地期盼着爸爸的到来。轮到爸爸下放的那个周末，好心的老师有时会将我带去她们家过上一两个晚上。

我长大后常常感到自己是一个非常没有安全感的人，也许正是这种童年时期地无休止的等待，在我的潜意识中奠定了成年后的性格基础。

爸爸能够来接我的那些周末的晚上，都是我生命中最欢乐美好的节日。还记得从幼儿园出来时，我们总会坐上一辆长长的有轨电车，电车的顶端连接着一条小辫子般的、错综复杂的电线，时不时发出好听的铛铛的铃声。也许是因为很晚了，电车里总是很少有人，我会欢快地从长木凳的这一头爬到另一端。爸爸每次都带我去南京路边上的小食店里去吃夜宵：焦黄鲜美的锅贴；咬一口就会流出烫舌汤水的小笼馒头；甜香的酒酿汤团和八宝饭；还有那些百吃不厌的排骨年糕，这些都是我儿时最喜欢吃的点心。

星期天的大多数时间都是和爸爸一起在电影院里度过的。我记得最常去的就是美琪大戏院，我想那时候肯定是没有规定哪些电影

是孩子可以看，哪些是不可以的，反正凡是爸爸喜欢的电影我都跟
着看。爸爸总是对外国翻译的电影感兴趣，给我印象最深的是《海
底世界》，我至今还能记得，那些硕大无比的海龟爬行到海滩上，产
下了无数的蛋，后来又变成了可爱的小海龟。那些电影中所展示的
蔚蓝色海洋，以及无边无际的森林世界，成了我热爱大自然、钟爱
动物的启蒙老师。

当然更没有人会相信，我在那样小小的年龄就已经看了许多大
人的电影。我还记得，那部根据俄国作家陀思妥耶夫斯基的小说改
成的电影《白夜》，而且至今还依稀记得当时影片的气氛，白雾蒙蒙
的彼得堡的河边，那个对爱情不顾一切追求的姑娘。我那时对于故
事本身的理解是非常浅薄的，而且在成人后再也没有看过《白夜》
这个电影，可当时电影里主人公那张悲哀的脸，以及画面上那种充
满梦幻色彩的温馨感觉，却在我幼小的心灵里扎下了很深很深的根。
我想长大后自己是如此酷爱外国文学，而且陀思妥耶夫斯基成了我
最偏爱的作家之一，一定是与我童年时爸爸无意识中给我的这些艺术
熏陶有着直接关联的。

爸爸当时的工资算是比较高的，一个月有65元人民币。现在人
们会说这点钱还不够吃一顿早点，但是在那个年代，却需要每天早
出晚归，整整一个月才能拿到这些钱。当然，所有的其他开支相对
来说也是便宜的。买一根油条四分钱，一个大饼才三分钱，水费电
费要是两块钱已是天文数字，房租一个月才几块钱，交给单位里便
行了。人家同样的工资要养活一大家子人了，但爸爸一到周末便会
为我花掉大部分的钱，于是自己到平时就总是省吃俭用，在食堂里
对付着吃。爸爸是将所有的爱心都倾注在我身上的。

在我的记忆中，爸爸那时永远是穿一套灰色的中山装和一件白

衬衣，两件替换来穿的衬衣已经洗得很薄很薄，领子也已磨破，但还是舍不得买新的。令我记忆最深的，是爸爸的几双布满补丁又厚又硬的袜子。当时是没有尼龙袜的，所有的都是纱袜，穿不了多久就会有一个破洞。不知道有过多少个晚上，我都会看到爸爸在昏暗的灯光下一针一线吃力地补着纱袜。袜子越补越厚，穿在脚上也就越硬越冷。

我记得有一个冬天的晚上，我们看电影回来突然下起了大雨，我的鞋都淋湿了。爸爸脱下自己的袜子套在我的小脚上，把我背回家，带着爸爸体温的袜子替我挡住了严寒，但袜底那硬冷的感觉却使我终身难忘。爸爸每天就是穿着这样的袜子在工作，让我心疼万分。

全托的生活过得很快，每一周都是一个新的惊喜和不断的顾盼。两年的时间很快就悄悄地溜走了，我也开始长大。

在我六岁那年，有天清晨我突然惊醒，发现床上多了一个人，定睛一看，发现是已经变得很陌生的妈妈李正睡在我们床的另一头。我赶紧扑向身边的爸爸，紧紧拉住他的胳膊以寻求保护，惊恐地生怕再一次被带走。尽管幼年时山里的情景已逐渐在记忆中淡漠，但潜意识里的那种不安全感却又在瞬间被激发了出来。

妈妈李一定是在睡梦中感受到了我的不安，她奋力地睁开了充满血丝的双眼，一缕柔情的微笑浮现在她的脸上，那是一张对我来说既熟悉又陌生的脸。她在床的那一头对我伸出了双臂："过来，我的宝贝小玲玲，快让妈妈好好地抱抱你，可让我想死你了！"

她是希望将我拥入她的怀抱，但是我却仍死死地拽紧爸爸，并将头埋进爸爸的怀里不愿意挪动。

妈妈李无奈地垂下双臂，伤感地看着爸爸说："看来你是一个好爸爸，才这么几年，小玲玲已经完全将我忘了，所有我过去为她付出的心血全白费了，看来命运对我是太残忍了。"

爸爸没有立刻接答，而是用手掌轻轻拍了拍我的背，将我的头从他的臂弯里抬起来，柔情地在我的额上吻了一下说："小玲玲，听爸爸的话，到妈妈那里去，让她好好看看你。妈妈已经赶了整整几天的路，半夜才到家，就是为了要看看小玲玲现在长得怎样了，你可不能让妈妈失望了。"爸爸一面说着，一面用双臂举起我，将我递到床那一头妈妈的怀里。

那一段的细节都是后来爸爸和我一起回忆时对我描述的。

妈妈李在被送去农场劳动教育后，因为表现还可以，也没有造成对社会主义或周围群众的直接威胁，所以农场领导暂时准许她来上海探亲，解决一下留存的家庭问题。虽然他们都知道彼此之间的感情已经没有挽回的余地，但是爸爸一直不愿意在妈妈李最困难的时候，去要求办理最终的离婚手续。

在过去的几年里，他们之间几乎没有任何信息的来往。所以这一次妈妈李来上海，结束这种名存实亡的婚姻是两个人都不再有任何异议的事实。但是，我的归属却成了他们之间一直争执不定的话题。

在那几天里，我无数次看到妈妈李含着眼泪在对爸爸激动地说着什么，而爸爸却总是垂着头，固执地一言不发。我常常被送到隔壁沈家妈妈的屋子里去，不让我听到这些谈话，但是我幼小的心灵却能感到，我的命运又一次要由别人来为我决定了。

剩下的那几天是在忐忑不安中度过的。妈妈李带着我上街买东西，我还记得她给我买了一件红色带黑花边的、镶着非常好看的纽扣的毛线大衣。当然我们也看电影，她还经常买许多熟菜回家并烧上一顿晚饭，等爸爸下班后一起吃饭，看上去就好像我们是这样亲密的一家人。

我不认为自己在那样幼小的年龄时，会有清晰的语言表达能力来阐述我的内心疑虑，但我却尽量对妈妈李保持一种敌对的距离，希望用我的态度来告诉她：我不愿意属于她，也绝不愿意离开爱我的爸爸，更不愿意离开这个给予我如此安全感的家。

终于在一个令我难忘的下午，妈妈李从外面回来，把我拉到她的面前。她单腿跪下捧住我的脸，对着我的眼睛深情地说："我的宝贝小玲玲，妈妈知道对不起你，没有尽到做妈妈的责任。但是请相信，妈妈是非常非常爱你的，虽然我不是你的亲生妈妈，但我是希望能给你带来幸福的。"

"妈妈现在又要回到很远很远的地方去了。我这次来本是要将你接走的，因为你已经开始长大，妈妈在那里很孤独，非常需要你。但是我也看出你很爱爸爸，更知道爸爸非常非常爱你，所以现在决定将你仍然留在爸爸身边。因为上海这个城市条件好些，可以让你受正规的教育，否则的话我便是太自私了，你长大后会一辈子记恨我的。"

她的声音哽咽着，一串泪水从她眼里滚落下来，我一下子猛地扑到妈妈的怀里，将布满感激泪水的湿濡濡的脸，紧紧地和妈妈李贴在一起，心里一下子充满了释然的幸福感，但同时又为自己这几天对妈妈的态度感到惭愧，我是多么感谢她所做的决定啊，为之我又重新找回了对她爱的记忆。

妈妈李把我抱起放在椅子上，转过身去，从一个刚从外面带回的口袋里取出一个纸包递到了我的面前。我接过小心地打开,哇,纸包里是一双白色的小鞋子,一缕长长的丝带缠绕在柔软的鞋底上。

"喜欢吗?这是一双芭蕾舞鞋,我们的小玲玲有着这样漂亮的脸蛋和这么细长的腿,将来一定会成为一个好演员的。好好学习跳舞吧,对你的成长会有帮助的,爸爸已经答应我会送你去学习舞蹈的。"

她一面说着,一面将这双美丽的白色软底芭蕾舞鞋套到我的脚上。她把我放到地上,拉着我的手,嘴里哼着好听的歌,踏着舞步带着我绕着桌子转啊转的,直到我俩都笑着叫着晕眩地坐在地上才止步。那天她不停地搂着和亲吻着我,一直到我累了慢慢地睡去。

第二天当我醒来时,妈妈李已经永远离开了我,生活又开始回复到了原来的生活规律。但是我的内心却开始增加和萌生了什么,也许妈妈李的话便是我对音乐舞蹈和艺术爱好的启蒙点。我不知道!

从此以后,我几乎每天都会套上这双舞鞋,独自在大衣橱的镜子前舞蹈着,编织着只有自己才理解的舞的动作。虽然白舞鞋很快便太小无法套上脚,但是对音乐和舞蹈的爱,却帮助我度过了童年和少年时最黑暗孤独的时光。对那双小舞鞋的记忆,也永远和妈妈李的容貌一起深深地刻在了我的心里。

没过多久,我就已到了上学的年龄,进了北京东路小学。于是童年时代就这样结束了。一直到几十年以后,我打开爸爸临终前留给我的那个小信封,里面是一张已经泛黄的公文纸,这才第一次认真地细读这纸公文,上面写道:

原告人：李华，女，29 岁，江西彭泽地方国营农场留场生产人员。

被告人：朱伟顺，男，40 岁，上海交电公司工作人员。住上海新菜场路 22 号。

案由：婚姻纠纷。

原告人李华与被告人朱伟顺于 1949 年（解放前夕）结婚，现因缺乏感情，无法继续维持夫妻关系，自愿达成协议如下：

1. 原告人李华与被告人朱伟顺双方自愿离婚。

2. 女孩朱玲（6 岁）现由被告人朱伟顺负责抚养。

3. 其他无争执。

上海市黄浦区人民法院民事审判庭

1960 年 6 月 15 日

# 第四章

# 我又有了一个新妈妈
# 上海徐汇区天平路的新家

## （1962 年—1971 年）

刚开始上小学二年级的时候，有一天爸爸对我说要给我找个新妈妈了。"你说是两个人生活好呢还是三个人好？"爸爸的问话一直刻在我的记忆中。

"当然是两个人的好！"我永远也不会忘记当时毫不犹豫地回答。但是新妈妈还是进入了我们的生活，不管我是愿意还是不愿意。我那年八岁。

爸爸事后老是说，当时是新妈妈的糯米圆子征服他的。刚开始去她家的时候，我总能见到她将一小堆白色糯米粉干倒入碗中，加入一些凉水，然后捏啊捏的，湿漉漉的米粉便变成了一个个小团子。用掌心轻轻一压，再放进滚烫的油锅里，扁扁的小面团便会突然爆

我的第三个母亲年轻时的照片，我在心里称她为新妈妈。

裂成许多泡状的小油球。放上一些白糖，吃在嘴里真是又香又脆软，在童年的记忆中，这曾经是世界上最好吃的食物了。

当然她还会做许多好吃的菜。每个周末，新妈妈都会变戏法似的，只用非常短暂的时间，就能在桌上摆满一大堆五颜六色的菜，让我和爸爸大吃一顿。也许我们平时，都是靠爸爸单位食堂里那些重复而又难吃的食物过日子的人，突然能吃上这样新鲜好吃的饭菜，就似乎到了天堂。

新妈妈是个肥肥胖胖的中年妇人，硕大的乳房在走路的时候总是晃动着，让我这个还没发育的小女孩，都会感到难为情地转过脸去。最让我不喜欢的是她走路时那种沉重拖拉的沙沙声，仿佛她的双脚已经不堪承受肥胖身体的重压，而在发出抗议的呻吟声。

新妈妈似乎永远是在不停地忙着什么。在她家干净白色的浴缸里替我洗澡，用力擦着我积满泥垢的脖颈，留下一大片血红的印记。虽然她所做的一切都似乎是为我好，但是我却感受不到一丁点出自她内心的爱。她的脸上似乎带着两张完全不同的面具，当爸爸出现的时候，那张洋溢着可亲笑容的脸似乎可以把人融化，但是只要爸爸一转身，立刻又换上了一张使人害怕的充满严厉冷漠表情的面具。

在我的记忆中，几乎从来没有看到过爸爸和新妈妈之间，有过一丁点的柔情和亲密举动。即便偶尔一同外出，新妈妈那高大健壮的身影，总是雄赳赳气昂昂地大阔步走在前面，双臂一前一后使劲摇摆着，就好像是在行军的仪仗队里。而那相对要瘦弱、斯文许多的爸爸，总是无声地走在后面，保持着一定的距离，藏在那副近视眼镜后面的双眼只看着近前几步的地面。无论是从外形上还是从个性上来说，他们都是完全不同的两种类型的人。

为什么爸爸竟要选中她来做我的新妈妈？在那个年龄的我是无法懂得的，但是逐渐长大后才开始理解。男人是需要女人来照顾的，在每天的日常生活中，一顿简单温暖的晚餐，对于一个厌倦了单身父亲生活的中年男人来说，是远比美貌更重要的。

1962年的4月，在他们结婚的前夕，我被迫离开了有着那么多童年美好记忆的苏州河旁的家，告别了北京东路小学的同学和老师，跟着爸爸搬入了新妈妈在徐汇区天平路上的家。5月1日，他们结婚了。

我还记得那天的任务，是到新家附近的一个小杂货店里去买啤酒。因为家里来了很多客人，这是我生平第一次被允许单独跑到店里去买东西。

"啊呀，你这么个小女孩怎么买那么多啤酒，是请客吗？"小店的阿姨问我。

"我爸爸今天结婚。"我天真无邪地回答道。至今还能记得当时小店阿姨脸上流露出的惊讶和怜悯之情。当时才八岁的我还没有意识到这句话对将来会产生的实际意义，以及从这天开始，我将开始与过去完全不同的生活。

天平路的新家与我和爸爸过去的老家相比，确实条件要好了许多。新妈妈不断地在话语中提醒着我，那个在苏州河旁的家是上海的"下只角"，而位于上海最上等的徐汇区这个新家是"上只角"，我应该为自己能有幸搬到这里来而感谢她。

我至今还能清楚地记得当年天平路新家的情景。这是一个有着19栋新式花园洋房的弄堂，弄口的白墙上，用蓝色刻出了一个非常含蓄高雅的名字"茅馆"。弄口有一扇墨绿色的大铁门，铁门似乎是常年关闭着的，唯有门上开启的小门洞是我们出入的途径。铁门的上方横跨左右的大架子上，爬满了绿色的葡萄藤和紫色小花。

进入弄堂后，你可以见到左边是一大片花园。低矮的冬青树随着鹅卵石铺成的小径在花园里盘旋和延伸着。各种不知名的花朵从灌木丛中探出头来，我只记得它们是红色和蓝色的小花。在花园的中心和四角都种着巨大的百合树，高大的树杈和深绿色的枝叶遮挡住了人家的阳台，树干下到处落满了成熟后坠落的白色百合花。

靠近弄口附近被冬青树环绕的是一口水井。当时谁家都没有冰箱，一到夏天，井口边的铁环上就挂满了五颜六色和千奇百怪的网袋，里面装满了西瓜、黄金瓜或是啤酒等等，沉沉地坠入井里。一到傍晚大家便都来井边认领属于自己家的网袋。我常常惊异从来不会有人错认或误拿别人的。井水是恒温的，在炎夏之际浸泡了一天的西瓜总是又脆又冰又甜的。

弄堂的右边是一整排带前花园的小洋房，从1号一直延伸到8

号。每家门前都有一扇黑色的小铁门，一个种满花草的小院。所有的房型都是相同样式的一栋栋独立三层小楼。9 号—15 号是在弄底深处的右拐弯处，形成的一个马蹄形的小区域，远离弄口马路上的喧闹，我的新家便在弄底的最后一家。

一直到几年后我才逐渐了解到，整个茂馆弄堂都是两个姓程的兄弟在年轻的时候合造的。因为是坐落在当时有名的法租界住宅区，又靠近交通大学，所以房子的住户大多是教授、医生等专业人士和商人。1949 年中国共产党接管政府以后，所有的私有财产都上缴给了政府，包括弄内的其他 17 栋房子，只有 11 号和 15 号这两幢，政府同意两兄弟留下作为己用。所以在整个弄堂里，唯有这两栋房是属于私房。

这家程氏兄弟的哥哥便是我们 15 号的原始主人。程先生并没有将家设在这里，而是出租给了一个姓卢的教授及高级工程师。卢先生早年长期留洋海外，听说精通英语、法语。解放后，因他的专业才能而被政府继续重用，他是我国国际无线电通信事业的开拓者，但是在我和爸爸搬到这里来住的时候，他早已被调到北京去担任中国邮电科学研究院的院长，而且举家迁去了北京定居。

卢先生共有九个孩子，新妈妈曾是他家众多孩子保姆中的一员。当他们离开上海时，退掉了一楼和三楼还给了房东，留下二楼整层楼的三间套房，还有前楼整套的红木家具以及大批的书画，让新妈妈帮助照管。也许他们当时并没有想到会在北京长期定居，总认为卢先生的项目完成后，不定什么时候又会回到自己上海的家来。但是不曾想到这一走就是近十年。

在别人的眼里，新妈妈是一个极其幸运的人。谁说不是呢，她当年从宁波象山的乡下独自一人来到上海，将自己年幼的孩子留给了前夫，从此再也没有回过头。像她这样一个才念了几年书，仅认识几个字，没有多少文化的人，在上海是很难找到一份像样的工作的。幸好有同乡的介绍，才能到卢家来找到这样一个保姆的工。一大家子人总有干不完的活，但幸好卢家夫妇知书达理，对人和善，又有这样一个好的生活环境，所以她也是知足安定的。

才在卢家工作了两年，卢家全家就移迁北京。当时家中有那么多的奶妈保姆，唯独就新妈妈一个在上海无亲无故，独身一人，于是卢家就将这个家交给了她保管。现在卢家走了那么多年，他们的孩子都已在北京受教育，显见得不会再回来住。于是在卢家来做最后处理之前，这样大的一套房子和整套的红木家具，暂时就成了她的所属。现在，她又找到了这么一个温文尔雅的在写字楼工作的先生作丈夫，与她共同住在这栋高级的洋房里，生活对她来说真是太美好了。

可是唯一美中不足的是，她的新丈夫有我这个孩子。她不能理解为什么爸爸要这样宠爱我，这个明明没有任何血缘关系的野孩子！为什么不干脆把我送到江西去，或是还给我的生母？在她的眼里，我又丑又懒，都已八岁了，还什么都不会做。

"我刚认识你的时候，竟然还让你爸爸帮你洗脚，抱你上床，你也太不像话了。"她以后无数次地这样说。

"女孩子要是什么也不会做，将来是会嫁不出去的！你必须要学做所有的活。"

"女人会做的事你要学，男人该做的事你也要做。"她不断地对我重复着。

于是，从八岁那一年开始，我除了到学校上课以外，每一分钟都在不停地学着和做着各种她分配给我的家务。

我扫地、擦地、给地板打蜡；我洗衣、洗尿布、缝被子；我买菜、捡菜、烧饭、洗碗。当然我还要抱妹妹、生炉子、泡开水。

从 11 岁那年开始，我就已经能够绣出针迹非常整齐、淡雅美丽的枕头套。在以后物资奇缺的年代里，每逢有朋友结婚，我总是会为她们亲手绣出美丽的枕头套，来作为她们的嫁妆。

我还能用钩针勾出美丽几何图案的台布和桌垫，用针箍顶着扎出一双双厚厚的千层底布鞋。爸爸和妹妹当年的棉鞋全是我亲手做的。

我编织毛线衣的能力也是非常强的。不仅为两个妹妹织，还为爸爸织。那个年代是很少有人买得起新毛衣的，于是我们总是将太小或破的旧毛衣拆掉，将毛线洗完后，我将小方凳翻过来，然后在四只脚上放上毛线圈，就这样快速地在手中绕啊绕的，一会儿便成了一大团。

我能够将各种颜色的旧毛线拼织成一件有着美丽图案的毛衣，织出各种各样复杂的花样来。当然普通的上下针和平针，我是一面看书一面也能飞快地织出来的。

我长大后常常想到，现在工作时经常一心两用，可以同时做几件事情，这种能力一定是与我小时候织毛衣的锻炼有关的。所以从这一角度来说，我深深地体会到，心理学上提到的"人类早期的教育和锻炼是奠定一个人成人后的能力和行为的基础"的说法是非常正确的。

这段少年时期强化的体力及技能的锻炼，使得我在成年后变成了一个非常懂得料理家务并且能吃苦耐劳的人。任何艰难挫折都不会使我放弃抗争。所以，从某种意义上来说，我应该感谢新妈妈的严格要求。但是在当时那颗幼小的心灵里，是无法预料到几十年以后的事情，也不懂得去理性地分析事物。所以，刻印在我记忆中的就永远是那种单纯的、强烈和无助的痛苦。

# 第五章

# 书籍是我的启蒙老师
# 天平路第一小学

## （1962 年—1967 年）

我自从搬到天平路来以后，就从原来的北京路小学转入了天平路第一小学，我那年刚上二年级，才满八岁。

对于小学的记忆是比较模糊的。只记得从那时开始，我就不是一个很合群的人。首先是因为我是转学来的"外来者"，班上的同学早就在一年级的时候就彼此归类，找到了意气相投的朋友。我这个到两年级才开始进入的新生，在很长一段时间里都找不到一个可以从属的圈子。再说我总是这样来去匆匆，又从来没有时间去参加任何课后的游戏。从那个时候开始，我就已经感到自己比所有的同龄孩子来得早熟，玩游戏对我来说是一种无法企及的奢望。

我记得小时候最害怕的就是算术课。从二年级到五年级这一段时间里，除了能飞快地背诵算术口诀以外，面对最简单的算术题目，我都要花上比别人多一些的时间来完成。要是稍微复杂一点的算术题，往往会坐在那里愣愣地对着题发上半天呆。幸好当时的同桌是个算术能手，偷偷地给了我很多帮助，要不然还真不知该怎样对付这一场场的考试。

但是对语文课就不同了。我是如此热爱课本上的每一篇课文，不费吹灰之力就能将整段整段的课文背诵出来。每个学期开始发新书，我总是选用包书纸中最漂亮的那张来包语文书。但是到学期结束的时候，语文书总是最破旧的一本，因为常常还没等得及老师教到，我早已经将书里所有的课文读过无数遍了。

我对造句和作文是最得心应手的。记得在三年级的时候写过一篇作文，（已不记得作文的内容了）当时的语文老师是高礼宾先生，这位年长的教师在学校受到普遍的尊重。他将我的作文拿到学校的整个三四年级去做为典范朗读，一夜之间，我突然成了学校人人皆知的学生。

在以后的几年里，高老师给我开了一长串世界名著的书单，我也成了学校图书馆里借书率最高的一个学生，借书卡上密密麻麻地敲满了红色的印章。《安徒生童话》、《一千零一夜》、《牛虻》、《中国民间故事》等等……谁也不会相信，在我十岁的时候，就已经看完了这些厚厚的书。当然那时认识的字还是非常有限的，许多句子都是半读半猜，但这一点也不影响我对于读书的热情。

虽然能够属于我自己分配的时间是那样有限，每天总有做不完的家务和功课，但是我却逐渐学会了见缝插针，利用每一分钟的空闲来看书。走路看，做饭时看，上厕所看，即便是在前楼扫地的时候也看。只要一听见妈妈的脚步声，就赶紧将书塞到床的被垫下，等她一转身，便会立刻又将书抽出来，匆匆看完刚才遗留下来的那一页。

书使我忘却了独自一人睡在前楼的恐惧，反而开始享受每晚睡觉之前读书的乐趣。书就像一把神奇的钥匙，为我少年时期的生活开启了一个博大的世界。我与书中的人物共同悲欢和存活，暂时忘却了自己的悲苦，因为有卖火柴的小姑娘比我更可怜；灰姑娘的后母比我的新妈妈更可恶；而那个捧着水晶鞋到处在寻找灰姑娘的善良的王子，给我孤苦的心灵带来了美好的希望，我坚定地相信，只要我长大了，也一定会找到一个能救我出苦海的白马王子。

在小学时，除了书以外，让我最喜欢的就是舞蹈，从妈妈李给我的那双白色芭蕾舞鞋开始，我就从来没有放弃过对舞蹈的热爱。但是在那个年代里，是没有专门的私人舞蹈学校的，电视机更是连听都没有听说过。所以我的舞蹈都只是原始的、自然的、发自内心的一种形体表现。

从小学三年级开始，我进入了学校的演出队，开始了比较正规的舞蹈训练。记得当时管我们演出排练的仇老师，她的女儿是上海市舞蹈学校专业的芭蕾舞演员。仇老师经常让她的女儿来学校给我们做示范指点，于是她便成了我少年时期最崇拜的偶像。

仇老师和她女儿的家就在我们家后门的一条弄堂里，从我家二楼楼梯的小窗里可以看见她家的门。记得不知有过多少个时刻，我趴在窗前等待这位芭蕾舞演员的经过，哪怕只是看到她一分钟也好。我模仿着她分叉开脚走路的姿态，也学着她留起了一头长发，紧束在脑后扎起一束马尾巴。我将她教的每一个舞步，在镜子前一遍又一遍地练习，还将自己的小脚使劲地扳，希望能扭曲成那种脚背高起的芭蕾舞脚的形状。每天课间短暂的休息时间，我都会将腿搁在桌上拉松韧带。

那个年代家里是没有录音机的，只有一台简单破旧、老是发出沙沙杂音的小收音机。当我独自在镜前起舞的时候，音乐就在心里、在脑海里，飘浮在房间的每一个角落，随着舞姿一起升华到了天边白云的顶端，使我忘却了现实的悲苦，这种对舞蹈和艺术的爱一直伴随了我的一生。

除了爱看书和舞蹈以外，我少年时期还有着对朗读的钟爱。在上海生活了那么多年，上海话成了主要日常用语，除了在学校以外就没有了普通话的语言环境。但也许因为我童年在江西时受到妈妈李说普通话的潜意识的影响，所以对语言的敏感是非常的显见，对其的追求也是非常刻意的。

每次在学校里听广播，或是看电影，我都会不断地跟着模仿、重复着普通话的发音。只要没人在身边，我都会将正在看的书用普通话大声地朗读出来。当时老师经常夸奖我的声音好听，这样就更加给了我许多鼓励。从三年级开始，我不仅参加了学校的舞蹈队，还参加了朗诵小组。每次班里或学校有演出，也总是会积极地参加。于是渐渐地，希望长大后成为一个专业舞蹈演员，或是话剧演员的想法便逐渐形成了。我想还是在十岁之前，就已经非常清楚和确定了自己将来长大了想要做什么。

记得在二年级下半学期的时候，我就成为了少先队员。每天早上，当我们系上鲜艳的红领巾，整整齐齐地站在国旗杆下，在嘹亮的国歌声中唱"起来，不愿做奴隶的人们……"。我们举起右手，斜跨过额前，对着缓缓上升的五星红旗宣誓："我们是毛主席的少先队员，我们要热爱祖国，热爱人民。好好学习，天天向上。"

每年国庆节或六一儿童节，我都会在前一天晚上，将洗得干干净净的白衬衣、蓝裤子小心地叠好压在我的枕头下。第二天，再配上刚用白粉刷白的白球鞋，系上鲜红的红领巾，到学校去参加庆祝游行。我那时还学会了打腰鼓。因为舞姿好，总是被安排在第一排领队。在人山人海、红旗飞舞的队列中，我们敲打着震耳欲聋的整齐腰鼓声，骄傲和自豪地在路人的注目下，排成方字形的正队从观礼台前走过。

我们被教导应该尊老爱幼，要尊敬老师和爱护同学。我们都知道李小多的故事，应该将好的和大的梨分给比自己弱小或更需要的人，而将最小最坏的留给自己。我们每一个人都懂得大河有水小河满的道理，明白国家和集体的利益应该永远高于个人的需求！直到几十年后的今天，这种儿时的教育仍然在我的生活中起着非常大的作用，成为了我自己及教育后一代的道德准则。

我们在课后如饥似渴地阅读苏联的翻译小说，《卓娅和舒拉的故事》，《钢铁是怎样炼成的》……更着迷的也许要数那些美丽的俄罗斯民歌，每天只要没人在家，我总会放开嗓子尽情地唱着《莫斯科郊外的晚上》、《美丽的梭罗河》、《远方的牧马人》和《共青团之歌》。

那是一段多么美好和幸福的少年时期的记忆啊！我们天真地以为，生活便应该一直这样平稳、有规律和充满希望的阳光，当时最大的梦想是有一天能进入上海舞蹈学校，成为一个专业舞蹈演员，或者能够考上南洋模范中学和复旦大学中文系，或是上海戏剧学院，美好的前途将在那里等待着我。我每一天都在迫不及待地希望自己赶快长大，能够远离这个家，去开始崭新的独立生活！

# 第六章

# 文化大革命的开始
# 我们在上海的生活

## （1966 年—1971 年）

1966 年 5 月中的一天，我们按照常规到学校去上课。突然被告知全校师生都到礼堂去听中央文件的传达，似懂非懂地听了中国共产党中央委员会通知（即《五一六通知》[①]）。

但是在那个时候，我们这些幼小的孩子是全然不懂得文化大革命的意义的。我只记得一夜之间，学校所有的规章制度和作息时间全部被打乱了。开始的几周还断断续续上几节课，以后就渐渐停止了。虽然我们仍然每天去学校，但是包括老师在内的所有人都不知道自己在那里做什么。

那时每天到校后的全体会议是不断的，广播里不断在播放着来

---

① 《五一六通知》的发布标志着文化大革命的正式开始。

自中央的重要文件、《人民日报》或《解放军报》的重要社论。

我那时是十三岁，已开始进入五年级，在学校是高年级的学生了。运动初期的时候，我很庆幸能参与这样一个伟大的无产阶级文化大革命，响应党的号召，与资产阶级和反对党的阶级敌人作斗争。

至今还记得，当年北京大学的聂元梓等七人，在北京大学大饭厅贴出了题为《宋硕、陆平、彭珮云在文化革命中究竟干些什么？》的第一张大字报，批判北京大学党委和北京市委。然后又看到了毛主席大举赞扬这是"全国第一张马列主义大字报"。于是第二天，学校的每一个课堂里，走廊上和饭厅里，到处都出现了黑色毛笔字的醒目大字报。

我们所有的学生都被鼓励参与写大字报的热潮，要我们毫不留情地批判学校的领导和老师，还记得自己当时那种似乎置身于梦中的无所适从的感觉。大家都被鼓励写一些高调的、陌生的、充满虚幻热情的大字报。不懂得怎样写，就到街上去看去抄，因为几乎每一条街道和每一堵墙都成了大字报的海洋。词汇也是要用得越革命、越高调就越好。

但是渐渐的，我依然年轻的心开始有了疑问，因为我实在想不出，为什么我所尊敬和爱戴的老师们，一夜之间都成了无产阶级的敌人而要被打倒？尤其是给我的学校生活带来最大教益的高礼宾老师，也被关押和隔离了起来，说他一直对我们学生灌输资产阶级的文化思想，是工人阶级的敌人。要横扫这批牛鬼蛇神，把所谓资产阶级的专家、学者、权威、祖师爷打得落花流水，使他们威风扫地。尽管我还如此幼稚和年轻，更无法理解这样高深的理论，但是我们被不断重复地告知"大海航行靠舵手"，而毛主席就是我们这个时代最伟大的无产阶级的舵手，只要是毛主席说的就一定是正确的，不管我们是理解或不理解。

在小学的最后两年里，除了政治课以外，几乎没有上过任何其他专业课。因为所有原来的课本都被斥为资产阶级的产物而不允许再被用来做教材。大家都人手一册发给了毛主席的语录，那可能就是当时唯一的语文教材了。老师们自己都是自身难保，小心谨慎，生怕一句话说错就会招致终身大祸。

每个人的胸上都别起了毛主席的徽章，我们的长辫子都被剪短，说留长发是资产阶级的生活作风。

街上到处是横七竖八的大字报。不断飞驶而过的装有高音喇叭的宣传车，总是在那里慷慨激昂地大声宣读着什么。每一个街口都有人在发传单，或是突然从高空撒下的雪花片似的宣传品，路人总是一哄而起纷纷抢着去接住这些白纸，但是转眼间又随手扔回路上形成一个废纸的海洋。

每天早上到校的第一件事，便是要举起裹着红色塑料封面的《毛主席语录》，面对着课堂正对面的毛主席像，高声背诵着"毛主席万岁，万万岁！！祝毛主席万寿无疆！"那时我们谁都不会说英语，但是有一句家喻户晓的英语便是"Long life chairmen Mao"（毛主席万岁）！

我逐渐厌倦了那种轰轰烈烈的运动，开始怀念起原先那非常有规律的学习生活来，但是因为所有学校的考试和教育制度全部被废除了，学生也全然没了先前的那种约束，所以到处都可见到无所事事的青少年在街上乱逛。

我没有那种习惯，也没有那种时间，既然学校不需要上学，妈妈就把照顾两个年幼妹妹的任务全部交给了我。当时她们两个一个

第六章

四岁，另一个才刚满三岁，我突然有了许多在家的时间。

有一天爸爸匆匆从公司赶回家后说，让我们将所有前楼走廊书橱里的书全部理一遍，要是有四旧的就要立刻烧掉，说是已经看到许多红卫兵在挨户抄家，要是发现谁家有属于资产阶级的书籍和字画就会招来大祸，被戴上高帽子游行和批斗。

因为过去在前楼走廊里的那排书橱都是长年紧闭着的，又挂着帘子，而且妈妈一直警告我不许去动这些属于卢家的书，所以我一直不知道书橱里到底都有着些什么样的书。但是那天晚上，当爸爸妈妈紧张地将这些书籍都摊了一地的时候，我突然发现原来在大批的外文书的后面，还有这么多的文学名著的中文翻译本，这比找到一个神奇的宝库更让我感到兴奋。趁着家里的忙乱，我飞快地在书堆中挑拣着喜欢的书，暂时将它们藏到被褥下、墙角后、大橱顶，凡是我认为爸爸妈妈不会发现的任何一个角落，都成了这些书籍的暂时藏身点。

在后面的几年里，这些被我从火中救下来的书成了我青少年时期的良师益友。托尔斯泰的《安娜·卡列尼娜》《战争与和平》，陀思妥也夫斯基的《罪与罚》，屠格涅夫、司汤达、德莱赛、托马斯的书，以及被我都快翻烂的《简爱》《钢铁是怎样炼成的》《牛虻》《基督山恩仇记》等等充满传奇和爱情故事的书籍。

在家的生活突然变得非常丰富和有意义，虽然妈妈仍然会留下做不完的家务，但是我已经懂得怎样合理安排好时间，使得每一分钟的空余时间都可以用来看书，这些书都被小心地转移和埋藏到了不为人知的秘密地点。

我房间里的灯常常亮到深夜。当时也不知道哪里来的精力，一本好看的书往往会用一夜的时间来读完。记得当时看《牛虻》就是一口气看完的,《基督山恩仇记》是一面织毛衣一面看遍上下册的。

我将自己完全置身于这些书的境地中去了,我为书中主人公的悲所悲,欢所欢,对外面世界正在进行的轰轰烈烈的文化大革命,已经不再关心。

后来我才发现,像我这样做"逍遥派"的学生还是很多的,尤其是在我们这个地区,大多数都是知识分子的后代,家里或多或少总有许多藏书,我们当时都是偷偷摸摸的,像搞特务活动那样做着地下书的交换活动。尤其是到我家来的时候,总要趁妈妈不在家的时候,否则一定要遭来一场大祸。

从别人那里交换来的书常常已是破旧不堪,缺页少张。但这绝对不会减少自己对读书的热忱,那时对书几乎已到了饥不择食的地步,任何书,不管是什么内容,只要能拿到就会一鼓作气地读完。后来能借到的书越来越少,我就又重新回过头去再一次重读那些家里的世界名著,少年时期的教育便是在这种自学的状态下完成的。

文化大革命越来越深入,社会上的形势似乎也越来越紧张和严峻,每一小时都会有一个新的造反战斗兵团成立,每一分钟也都会有一个知识分子被打成反革命分子。大街上不断有游行的队伍经过,许多在手臂上别着各种称号红袖章的人,用手提的喇叭在那里高声地呼叫着口号,押送着头戴高帽的"阶级敌人"从我们的弄口经过。

爸爸回来的越来越晚,在家的时候也是整天战战兢兢,心神不定的,生怕自己哪一天也会被打作反革命分子。

一直在担心的事情终于发生了。有一天下午,我正在家带着妹妹并看着书,突然听到楼下传来高声的喧闹声。从窗口探出头去,只见一辆大卡车停到了我家的门口,从车上跳下来十几个戴着"XX

造反兵团"红色臂章的人，用拳头重重地捶着大门，命令立刻将门打开。那时候，对所有带有红袖章的人都有一种惧怕，但我还只是一个十几岁的孩子，绝对不敢在父母不在的时候让陌生人进入家门。我紧咬着嘴唇坚持着不肯下楼开门。就在这时候新妈妈匆匆地赶了回来，只听见他们对新妈妈大声地宣读了什么纸张，她就只能让他们进入了我们的楼房。

我紧搂着因恐惧而大声哭个不停的妹妹们，悄悄地将刚才正在看的《安娜·卡列尼娜》塞到了大门外的树丛底下，希望他们不会去搜查外面，心里暗暗庆幸当时将所有藏书转移的决定是多么的明智。

才一会儿工夫，原本整洁有条理的家就成了一个杂乱的旧货场，这些外来者将所有的东西都从抽屉里拉出来扔了一地，尤其是前楼那些一直被妈妈禁止去翻看的大橱和抽屉，现在却被这些人翻了一个底朝天。我实在不懂得他们到底要想找到什么，而像我们这样的人家会有什么反革命的文件藏在家里。

猛一转身，突然看见新妈妈悄悄地将什么东西扔进了抽水马桶。我怕被他们发现，立刻冲过去掩护新妈妈并关上了厕所门，低头往抽水马桶里一看，只见是一根闪着金光的项链。我知道这是她妈妈留给她的，是多么珍贵的一样物品啊，难道连金子也是反革命的吗？我这样年龄的孩子是无法理解大人的行为的，但有一点是可以肯定的，那便是不要让他们找到任何一点会对爸爸不利的东西。我惋惜地看着新妈妈用水将她唯一的一根项链冲进了下水道，这一幕永远刻入了我的记忆中。

入侵者一直翻到很晚才离开，楼梯的木板和底楼过道的地板都被撬了起来，也许他们是想找到更多的金银财宝？大卡车将前楼所有的红木家具全部运走了，还包括走廊里的所有书橱。

我伤心地独自站在空空落落的前楼房中，想着那些每天都要经过我的小手细心抹擦保护的红木家具，不知现在会落入谁的手中。以至到了几十年后的今天，市场上似乎到处都是红木家具，但我却再也没有找到过可以与儿时记忆中的家具媲美的质量和款式。

这次抄家以后，爸爸被送去农场的干校，剥夺了在办公室工作的权力。以后又被下放到闵行的钢铁厂去干苦力活，因为离上海市区远，靠爸爸那辆永久牌蓝色自行车，需要整整踩上几个小时才能到家。所以爸爸便只能住在干校或工厂，每周六才回来一天。他的牙又不好，食堂粗劣的饭菜和沉重的体力劳动，使他的身体状况每况愈下。我现在回想来，爸爸这样瘦小单薄的身体，怎么能够经得起这样的折磨。这真是那一代知识分子的悲剧。

在那个年代里，几乎每隔几天，就可以看到弄堂里的某一家被红卫兵给抄了家。当时我们几个孩子略略估计了一下，弄堂里19栋的楼房里，几乎每一栋房子都被抄过家。这些入侵者是不需要任何法律文件的，只要你的历史上有一丝污点，出身不是贫农或工人，是个知识分子或曾是个小领导，就会面临被所属单位揪出来的危险，成为无产阶级的阶级敌人，那么被抄家的命运就是不可避免的了。

弄堂里突然出现了许多扫垃圾的人，他们头顶上戴着白色的纸帽，上面用黑色的墨水写着"我是反革命分子"或者"该死的资产阶级的技术权威"等等的字样，分批在戴着红袖章的造反人员的监督下，用扫帚清理着街道和我们的弄堂。因为平时每栋楼之间的住户都不太来往，所以我并不认识他们，但是从他们的衣着和神态来看，便可知道，他们是和敬爱的老师们一样类型的知识分子，对他们的遭遇我感到深深的不平。

　　记得有天下午我正在厨房做饭，突然听到门外传来一声巨响，似乎有一样沉重的东西从高空中坠落下来，正砸在家斜对面的水泥地上，我闻声冲出门外，一下被眼前的惨景吓呆了。我认出那是对面10号底楼的陈老师，她一双绝望痛苦的眼睛直视着我，喉咙口和手腕上到处是深深的割印，随着她急促的喘息不断地涌出浓浓的鲜血，我不禁恐怖得尖叫起来，拼命地狂奔到弄堂口，大声呼叫着求助。

　　那天下午我随着工宣队和警察进入了陈老师的家，（因为是目击的证人），在那阴暗狭窄的走廊里挂着一面大镜子，镜上布满了一条条鲜红的令人毛骨悚然的血痕，血迹又沿着楼梯板一滴一滴地将我们引到三楼的阳台上。警察说陈老师一定是先在楼下的镜前割开了自己的静脉和喉管，然后又坚持着爬到三楼才纵身跳下的，坠地时候还没有断气，但还没送到医院便停止了呼吸。

　　我只是依稀地知道陈老师是某个中学的教导主任，她的两个女儿虽然不是我儿时的朋友，但见面却经常点头微笑示意。前几天，刚看到她家的大门上突然新增了许多白纸红字的大幅贴条，后来又几次看到陈老师被头戴白色纸高帽，写着"打倒资产阶级的学术权威"的字样，头上衣服上满是肮脏的口水和墨迹，在红卫兵的口号声中被押解回家。她是这样一个普普通通、瘦小文静的女子，又是两个孩子的妈妈，最终采用这样一种残酷的方法来结束自己的生命，选择走上这样的一条绝路，一定是被推到了耻辱和绝望的边缘。

　　还记得自从陈老师走后，她家的窗帘就很少再开启过。听说她的两个女儿一个被送去了边疆插队，另一个因为刺激而得了精神分裂症，被送进了精神病院。在以后的几年中，我一直不敢在天黑后回家，因为怕经过那块空地。一直到几十年后的今天，我仍然能够清晰地看见陈老师临终前那双绝望的眼睛。每次想到文化大革命，这一幕便会立刻浮现在我的脑海里。

在 1969 年底 1970 年初的时候，新妈妈突然用黄鱼车（有三个轮子的劳动车，上海人对这种车的俗称）运回了一大车黄土，倾倒在我家大门口的空地前，说是毛主席指示"要准备打仗"。居委会通知所有的居民，每家每户都要去挖地道、自制土砖，以防备苏联修正主义的核导弹袭击。"深挖洞，广积粮，不称霸"是当时小孩子也能背诵的口号。看来家家户户都接到了同样的指示，于是，才几天的工夫，原本干净有序的弄堂，突然变成了一个污泥积聚、尘土飞扬的采石场。

弄堂口左边那个美丽的大花园也被翻了一个大身，强壮的冬青树和娇弱的花枝一起被连根拔起，人们毫不留情地用铁锹将它们铲除到了垃圾堆中。花园中那条已经伴随了几代人成长的洁白的鹅卵石小路被砸得粉碎，悲哀地成了防空洞的奠基石。惟有那几棵巨大的百合树幸运地没有遭到砍伐的厄运，但遍地散落的白色的残花片，似乎是大树对它同类不幸的哀鸣所掉下的眼泪。

好不容易做成的土砖因为我们的技术不过关，还没来得及运走就被一场暴雨冲得塌泻下来，最后只好半途作罢。但门口的下水道却被堵住了，很长一段时间一到下大雨就心惊胆战，怕水下不去淹进家里来。

花园里的防空洞也是全民皆兵，家家户户需要强行参与。挖了一半便有大量的地下水涌出来，再怎么用抽水机抽也没用，最终只好放弃，说是这里不适合作防空洞的地点。当然这样的例子不仅仅只是在我们一个弄堂，而是发生在全国的每一个城市和角落。现在想来那个年代的人们是多么的单纯和盲从啊，没有一点科学调查和仪器测试，一窝蜂地将中国大部分的花园空地，都变成了寸草不生的黄土堆，或是积满了污水爬满蚊蝇的被废弃的大空洞。

因为被抄了家，爸爸也发送到了农场的干校，我愈发对学校生活失去了兴趣。因为按照我的家庭出身是绝对不在"红五类"之中的，也不会有资格参加红小兵，所以妈妈干脆就将带两个妹妹的任务全部交给了我。那时我已经对做家务得心应手，也懂得怎样安排自己的时间了，只要一有空闲，便更加着迷地投入到看书的热忱中去。现在想来，1966年以后所有的文字教育和文学基础，都是靠我读书而自学成才的。

爸爸去了干校后，家里的生活越来越困难，国家的供应也发生了问题，我们每过三个月便要排着长队去居委会领票证，当然只有上海户口的家庭才有资格领取。我记得当时每人每月的定量是半斤油、半斤白糖和20斤米。小孩子只有15斤。每个月买米总是我的任务，尽管那时我才13岁，但每月都可以在天平路上看到我背着50斤重大米袋吃力行走的身影，以至于落下了肩颈病，几十年后依然反复发作，令我痛苦万分。

每次烧菜，我总是非常小心地只倒上一点点油，即便这样，常常还是熬不到月底就没油了。中饭往往是买一毛钱花生酱，拿回家里后放些盐，然后一点点加水，并用筷子使劲地往一个方向调，一会儿就变成了香甜稠浓的一大碗下菜的花生酱。那时候是没有冰箱的，更没看见过空调，由于夏天又闷又热，放了一晚上的饭到了第二天中午就馊掉了，发出一股难闻的酸味。于是妈妈叫我将馊饭拿到水龙头底下用自来水冲一冲，再用暖水瓶里的开水烫一下，变成泡饭，凑合一顿午餐。直到现在，我还能回忆起那股嚼在嘴里难忍的馊饭味。

那个年代是没有个体菜市场或超市的，所有的居民每天都要到国营菜场里去买菜。离开家最近的是在华山路上的菜场，那时因为蔬菜奇缺，我每天早上都要在清晨4点就起床，睡眼蒙眬地挎着一个大竹篮子去菜场买菜。黑漆漆的菜场里早已排了一大串队，我总是飞快地认准一条相对来说短一点的队排上去，将篮子放在地上占一个空位。

冬天的早晨，上海的气温可以降到零下7度，我自从八岁搬到天平路的新家开始，便从没有过一件新衣服。现在穿在身上的是新妈妈穿剩的又薄又硬的中式棉袄，因为太大又不贴身，清晨的寒气毫不留情地从每一个缝隙中直闯进来，带走了我单薄躯体里仅存的一丝热气。冻得实在受不了，我只能随手在菜场里找一根草绳紧紧扎在腰上以阻风寒。

5点多钟，菜场的营业员刚刚将电灯打开，几分钟之前还是人头稀疏的地方，突然之间变成了一条歪歪曲曲的长队，每一个瞬间都会有人插进队来，说是地上的小石块或小篮便是他们的替身。好不容易才轮到我，摊位上只有瘦小发黄、干瘪的几颗小青菜，或者是留有老鼠啃过牙印的，令人作呕的胡萝卜。要是偶尔能够买上几颗大白菜或是几根茭白，便是天大的幸运了。在那几年里，我几乎不记得买过鲜红的西红柿或碧绿的辣椒的。每次去菜场最大的动力是在买完菜后，可以在华山路口的小糕点店里，用五分钱买上一根香糯甜美的红豆沙条头糕或是黑芝麻的双酿团，那是我儿时最最喜欢的早餐。

在儿时的记忆中是极少吃过牛羊肉的，因为那时只有回族人才可以有这种"清真"的票。最好的食物便是一点带肥油的猪肉，加上许多豆腐皮做的百叶结，或是许多土豆，放入几大勺红酱油，整整焖一个下午，于是一大锅浓香诱人的红烧肉，便足可以使我们整整吃几天了。

那年我十三岁，已经开始发育，原本瘦小干瘪的身体突然变得丰满起来。天一开春变暖，穿上单薄的衣服，挺胸走在路上，两条粗黑的大辫子一甩一甩的，常常会引来路人的回头注视。

那时家里实在是太穷，根本没有钱可以给我买新衣服，而我又一个劲儿地飞长拔高，一年就已超过爸爸的肩膀了。可悲的是我的裤子，在半年间便似乎短了一大截，于是，只能自己将几条早已太短或穿破的裤子剪开来，挑一段相对来说还算是新一些的布片，接在太短的裤腿下面。当然裤子的颜色是很难匹配准确的，即便再小心的缝制，也能看出上下两段截然不同的颜色。到我进中学的时候，每一条裤子的裤腿几乎都是用旧裤片自己接上的。而我的上衣，不管是春夏秋冬，永远是新妈妈穿下的旧棉袄罩衫。

在如此悲苦、忙乱的生活中，我们还是会苦中生乐，自己去寻找出一些小小的乐趣。

因为不去学校，在家带妹妹，忙完繁重的家务活之外，只要新妈妈不在家，我们的弄堂就变成了自由活动的空间。我每天最喜欢的节目之一便是聆听和模仿从窗外传来的各种小贩的叫声，有着浓重苏北口音的男人呼声"卖汏衣裳擦板，马桶桦浠"，我可以模仿得惟妙惟肖。那时我常常想不通，这儿附近的弄堂里，家家都有浴缸和抽水马桶，绝对不会有人会买这些东西，但他还是一次又一次的，每过几天便返回来，发着千篇一律的叫卖声。

但是，当那个瘦长女人的尖叫声"收废纸啦，旧报纸啦……"响起的时候，我和妹妹们便会从楼上冲下去，急急地将家里积下的几叠旧报纸，或是几个空啤酒瓶去换上几分钱，然后转眼间就又从弄堂口的小烟纸店里换成了好吃的话梅或花生糖。

周末如果赶上好天，随着吱吱呀呀的推车声，总会有两个男女搭档的喊唱声传来，"弹棉花啦，修棕梆啦……"。常常会有人家探出头去大声地呼应："要弹棉花啦……！"于是，一转眼便会看见他们夫妻两人分头在弄堂的僻静处摆好了阵式，一个将松散或有破洞的棕梆像变戏法似的左穿右拐修理好。而那个女人，手里提着钢丝做成的弹弓，在嗡嗡的震颤声中，把一条条发黄变硬的棉花毯，重新变成了又松又软的新棉被。

当然最使我们兴奋的还是爆米花车的到来了。一声高叫"爆炒米花喽……"便会立刻引来弄堂里所有的孩子，一转眼就排上了长长的队，舀上一罐米，放入两三片糖精，每一双殷切的眼睛都目不转睛地紧盯着那片锅炉下的红火，那位脸上布满黑色烟灰的爆米花人，不断摇动的锅炉和抽动着沉重的风箱。每过 10 分钟，他便会站起身来，随着那声"爆啦……"的吼叫声，每一个孩子都会将双手捂住耳朵，于是，在一声惊天动地的爆炸声中，飘逸出令人饥肠辘辘的香味。

哇……手里捧上一本书，舀上一大碗爆米花，边吃边看，这可是如同天仙一般的日子了！！直到我几十年后来到澳洲，第一次吃到国外的爆米花，竟是咸味的，而且塑料罐里爆出的米花，怎么也无法与记忆中儿时的铁锅炉爆米花媲美，这又都是后话了。

如果是在夏天，每隔几个星期，里弄里就会组织一次集体熏烟的活动。那个年代是没有空调的，天热时即便开着窗也没有一丝凉意，而蚊子却会从每一扇窗子里闯进来。上海人家房子小，又不能像农村人家那样挂蚊帐，即便点上蚊香，还是不足以赶走这些令人讨厌的吸血鬼，所以集体烟熏便是最有效的方法了。到了规定烟熏的那一天，家家都要到里委指定的地方领取被药水浸透的熏烟纸，放进一个个破存器里面，在每一间房间里都放上这样一个存器。匆匆吃完晚饭，一到7点，点上旧报纸，浸过药水的烟熏纸在火焰中喷发出让人窒息的药味。我们手捂着嘴急急关紧所有门窗，憋住呼吸逃出楼外。

原本寂静少有人烟的弄堂，在这样的晚上却成了一个人头攒动的乘凉场。妈妈们手拿扇子围着一圈在数落家常，男人们大多自靠在竹躺椅上交流着社会上的新闻，小孩子们奔来跑去地大声笑闹捉着迷藏，而同我差不多年龄的女孩们都在一起聊天或逗引男孩子。

我最偏爱的去处却是拐角处16号的后门。在这样的烟熏夜晚，没有一个人需要干活，我总是拿张小板凳，坐到那里等干妈妈出来。我最喜爱的干妈妈是16号何教授的堂妹妹，因为她丈夫在她很年轻的时候就过世了，她从外地来到上海照顾何教授一家。

16号的厨房正对着后门，所以我经常可以见到她瘦小的身影在厨房里忙进忙出。每次见到我，她的脸上总会露出和善的笑容："过来，小玲玲，朗诵一段普希金的诗给我听。"

干妈妈有着那样动听悦耳的声音和讲不完的故事，一口标准的带北京腔的普通话，使我永远也听不腻她的声音。我了解到她年轻时受过很好的教育，现在为了生活所迫，不得不担起何教授家的全部家务。只有在她的面前，我才能够展现我全部的心灵，也不再感到孤独。

夜深了，人们都陆续返回家中，残存的烟雾飘出楼外，在弄堂的每一个角落里回旋着。我用热水奋力擦好席子，吃上一口刚从井水里捞上来的冰镇脆甜的西瓜，在没有蚊子骚扰的晚上，渐渐进入了梦乡。

"火灶小心！火灶小心……"熟悉的呼声伴随着叮当叮当的摇铃声，又开始在弄堂的夜色中游荡着，轻轻地从窗外飘入了我的梦中。这就是我儿时记忆中的夏夜的一个场景。在今日急速飞驶的现代上海，这一切还依然存在吗？

我要进入中学了。

那是 1968 年的 7 月，文化大革命已经进行了两年多，我们也已经闲置和荒废了学业两年。所有的考试制度已经全部被取消，不再是根据个人的成绩来决定你将进入哪个中学，而是依据你家所在的地段和门牌号码来就近归纳入学。

尽管按原来的理想，我一直是希望能考取天平路上的南洋模范中学，但现在却被按地段分配到了华山路上的"曙光中学"，心里有些失望。但是想到终于可以成为一个中学生了，又能开始学校的学习生活，因此感到兴奋不已。

中学的学习课程依然是断断续续、没有规律的。尤其是在刚开始的那几个月里，学校仍是以运动为主，学习为辅。许多库房、小教室、甚至卫生间，都成了临时关押的监禁室，而所谓的犯人，便是被打成反革命分子的校长和老师们。

因为刚进中学，大家都被鼓励要表现好，被告知应该积极参与学校的阶级斗争，要努力把自己培养成无产阶级的接班人。每个人都应该争取成为"毛主席的红小兵"。所以在开初的那段时间里，我也是充满热情地参加学校的各项活动。

记得那时每人每周都会被轮到值班两小时，任务是在关押"反革命分子"的屋子前站岗，或者是押解他们去公共食堂吃饭。我当时被分配去看押的是被关在二楼卫生间里的一个老人，因为他的白胡子长长的，我想他一定已是很老的了。但后来听其他人告知，他其实才50岁都不到。他原来是我们学校的校长，运动刚开始就被打倒，已经被关了两年多了。那间被用来作为关押室的小屋原来是浴室，现在用一块破门板架在浴缸上就成了他的睡床。除了吃饭时允许在监视下走去食堂以外，这个没有窗户、墙上贴满白色瓷砖的阴冷斗室，便是这位老人过去两年来的栖身之地。

我每周都按时来站岗，透过开着的门，可以看到老人憔悴的面容和那双闪烁着智慧光芒的眼睛。这不禁使我又回忆起了小学时那位深受我敬爱的高老师，他如今是否也在遭受着和这位校长一样命运呢？

有一天中午，正好轮到我押解这位校长去公共食堂吃饭，我跟着他穿过华山路往食堂走去。按照惯例，他在进门后必须面对着食堂正门口的大幅毛主席画像，恭恭敬敬地鞠上三鞠躬，然后要手举毛主席的红色语录本对着画像高呼"毛主席万岁！万万岁！！"然后才允许进去吃饭。

但是那一天，我跟在他后面的时候，突然发现他走路一瘸一拐的，东摇西摆很不稳定，脚上的鞋子也是半进半出，拖在脚上。于是在回程的路上我便问他是否腿上出了什么问题。他苦笑地对我说，因为造反派怕他自杀，所以在被关进来两年多中一直不允许他使用剪刀，现在的脚趾甲已经长得太长，致使脚无法再套入鞋中。而且因为一直没让洗澡，浴室里又非常阴冷潮湿，现在的脚趾处已经发炎，红肿，所以才只能这样拖拉着走路。

我的心里突然涌出了对这位老人深深的同情，下决心要帮助他。在又轮到我值班时的那天，我从家中拿了一把剪刀，悄悄地藏在了书包里，到我看管他时，立刻将剪刀递给了他，让他赶快趁没人的时候将脚趾甲剪了。我至今还记得他当时眼里流露出来的感激之情。但是没想到，当他正剪到一半的时候，被前来巡视的高年级红卫兵发现了，这件事立刻成了当时学校最大和最严重的新闻。当然，从此以后我就被完全取消了站岗值班的资格，同时这位老人也被加上了更多的罪名，"腐蚀和侵害毛主席的红小兵，拉青少年下水……"等等，等等。

这件事之后我在以后的两年里对政事完全不闻不问，成了一个彻彻底底的逍遥派。

# 第七章

# 我15岁生日的那天

## （1969年4月16日）

自从搬到天平路和新妈妈一起生活以后，我就不断地被她提醒着自己是一个"野种、拖油瓶"。每次稍和同学有些口角之争时，也会被人谩骂，"你有什么了不起，你只不过是个没有亲爹娘的杂种而已……"这种侮辱的语言，是我整个童年和少年时期无法摆脱的阴影。

虽然我非常清楚，这个在童年时期给了我百般父爱的爸爸，以及对我充满敌视、恨不能将我一脚踢出家门去的后母，都和我没有一丝血缘关系。而且，残留在我记忆中美丽的妈妈李也不是我的母亲，但是究竟我是从哪里来，谁又是我的亲生父母？为什么我会被送给妈妈李来抚养？为什么我的父母不要我？这些从来没有人给过我一个清晰的解释。即便我无数次壮起胆子想要去问爸爸，但是每次看到他那疲惫的双眼和慈祥的笑容，我又会将问话缩了回去。我知道爸爸会伤心的，不管是否有血缘关系，他都视我为他最爱的女儿，我怎能忍心去伤害他呢？

在我童年和少年的记忆中，不知道有多少次，无论是在路上独自行走，或是乘坐在拥挤的公共电车上，我都在人群中不断地寻找着、观察着，希望有人会突然认出我来，对我伸出她的手臂，把我拥进她温暖的怀抱，说她是我久已失散的母亲……

自妈妈李走了以后，从来就没有一双母亲的爱手触及过我的前额。在我的梦中，总能见到相同的一位美丽女子飘逸而来，把她那双纤细而又温暖的双手放在我的头顶上，告诉我她爱我，我是她最珍爱的女儿……每次我看小说，总是在自己的想象中，将母亲的形象和书中最善良、可亲的人物联系在一起，为她编织出一个个美丽的故事。我常常觉得自己就是现代生活中的灰姑娘，梦想着有一天上帝会将母亲从天上送到我的身边，紧紧地拥抱住我，再也不让我离开她，也永远不再让我受苦受难……

1969 年的 4 月 16 日，是我虚岁 15 岁的生日。

那天下午，我带着大妹妹到阿婆家去接小妹妹，小妹妹那年也已五岁了，因为还没有到上学的年龄，所以只要是我到学校去的日子，阿婆就会照顾妹妹，然后由我将她们接回家。

阿婆家虽然也是在天平路上，却是在靠近衡山路的那一头，在天平路地段医院的斜对面。妈妈总是不屑一顾地说阿婆家的那一头，是天平路上最破落的下只角一头。也许，阿婆家所在的院落是无法和我们的"茅馆"相比，一个大院落里杂乱地散落着许多矮平房，每家人家的房间都是又窄小又阴暗，地是永远也清扫不净的泥地。每家人家不用说厨房，连自来水管也是没有的，几十户人家要用水，都要到路口唯一的一个自来水站去拎水。平时洗衣、做饭，大多数时间都是用院内的那口井水。真难让人相信这是上海最好住宿区徐汇区的一角，住宿条件和我们家相比真有天壤之别。

然而我却特别喜欢到阿婆家去，尤其是在妹妹稍稍长大了点以后，阿婆家成了我逃脱妈妈的一个世外桃源。阿婆家的饭菜是最香最可口的，阿婆对我的态度是最可亲的，尤其使我难忘的是阿婆儿子的吉他声和低沉的歌声，那时期最流行的外国民歌，伴我度过了童年和少年的时期。直到几十年以后的今天，这些歌曲还是我记忆中仅存的可以吟唱的歌词："深深的海洋，你为何不平静，不平静就像我爱人，那一颗动摇的心……"

但是在 4 月那天的下午，我却没心思多待，只想接了妹妹后就匆匆往家赶，因为爸爸今天将从闵行的工厂里回来过周末，我迫不及待想要见到他。

从天平路的那一端走回家至少也要走十几分钟。小妹妹累了，吵着要我抱，我只能一手抱着她，另一手腾出来牵住才六岁的大妹妹的手。转眼拐进了我们家的弄堂，才刚跨过大铁门，门房间的阿姨就迎过来对我说："玲玲啊，你可回来了，刚刚有三个女的来找你，我把她们带到你家去了。"

"找我？"我有些纳闷地问道。因为在我短短十几年的生活经历中，爸爸和现在的家里人便是我唯一所知的亲人了，有谁会来找我呢？莫非是妈妈李从江西回来找我了？或者是……？？？我不敢再想下去，拉起妹妹就直往家里奔去，只听见自己的心咚咚地狂跳着，都快从胸口里蹦出来了。

我快速地打开门，三步并作两步跳到二楼，直冲前楼，刚一到门口，就听见新妈妈粗大的嗓门对我叫到：

"看你都野到哪里去了，快过来，这是你的亲妈！！"

"我的亲妈？？"

我突然觉得自己是身处在一个无法醒来的梦境中，全身被定格在一个不动的位置，手脚和思维也被这突如其来的冲击给固定住了，不知该怎样反应，也不知道该说什么，只是眼睛直直地盯着屋中坐着的那三个陌生的女子。

突然，那三个女子同时站起身向我激动地扑来，其中一个留着拖到腰后长辫子的年轻女子紧紧地抱住我，哭着笑着说：

"小妹妹，我的小妹妹，我们终于找到你了！我们是你姐姐啊，我是你的建建小姐姐，这是你的阿华大姐姐。"她把在一边流泪的短发的大姐姐拉过来，她们两人一起抱着我痛哭起来。

就在这时候，一双温暖的手将我轻轻地从姐姐的怀抱里解脱出来，又将我紧紧地拥入了她的怀抱，双手柔情地不断地抚摸着我的头发，一股既陌生又熟悉的气息，在不断地唤醒我深深潜藏在心底的遥远记忆……

"我的小玲玲，我的小宝贝，终于找到你了，妈妈终于找到你了！"

妈妈的声音是柔和的，不真实的，我的身心仍然定固在梦境中，呵……我希望这是一个永远也不需要醒过来的梦，我不要睁开眼睛以后再一次失去我的妈妈……

"这是真的吗？"

我透过妈妈的肩头，用疑惑的眼睛向坐在窗前的爸爸问道。

爸爸避开了我的眼神，转过脸去，伤感而又无奈地点了点头。留给我的是一个在抽咽的消瘦的肩头。我的心不禁开始绞痛起来。

"当然是真的啦！"新妈妈的嗓音永远是那样的大声和粗犷。

"玲玲，你还愣在那里干吗呀，快让你妈妈和姐姐坐下，你们大老远跑来，一定累坏了，我去给你们倒杯水吧。"话音刚落，她就往后楼走去了。

因为没了新妈妈在场，我立时感到轻松了许多，妈妈和姐姐们不断地捏着我的手和抚摸着我的脸，三双眼睛都不断地盯着我，好像一不小心我就会失踪似的。而我，除了童年时爸爸和妈妈李对我的爱抚以外，世界上还从来没有任何一个人给予过我这样多的关爱，我都有些不知所措了。不知为什么，我竟然一滴眼泪都没有掉，也许是因为梦想和期盼得太久了，真的发生了，却已不知如何反应了。

那天傍晚，爸爸答应让姐姐和妈妈将我带去她们家吃饭，并允许我在那里度过整个周末，因为那天也是我的生日。

直到那一天晚上，我才知道其实这么多年来，我的亲生妈妈和哥哥姐姐们，就住在离我家并不太远的八仙桥大世界附近。当我被领进这栋老石库门的房子里后，突然被一大群人包围住了，他们都对着我哭着笑着，不停地摸着我，一个又一个地上来拥抱住我，而我的身体，却依然处在那个似醒非醒的梦境中，无法对眼

我15 岁时与我的二姐在当年上海最高的国际饭店前。

*我* 的亲生人哥。他是我们六个孩子中最年长的一个，我是老六。

前的人物作出反应。唯有我的灵魂，却似乎超越了我的肉体，飞到屋中高度的一角，遥视着所有激动不已的亲人们。这一幕是那么清晰地刻在了我的记忆中，以至于几十年后的今天，当我再一次触及到那段经历的时候，那种恍恍惚惚、身心游离的感觉又一次从心里涌了出来。

那天晚上在哥哥姐姐面前，我感受到了那种被宠爱的温暖，觉得自己突然变得很小很小。让我感到吃惊的是，姐姐们都有着和我一样的银铃般的嗓音，尤其是小姐姐建建，说话的神态和声音竟和我的是那样相似，隔着一堵墙的话，外人

*我* 的亲生哥哥姐姐及全家，我十五岁那年。

是很难分辨出是谁在说话的。更使我惊异的是，我们兄妹六人，每个人的双臂伸出来后，臂腕朝上时都可以在臂膀中间的一处相并在一起，这在其他人都是无法做到的。妈妈说唯有爸爸所属的徐氏家族里才有这一身体特征，这更证实了我是徐家嫡亲后代的一员。

直到这一刻我才了解到，原来人的身体特征和爱好习性，竟然与血缘有着这样紧密的联系。虽然我从来没有和他们在一起生活过，互相之间也不可能受影响，但却有着极为相似的对文艺和读书的爱好，据说这都源于我父亲的基因。所以环境的因素应该是不占太大比重的，我们姐妹是如此的相像和相似。

记得在那以后的很长一段时间里，我一下课就急急地乘上车，直往八仙桥生母的家中跑，饥渴地享受着哥哥姐姐和妈妈对我的无尽的爱。我喜欢妈妈为我烧的红烧牛肉干和各种好吃的饭菜，我更喜欢哥哥姐姐们轮流带我去游玩各种从来没有去过的地方。那时候的大世界游乐场给我儿时的心灵打开了一扇奇妙的窗，我喜爱看舞台上各种各样的演出和品尝各种各样的小吃。直到今日我似乎还能看到那个站在哈哈镜前放声大笑的小女孩，在尽情享受着从没感受过的快乐。那真是我记忆中一段非常美好的时光。

然而，幸福对我来说总是不真实和短暂的。几个星期以后的一个周末，我从亲生母亲的家赶回天平路，因为那天爸爸会从干校回来，我想和他谈一谈是否能够永远到亲生妈妈那里去住的想法。谁知我刚跨进门，新妈妈在楼下的厨房门口就拦住了我。

"哎哎……你这个野鬼野的连家都不知道回了，没长眼睛啊，进门连个招呼也不知道打？"

她那肥胖巨大的身躯像一堵高耸的墙，横跨在走道上。

我不敢仰头正视她那双因愤怒而变形的眼睛，低着头不说话，心里却倔强地想：

"嚷什么嚷，要不是为了爸爸，我才不愿意回这个家呢，反正过了今天，我就再也不要看到你的这副凶相了，我终于可以解放了！"

见我不回话，她也似乎无可奈何，紧接着又压低嗓子对着我的耳朵严厉地说道：

"还像根电线杆似的竖着干什么？又不是死人，赶快上去看看你爸爸，他已经为了你三天没去上班，也没好好吃饭了！你这个没良心的野种！我早告诉他养你是白浪费钱，好心不会有好报，现在翅膀还没长硬就已经要飞了，你看，被我说中了吧！"

我一听说爸爸已在家三天我却都不知道，一股愧疚之情直涌上我的心头，赶紧三步并做两步直奔楼上，刚一推开前楼的房门，不禁被眼前的景象吓呆了。爸爸独自一人背对着我坐在屋中心的圆桌旁，桌上堆满了横七竖八的酒瓶。门窗紧闭的房间里，散发着一股混杂着浓郁的酒精和男性体味的难闻的味道。听到门声，他没有回头，只是用一种我极其陌生的声音，含糊不清地嘟囔着并挥着手说：

"不要来管我，出去，谁也别进来……"

在我的记忆中，爸爸是从来不喝烈酒的，每顿饭最多也就一小瓶啤酒，像这样的醉态是我从来也没见到过的。我吓坏了，冲上前去一把抱住他，夺下他手中的酒杯，跪在爸爸的膝前哭着说：

"爸爸，是我呀，我是你的玲玲！我回来了，我回来看你了，你是为了我在生气吗？请不要喝酒了，再不要喝了，我求求你！！"

一听到是我的声音，爸爸突然伸出他的手臂抱住了我，同时发出了一种沙哑悲戚的呜咽声，我们两人抱头痛哭了很久很久，都不知道过了多长时间，直到都哭累了，才逐渐平静下来。

我抬起头来，看见才一个星期没见的爸爸的脸突然消瘦和憔悴了许多，平时总是刮得干干净净的脸上现在竟然胡渣丛生，疲惫的眼睛里充满了深红的血丝。我不禁为自己过去几天里，那种自私的只顾自己快乐的行为而深感内疚。要是我早知爸爸会这样难过，我是绝对不会这样做的。但是现在，面对着痛苦万分的爸爸，所有原先准备好的话全部消失得无影无踪了。我不知该怎样安慰爸爸，只是紧搂着他的膝盖，将头深埋在他膝前不敢抬头。

"你是希望离开爸爸了吗？"过了不知道多长时间，爸爸才终于打破了沉默，轻声地问我。

我不知道该如何回答。虽然在我的心里，我知道新妈妈恨我，嫌弃我，巴不得立刻将我一脚踢出门，这样就没有人再来和她的两个亲生女儿争爸爸的宠爱，也没有人再来分享本已不多的爸爸的微薄工资。我是希望能够飞得远远的，再也不要忍受新妈妈的折磨。

但是，我同时也非常清楚，我亲爱的爸爸是多么的爱我，为了保护我，他已经与新妈妈之间有过太多的争吵。尽管他不能每时每刻都站在身边保护我，但是我知道，他是尽了全部的力量和能力，我怎么能够无情地弃他而去呢？

"不！只要爸爸还需要我，还爱我，我就不会离开你！！"我声音哽咽地说。

在这样的时候，我觉得自己所有受过的委屈和痛苦都已是微不足道的了，唯有亲爱的爸爸的快乐才是我唯一的希望。

"爸爸当然爱你，从来就没有改变过。你是我最爱的女儿，就连妹妹们都不能取代你，难道你还不知道吗？我知道自己是个软弱无能的人，现在的生活现状已经大不同于过去，这都是爸爸的错。因为我当时只是希望能够有个妈妈来照顾你，谁知道反而使你受苦了。我心里是都知道的，请小玲玲原谅爸爸的无能。但是，爸爸的生活中不能没有你，我知道你是希望回到你亲生的妈妈那里去的，但是爸爸不知道该怎样面对将来的生活，如果这个家里没有你，什么都不再有意义了。"

爸爸的声音又开始颤抖起来，我的头脑突然变得非常的清晰，立刻站起身来，对着爸爸的眼睛坚定地说：

"爸爸，你放心吧，从今以后，一切都会恢复到以前一样，我不会再使你伤心了！下课后我会立刻回家照顾妹妹，我再也不会离开你了，我向你保证！"

记得那天晚上，我和爸爸谈了很久很久。

从搬到天平路以后，我还从来没有和爸爸有过这样深的交流，就好像又回到了我童年时的那段美好岁月里，所有眼前的一切困苦都已变得微不足道了。

这是人生中第一次，由我对自己的将来做了一次选择。当时不是为了我自己，而是为了我对爸爸的爱。但是几十年以后回头看去，我才意识到当时我的选择是多么的重要和正确。如果我当时选择回到我生身母亲家去的话，我的整个人生将会是完全不同的另一条轨迹。我相信上帝的旨意，也接受命运的安排。

# 第八章

# 我的生身父母

（1918 年—1954 年）

在 15 岁生日之前，我的记忆中对自己的亲生父母、哥哥姐姐是一片空白。直到 4 月的那一天，我才了解到自己竟然有两个哥哥三个姐姐，我是老六，是全家最小的一个女孩。

与我哥哥姐姐命运不同的是，早在我的生命胚胎形成的那一刻起，就已注定了我将要面对坎坷崎岖的人生命运。也许，这都应该从我的生身父母的故事说起吧。

1922 年某月某日，我的生母出生在浙江宁波象山一个书香门第的大户人家里，他的父亲给她取了一个非常文气的名字——舒亚平。

据说几百年来，舒家祖祖辈辈都是读书人，有好几位考上状元，做上大官，到了我外祖父的这一辈，因战乱和皇朝的变迁，考核制度改变，读书人不再是当官的前提，于是家境开始衰败下来，但是凭祖上留下的大片农田和房产，家里的生活条件还是非常优越的。

她从小就是在宽敞的大屋、考究的家具和数不清的字画和书籍的包围中长大的。

我的母亲是一个非常美丽的女子，在当年象山那样一个较为偏远和闭塞的小县城里，她的美貌是远近闻名的。从她年轻时唯一留下的照片上看来，她有着一张中国传统文化中最为赞赏的鹅蛋形脸，那笔挺的鼻梁和略高的颧骨，使她的脸有着鲜明的轮廓并充满了青春的生机；她的皮肤如玉石那样洁白无瑕，那双像月牙一样弯曲、柔和而又善良的黑色大眼睛，对人生充满了美好的

**我**的亲生母亲年轻时的照片。可惜我们没有找到一张保留下来的我亲生父亲年轻时的照片。

幻想和憧憬。

我的母亲在她的家里排行第三，上面还有比她年长许多的哥哥和姐姐。虽然是个女孩，而且是在那样一个封建的重男轻女的年代里，我的外祖父仍然遵循祖迹，在我母亲刚开始懂事的时候，便开始教她读书识字，给她良好的教育。

然而，在19世纪40年代初的中国城镇里，一个年轻女子所有青春期的教育和筹备，都只是为了一个最重要的任务——希望可以嫁到一个有钱有势或至少家境好的丈夫。尤其是像我外祖父家这样的书香门第之家，尽管家境已不如从前，但是女儿的婚姻是一定要门当户对。

左面后排侧坐着的那位穿白色旗袍的是年轻时我亲生母亲的照片，当年她家是宁波象山地区家境殷实、知书达理的家族，这是一张她年轻时唯一留下的照片。边上都是她的表亲。

当然像我外祖父这样自视清高的读书人，是不会让像母亲那样一个年轻女子轻易外出、自寻伴侣的。在那样的年代里，媒人介绍，父母相亲是联姻的唯一渠道。

在我母亲 17 岁那年，她被穿上了绣红戴金的传统婚袍，头上搭着悬满了流苏的面罩，被送上了一顶佩红挂绿、被一张厚厚门帘遮住的花轿，在一片喜气洋洋的吹号声和鼓乐声中，来到了临海靠镇的象山丹城的未来丈夫家。

尽管今天是她的婚嫁喜庆之日，她应是这天的主角，但是所有的一切程序和安排，都似乎与她毫无关系，她像一个木偶似的被人摆布着，装饰着，簇拥着，全然不知道下一步该做什么，无助而又胆怯地独坐在这个硕大无依靠的大床前，不知道等待她的将是怎样的一个命运——直到这一刻，她还没有见到过她将要交付自己一生的未来的丈夫。"但愿他不会是一个丑陋的男人，神灵保佑我会幸福，保佑他会喜欢我！！"她闭上眼睛，将两手轻轻地合在一起，在心里暗暗地向天上的神灵祈祷着。

直到婚后她才知道，这场婚宴是那年村镇上最大的庆典，因为她与之联姻的徐家是丹城当地最有名望和富有的家族之一，而她的丈夫，这位婚前仅存在于她想象中的男子，成了她生活中真正的白马王子。是的，他没有使她失望，神灵听到了她的祈祷。

我父亲的名字叫徐显达，这和他的家庭状况和出身背景是非常吻合的。

我的祖父家也和我外祖父亲家一样祖祖辈辈都是读书人家，但不同的是，祖父家不屑从政做官，而是从医就药，从曾祖父的祖父那一代开始，家里就世世代代从医，并在当地开医院和药房。到了祖父的那一代，他被送去北京的协和医院学习西医，在那里受到了良好的西方教育。

毕业后他被曾祖父召回象山丹城的家里，要他来帮助自己一起主持料理家族的医院，并开始设立西医科，扩展了西药房，使得他们徐家成了远近闻名、受人尊重的大户人家。这在 19 世纪初的中国乡村城镇是一个了不起的壮举，只有家境非常显赫殷实的家族才有这样的条件。

祖父在还很年轻的时候就按照世袭的传统习惯，与一个当地的同等门户家的女子结了婚。因为都是由曾祖父母指定的婚姻，对自己要与之婚配的女子毫不了解，婚后又没有任何共同语言。但是，遵循父命，传宗接代，是那个年代婚姻的最重要的原因。所以在连着生下了两个儿子、一个女儿后，就只身远离家乡去了北京协和医院学习，将他年轻的乡村妻子留在丹城，独自面对公婆和三个年幼的孩子，而其中那个身为徐家长孙的儿子，就是我的父亲徐显达。

我父亲出生的那一年是 1918 年，中国农历中的马年，直到今天，我才第一次了解到原来他和我是一个属相，中间间隔了 36 年。

我父亲出生在那样的一个世代医学之家中应该是非常幸运的，从小就是保姆环绕，衣食不愁。因为丹城是一个靠海的城镇，有着非常丰富的海洋资源，徐家不仅在城里，同时在乡下还有大片的土地和房产，童年和青少年时期的父亲是自由自在、无所拘束的，乡间的绿树丛中和海边的沙滩上，到处都留下了他奔放的脚印。

但是，如同徐家所有的男子一样，他的未来是由不得他选择，而是在他出生的这一天就被决定的了。他注定要和他的祖父和父亲一样，被培养成一个医生，在家族的医院里就职。他的生活和婚姻也是完全被家族所控制，不管他的感觉是什么，他都必须要去娶那位被祖父指定的大户人家的千金小姐为妻，因为只有门当户对的家庭联姻才会使他幸福，他应该相信祖父的判断。

当然，后面的结果我们都已知道了，妈妈那双美丽的眼睛和清纯的笑脸立刻赢来了我父亲的欢心，而母亲，看到自己刚刚托付终身的丈夫，竟是这样一个高大、健壮、英俊的年轻男子，而且婆家又是这样殷实有名望的医学之家，暗暗庆幸自己的幸运。

那一年是 1938 年，我的母亲周岁 16 岁，而我的父亲也刚满周岁 20 岁。

按理说，像我父母这样的郎才女貌的联姻，家庭中又是这样的富裕，不愁吃穿，生活应该是花好月圆，直至终身的。但是，生活永远也不会像人们想象的那样单一，你可以去刻意安排和设计你的人生，但是你的命运却往往会将你带往一条全然不同的道路。不然的话，怎么会有我将来的故事呢？

在我母亲踏进徐家大院的前一年，也正是她未来的公公从北京协和医院回乡安家的那一年。

只是到进门后她才了解到，她的公公因为自己所受的良好教育，再也不堪与无爱的原配妻子同住，他在我父母结婚的前期，不顾家中的阻力和反对，毅然与自己从北京协和医院带回来的同学结了婚，并将这位第二个妻子带进了家里所开的医院，成了他扩展西医院的共同创办者和好帮手，她最终成了那一带有名的产科医生。

那个年代的男女是不谈离婚的，嫁鸡随鸡嫁狗随狗是女人的命运，我的祖母（我祖父的原配妻子）从结婚到遭到丈夫的冷弃仅仅是几年时间，初期与丈夫的肌肤亲热也是例行公事，仅为传宗接代。现在想来，她的命运是多么的凄惨、孤独，但是，作为那个年代的女人，你嫁到了徐家，就是徐家的人，孩子更是徐家的后代和财产，你要受不了离开，娘家是绝对回不去的，只能留在婆家默默地忍受。好在那个年代的大户人家三妻四妾的多得是，而她自己好歹也为徐家生了两个儿子，只要孩子将来成才，自己多受点委屈也就没什么了。

在几十年以后的今天，我在世界的另一个角落的书桌前，想象着我的祖母当年的孤凄痛苦和对命运的逆来顺受，不禁对她那一代的中国乡村妇女的悲剧充满了同情。当然，我同时也深深地理解，祖父当年毅然选择与自己相爱及志同道合的女子结婚的行为，是那样的迫不得已，一定会面对众人的指责和父母族人的阻挠。这样的壮举更是值得我们敬佩。人生是太短暂了，至少他是真实面对了自己的内心。

　　我的父亲和母亲结婚后的第一年，母亲就不负众望，生下了徐家的第一个曾长孙——我的大哥徐中。也就是在那一年，我祖父的第二任妻子也同时生下了他们的第一个儿子，两个同龄的孩子却隔着一辈的名份之差。

　　我母亲婚后在徐家大院的生活是平静而又舒适的，房子宽大，有着许多院落，每个小家庭都有着属于自己的一块独立的天地。每隔三年，就会有一个新的孩子呱呱落地。徐家的少奶奶是不用自己亲自照顾孩子和喂奶的，不管你奶水充足与否，家里照旧会在当地请一个奶妈，往往是那些刚生完孩子，却因为家里穷不得不以出卖自己奶水，照顾有钱人家里的孩子来换取收入的乡村女子。在我之前出生的五个哥哥姐姐，每一个孩子都是由一个不同的奶妈喂奶和抱大的，没有一个孩子是尝过我母亲自己的奶水的。

　　当然我父亲就更不用为抚养孩子而操心了，那种家务事是不用男人问津的。听说我父亲是一个非常聪明的男子，即便是用今天现代的标准来看，他也属于那种高大英俊、多才多艺的男人。188cm的身高在当时的中国男子中，是非常突出和令人瞩目的。家里给他的良好教育使得他擅长书画，写得一手好字，善言会道，一肚子古今中外的故事。

　　虽然我父亲还在很小的时候就被告知，他的前途是要学医行药，将世袭的医药之家传下去。整个青少年时期，他也是在家中所属的医院和药房里实习教育中度过的。但是在他自己的内心，却一直在与这种命运的安排抗争着，抵触着，他不想让自己的一生就像他的祖父和父亲一样，被锁定在这个闭塞而又偏远的小城镇里。他从书中看到过外面的世界是多么的绚丽硕大，尤其是上海那个冒险家的乐园，对他这颗年轻的心灵充满了神秘炙热的诱惑。他希望能够有机会离开这个地方，到外面的世界去闯一下。他也不想再成为一个医生，实在不敢想象自己的一生，竟然要在每天面对他人的病痛中度过。

他渴望着自由，希望挣脱家庭的束缚，由自己来改变世袭的命运。也许自己可以干些其他什么事业？成为一个有名的画家、书法家或一个作家？或是可以学习经商？上海那么大的一个地方，肯定会有无数机会的！！

1944 年的春天，我的父亲在那样一颗年轻和充满希望的心的冲击下，带着自己的妻子和三个年幼的孩子，不顾祖父的反对和祖母的哀伤，弃下了家中所有的一切，仅带上了有限的一些资金，义无反顾地离开了象山的丹城，来到了举目无亲的上海。那一年，他才26 周岁，我母亲 22 周岁。我大哥徐中 6 岁，大姐徐华 3 岁，二姐徐民才刚刚断奶。

尽管在过去的几十年里，我的生母不止一次对我描述过，父亲以及全家刚到上海时的种种困苦和冒险境遇，但每一次我的思绪都会游离出境，飘流到一个梦幻般的境地中，而现实中的种种繁琐复杂的人事关系、因缘世事似乎都已不再重要了。所以我不知在我记忆中的故事有多少是事实有多少是我的想象。

我只知道他初到上海时到处碰壁、事事不顺。尝试过做生意，但几乎输得倾家荡产。三姐建建又出世了，万般无奈中，他又开始操起了祖传的旧业，最终扎下了坚实的基础和根基，在上海有了自己的诊所，为当时的国民党政府官员看病开药，他高大自信的身影和多才多艺的个性给他赢来了大批的病人，而这些病人又引来了更多的朋友，他开始在上海滩上小有了一点名气。除了工作以外，他将自己的文艺才能发挥到了最大的极限。他酷爱跳舞，每天下班后都会出入于各大舞厅和饭店，周旋和沉醉在舞女的陪伴拥抱之中。

他回家的时间越来越晚，对妻子的态度也越来越冷淡。也许他觉得自己还这样年轻，却已有了四个孩子的重负。虽然他给每个孩子都雇佣了一个保姆，家中的经济来源也不成问题，但是，他不愿将自己的青春年华都埋没在家中。所以在1949年解放前夕，他和我母亲的关系已经落到了冰点。当时无论是国共内战还是极不稳定的政局，都没能将他从这种大上海纸醉金迷的梦境中唤醒过来。

1949年10月，毛泽东领导的中国人民解放军进驻了上海，大批的国民党官员和商人显贵匆匆逃离上海，父亲的许多朋友也都在一夜之间消失了。许多人奉劝他随大流赶快迁往香港或台湾，但父亲觉得自己刚在上海扎下一条根，让他拖儿带女再次举家搬迁到一个全然陌生之地，再次从头开始创业，实在是不敢贸然行此一举的。再说，他认为自己只是一个行医之人，也没有参加任何党派，所以没有任何可惧怕的。他心里总觉得，这些举家逃离之众是过分惊恐了，也许共产党的队伍一过，几个月后又会恢复正常，那时所有的人又会回归，自己坐镇不动是最明智之举了，因此，他留在了上海。

几个月后，毛泽东主席在天安门城楼上宣布中华人民共和国成立，从此以后的近40年间，留下的和出走的人们存在于两个完全不同的世界，开始了两种截然不同的生活……

1953 年 9 月的一天，父亲突然没有回家。

尽管母亲对他经常性的晚回已经习惯了，但对这样的彻夜不归还是非常担心的。找到父亲解放后工作的单位去问，才知父亲已被关押，罪名是解放前为国民党官员服务，是阶级敌人！再加喜欢资产阶级生活方式，生活腐化，所以政府决定将他送去监狱。当母亲为他准备了一些行装衣物送到监狱的时候，才被告知因为是政治犯，所以将被遣送到安徽的劳改农场去接受劳动改造。

由于我父母亲彼此间长年的冷漠和疏远，母亲竟然没有因父亲的监禁掉下一滴泪。倔强的她也没有告知即将远行的父亲，在她的腹中已有了一个三个月大的胚胎，那是夫妻间一次例行的接触所产生的结晶，而这无爱的结晶便是还只是个胚胎的我。难道说，在我的生命还没有形成之际，我的命运就已注定是这样坎坷不定、充满戏剧化色彩的吗？

1954 年 4 月 16 日，我带着银铃般的哭声来到了这个世界。母亲说因为我的哭声是这样的响亮，所以她给我取了小名叫玲玲。

我出生的那段时间，是母亲一生中最艰难困苦的日子。过去父亲从医时积下的银钱早已用完了。解放后父亲到医药公司做杂工，要维持一家十几口人的生活是非常艰难的，所以，母亲逐渐辞退了每个孩子的保姆，自己开始学习料理家务和照看孩子。

这里要加一句的是，在我出生的三年之前，也就是 1951 年，我母亲生下了我的二哥徐新。但是在怀孕时因为没有了保姆的帮助，不善家务的母亲不慎从楼梯上摔至楼底，致使胎儿脑部受伤，二哥成了终身的残疾。所以我是家中的第六个孩子。感谢上帝我完整无缺。

　　父亲突然被送去劳动改造，家中顿时失去了唯一的经济来源，从没工作过一天的母亲在医药公司找到了一个洗药瓶的工作。她意识到靠微薄的工资是很难养活五个孩子的，于是她又报名上了立信会计学校的夜校，希望自己能够学一个专业，以便找到一份写字楼的工作，将来可得到稳定和丰厚一点的收入。就是在那里，她遇上了在夜校教书的李华，我的第二个母亲妈妈李。

　　我的亲生父亲一直不知道，在这世界上有我这样一个他在无意中播下的生命的存在，一直到了几十年以后我们初次相见……

# 第九章

## 我的初恋　学工学农运动
## 世界上最好的妈妈

### （1970 年—1971 年）

我在 16 岁的时候，还是一个对男女之情完全不知晓的纯真少女。尽管在看过的书中读到了各种各样奇异的爱情故事，但是自己却从来没有亲身体验过。

记得那年我小姐姐建建怀孕，我还好奇的问她："你的肚子怎么会知道你已经结婚并让你怀孕呢？"可见我们那个年代对性的认识是多么的可怜有限。

学校是没有关于性知识的基本教育课程的，我在家又不敢问任何人。直到今天，我还能清楚地记得 11 岁那年第一次来例假，躲在房间里整整哭了一下午，我还以为自己得了重病，流血不止快要死了。还是隔壁的干妈妈大笑着安慰我，告知这是每个女孩青春期的必经之路，我才转忧为喜。

在中学的最后两年里，学校的正式课程仍然是稀稀落落、毫无规律。但没过多久，学校里和大街上就又贴上了许多巨幅的毛主席的新指示①。于是，上海的每一个中学开始了轰轰烈烈的学工、学农和学军的活动。学校的基础教育课程基本全部停止了，我们这批被称为70届的初中生，在临毕业之前的一年，全部下放到农村和工厂去接受工人农民的再教育，改造自己的思想。

在上海郊区奉贤县农村度过的那半年学农生活，使我的身心都有了极大的变化。我们和贫下中农同吃同住，睡在稻草铺的硬板上，烧的是干柴大锅，一百多斤的泥担子挑起来就走，还要保持两边的平衡。我们这些刚刚开始发育的女孩子，双肩都被压得磨出了血红的水泡，吃的也是最最粗糙的杂粮。每天早上天才蒙蒙亮便下地了，双脚踩在冰凉的水稻田里，弯着腰插秧。水稻田里到处都潜伏着各种各样的虫蚁，好多次都被几十条蚂蟥（水蛭）缠贴住小腿和双脚，这些形状可怕的暗黑色的吸血鬼，在贪婪地吸食着我鲜血的同时，不断地快速膨胀着它们的躯体，我惊恐地大声地呼叫着，手忙脚乱地想要把这些入侵者的嘴巴拔离我的皮肤。但是有经验的农人立刻让我住手，说是这样会使它们越钻越深，弄得不好还会将半边身体断在里面，那样就麻烦了。只见他轻轻地在蚂蟥的边上一拍，受到震动的蚂蟥立刻松了口，一片片掉落到了地上，只是在我的腿上留下了一个个血淋淋的伤口。稍微擦伤一点红药水，我又立刻跳进水田里。

最最可怕的也许是关于吸血虫的传言，这些肉眼无法看见的寄

---

① "我们的教育方针应该使受教育者，在德育、智育、体育几方面都得到发展，成为有社会主义觉悟有文化的劳动者。"
"人的正确思想是从哪里来的？是从天上掉下来的吗？不是。是人的头脑里所固有的吗？不是。人的正确思想只能从实践中来。"
"学制要缩短，教育要革命。"

生虫，潜伏在所有的水稻田中。亲眼看见村里一些老人都挺着一个备受折磨的大肚子，说是难以根治这种可怕的疾病。

但是在那个年代，我们这些来自上海的"资产阶级小姐"，就不断地被告知，到农村来就是要改造和消灭掉我们头脑中的资产阶级思想，如果贫下中农能在农村生活一辈子，我们才来几个月还有什么该抱怨的呢？没有一个人愿意被人看作娇小姐，更没人愿意在自己的档案里被记上不光彩的一笔，从而影响到将来的毕业分配，所以我们都是咬紧牙关，努力使自己融为农村中土生土长中的一员。

半年的学农生活很快便过去了。

这段日子工作虽然很辛苦，但也许只是干体力活，头脑相对的就简单得多，每天下工后倒头就睡。再加上乡村阳光充足，空气新鲜，使得我原本非常瘦弱的身体突然丰满和拔高了许多，脸上也泛起了健康的青春红晕。仿佛我在这几个月中，就突然完成了从懵懂女孩到青春少女的转变过程。

回城后，我非常清醒地意识到自己的身体开始有了变化。初隆的乳峰似乎要从窄小的衣缝里蹦出来，挺直的脊背，细小的腰围，经过儿时舞蹈训练的双腿颀长而又轻捷，乌黑油亮的长辫子在我的双肩上一摆一跳的，走在路上，经常会引来路人的回头关注。久而久之，给了我非常大的自信。

最重要的是，学农离家的那半年，使我的内心得到了一种前所未有的自我解放，这种精神上的释然使我对未来充满了美好的憧憬，希望不久的将来，我便可自由地展翅飞翔。

1970 年下半年是要到工厂去学工 ① 的。但是我却没有想到会在这里开始我人生的第一次初恋。

因为每个学校基本都有固定的工宣队进驻，而我们学校的工宣队是来自上海先锋电机厂，所以便自然定点在那里，时间也是六个月。我被分配到周师傅的小组里，他当时自己也才 30 岁以下，是个非常和善，也非常英俊高大的师傅。

在同一小组里的还有我的两个师兄，一个是俊广，有着一对非常粗黑醒目的眉毛，一双单眼皮的眼睛狭长而又明亮。高高大大的身躯有一种非常独特的男子汉的气质，但是每次一看到我，却总是像个孩子似的羞红了脸，结结巴巴的连句完整的普通话句子都说不成了。

"俊广是个日本混血儿啊，他妈妈还在大阪。"在饭堂吃饭时隔壁小组的同学悄悄地告诉我。

"听说他是 66 届的毕业生，父母送他回来上学练习中文，因为大学的高考停止，不能上大学了，现在也不让他出国，所以被卡在上海回不去了。当时还是照顾他才分配到上海工厂的，不然肯定去农村。"

我不禁对这个充满神秘色彩的师兄充满了好奇心。

另一个师兄小邵就完全不同了，一看就是个土生土长的上海人，工作之余与大家谈笑风生，海阔天空，充满自信。即便穿上工作服，也总是干干净净，整整齐齐。第一次见到我的时候，一双锐利的眼睛似乎要将我射穿，但是一转身，就再也没有注视过我，仿佛我是不存在似的，于是我也就有意识地对他保持了一定的距离。

---

① 学工主要是指在工宣队的带领下，到接管学校的工厂去向工人阶级学习，参加生产劳动，增加感性知识，继承光荣传统，吸收先进思想。

先锋电机厂坐落在上海徐家汇西面的宜山路附近，当时那一带已属郊区，周围还是一片农田。工厂有两个非常大的车间，到处都堆积着一叠叠锋利闪亮的截钢板片。巨大的切割机将这些硕大硬实的钢片，切割成又细又软的钢丝条，然后再将它们缠绕到线圈上去，听说这些线圈是要用在发电机上的。但是在我那懵懵懂懂的青春岁月里，这些机械原理对我来说太复杂、太枯燥了。

记得当时因为工厂绕线设备少、产量需求高，人员也多，所以便实行了三班倒制。我当时最喜欢的就是做中班，下午两点半上班，晚上十一点下班。这样早上妈妈上班时我还没醒，晚上下班后她们早睡着了。除非是周末，我再也不需要和新妈妈打照面，也没有人每天来责骂我，心就像一只自由的小鸟，每天都是跳着笑着去上班的。

学工开始以后的两个星期，我已对周围的环境渐渐适应，对交给我的工作也开始得心应手、对付自如了。到了工厂才感受到，在外面世界闹得轰轰烈烈的文化大革命运动，在工厂里却似乎安静得多。除了经常性的毛主席语录学习，传达党中央的最新指示以外，所有的工作还是照常进行。也许是因为工人阶级在当时是领导阶级的缘故吧。

所谓的学工和学农也差不多，整个半年都与工人们一起上下班，同吃饭，同学习。虽然我们只有 16 岁，但干的却是和所有工人一样的活，有自己固定的责任制。没过几天，我就很快习惯了这种固定的上下班模式，感觉上就好像是个名副其实的工人了。

那天正好又轮到我们小组做中班。毕竟大多数的人都是上白班，只有我们两个绕线小组因为设备不够而需要加中班。平时非常繁忙到处是人的工厂，突然变得异常安静，连说句话都会在车间里激起嗡嗡的回声。

下午5点是晚饭的时间，我到饭堂打了饭，不想挤在又闷又热的饭堂里，于是独自一人拿着饭盒坐在车间门口的地上，仰望着远处被晚霞染红的天空，边吃边看着时时变幻的火烧云。因为周围都是农田，很少有高的建筑物，即便是坐在地上，也能眺望到很远很远的天的尽头。我一时间竟被这在市区高楼间很难看到的黄昏景色所吸引住了，我的想象力也同时被激发起来，漫游在这一望无际的清澈的蓝天和千姿百态的云层中，构成了一个想象的梦幻世界。

突然，一阵优美的口琴声从我的身边飘来，把我从凝神中唤回到现实中。转身望去，师兄俊广正独自依在车间大门的另一端，聚精会神地吹着一首我所熟悉的俄罗斯民曲："茫茫大草原，路途多遥远，有个马车夫，将死在草原——"我凝神听着，一边下意识地跟着哼唱起来。等他吹完一曲，我笑着和他打了个招呼："你吹得真好！我小时候就想要学乐器，但一直没有机会。从来也没想到这么小小的一支口琴，竟能吹出这么好听的声音来。"

俊广放下口琴，转头见只是我一人在那里，便向我走来。毕竟我们已在一个小组工作了两周了，他初见我时的拘谨似乎已消失殆尽。

"你喜欢口琴吗？这是我妈妈在我来中国前给我的。"他的脸上突然浮现出了一种显而易见的惆怅和伤感。

我真想让他说一说关于他的故事，但我没敢。只是充满同情的关注着他："你一定有个非常爱你的妈妈，你应该感到幸福！"我有些羡慕地真心说道。

"是的，但是我现在不知道要到哪一天才能重新见到她。每次吹起口琴，就会使我想到她。"说到这里，他突然用力地摆了摆头，似乎是要将那些困惑他的伤感甩掉，话锋一转，对着我又像个纯洁的孩子那样笑道："嘿，小女孩，你想要学吹口琴吗？我可以教你。"

"真的吗？"我简直不敢相信自己的耳朵。"可是我没有口琴啊。"我不禁有些沮丧地说。

"给你，就拿这个学吧！"俊广将他手中的口琴递给了我。

"那怎么行，这是你妈妈给你的东西，太珍贵了，我可不敢用。"我将手缩回背后，使劲地摇着头。

"那你愿意接受这支新的口琴吗？"他从口袋里又掏出了另一支口琴递给了我。

"这是国光牌的，已经在我的口袋里放了好几天了，但一直没有找到机会给你。"他的口舌突然又因紧张而开始结巴起来，但眼睛却一反常态地勇敢地直视着我。

我的血突然像被火点燃似的直冲脑门，脸刷地一下红了，这次轮到我惊恐得不知所措了。

"已经在口袋里放了好几天了。"我在心里重复着他的话，不敢正视他的眼睛。"难道这支口琴是他专为我买的吗？今天的这一切都是他事先安排好的吗？"我找不到答案。

"唉，你们俩在谈什么啊？是否介意我也来加入一下？"

远远传来小邵师兄的叫声，俊广急中生智，将口琴往我手中一塞，小声命令道："快放好，别让人看见了！"转身拿起吃过的饭盒，对着走近前来的小邵师傅扬了扬，大声说道："我去食堂洗一下，你们聊吧。"转身对我紧紧地抿了一下嘴便走开了。

我在下意识中立刻将口琴放进工作裤的大口袋里，装作什么事也没发生过似的笑着朝小邵师兄迎去。

那天晚上的中班，时间好像过得飞快，我的精神一直处于那种兴奋和恍惚之中。

十六年来，第一次有人对我这么关注，这么用心，这也是我有生以来收到的第一件来自异性的礼物，尽管我心中觉得实在不应该收下。这个口琴在我的口袋里就好像是个火球，使我坐立不安，好几次周师傅在说话，我都不知道他在说什么。

对俊广，我就更不敢正视他的眼睛，也不敢靠近他了。每次需两人一组搭档绕线圈，我总是刻意回避他，去和小邵师傅做搭手。但是，偶尔的相互一视，彼此间突然感到拥有了一个共同的秘密。

后面的几天我都不知是怎样过去的，但是至少在吃晚饭的时候，我总是特意留在食堂里和大家一起用餐，再也没敢给自己创造一个和俊广单独在一起的机会。学口琴的时间自然也就没有了，再加中班翻完后是早班，白天人多眼杂，各种各样的会议、学习以及一大车间的人，俊广也就再没有主动对我说过话。

只有当我一个人在家时，我会悄悄拿出这支口琴，对着镜子笨拙地吐出一个个破裂的音符。不知练习了多少遍，连个哆、瑞、咪、发、索、拉、西都找不准，更不要说吹一首曲子了，但心里仍然是温暖的。

只是我不知道该如何去面对俊广对我的好感，因为这种感情对我来说太陌生了，而且似乎是一种来自别人对我的强加的意识。或许在我的心里，对俊广只是一种神秘的好奇，一种对他见到我时局促不安的一种孩子气的耍弄？但那毕竟不是爱情，对他来说也许是一种很特殊的感情，但对我来说却不是。不过我是绝对不愿意伤害他的。

也许因为是要刻意避开俊广，我倒反而开始与小邵师兄接近起来了。我们经常搭档工作，因为绕线圈是个非常枯燥缓慢的工作，所以其间可以毫无拘束地海阔天空谈个不停。

我突然发现小邵和我一样爱看书，看过的书好像比我还要多得多。最重要的是，他也和我一样喜欢外国文学作品。那些世界知名作家和他们的代表作的名称，在他的嘴里可以倒背如流，当时可把我佩服得五体投地。与小邵师傅的学问及他看过的书相比，我的那点知识可是太小儿科了。

那周又轮到我们上中班，我特意将口琴带到工厂，一下午都没有找到机会，等到下班铃一响，大家刚离开，我一下跳到俊广面前，将早已准备好的信封塞到他手里，然后立刻转身去换衣间了。那是我考虑再三后决定还给他的口琴，里面夹着一封短信："谢谢你对我的关心，但是我不能接受这份太重的礼物，希望我们还是好朋友！"

刚换完衣服，我便箭一般地穿出了工厂，飞一般地朝漕溪北路方向跑去。我是不希望看见俊广看到我退还给他口琴以后的表情，我觉得自己很残忍。

从宜山路到徐家汇然后再到天平路要走至少半个多小时。那时候的漕溪北路还是郊区，晚上车少，路人更少。公共班车早就过点了，所以中班下班虽晚我也总是自己走回家去。刚开始的时候还有些害怕，时间一长也就习惯了。至少在文化大革命的那一段时间里，治安还是非常好的，走在路上也从来没有不安全感。

我正独自一人在路上匆匆地走着，突然，一辆自行车刷地一下停在了边上，把我吓出了一身冷汗，定睛一看，才见是小邵师兄。

"嘿，小姑娘，要不要我带你一段？"小邵师兄问道。

我没停下脚步，边走边说："不用啦，我喜欢走路，谢谢你啦！"我心里还在为刚才还俊广礼物一事忐忑不安。

"那么我就陪你走一段吧，小姑娘一个人半夜走路太危险。"说着他就下了自行车，推着车走到了我的边上。

哈，他就是这样老是把我当小孩，学工已经快两个月了，中班也已上过无数次，从来就是独往独来，怎么突然就危险了呢？但是对他的好意我又不能强行推开，再加那么晚了，天也开始有了些凉意，起风时路边的梧桐树刷刷的响声，有时也确实让人挺害怕的。有个男子在边上毕竟要好许多，我没再推辞。

身边突然多了个人，使我感到浑身不自在起来，连迈步都不同往常，自己感到有着说不出的做作。不知为什么，平时能说会道、海阔天空的小邵此时也变了个人，只是推着车走在我的边上，沉默着一语不发。唯有我们两人踩在地上的沙沙脚步声在夜空中回荡。

"小邵师傅，你家也是往这个方向走的吗？怎么我过去从来没有碰到过你？"为了打破这令人窒息的沉默，我找了个话题。

"是的，就在徐家汇那里，靠华山路头上右边的那一排房子。"小邵也似乎感到了一种解脱，立刻回答我道。

"哇，华山路啊，我每天都要经过的。我家就在天平路啊，没想到我们还是近邻啊。"我感到自己就像遇上了一个多年没见的老邻居，心中的距离一下缩短了许多。

"唉，近邻还谈不上，一个区罢了吧。只是你们家的那条路靠近市委高干住的康平路，是名副其实的上只角，我们这一段到处是店铺，又临着大马路，哪敢和你们那里攀近邻啊！"小邵师傅又恢复了他那善于调侃的本性，幽默地自嘲道。

他说得也有道理。上海从 1949 年解放后就没有过什么大的城市基本建设。所有的楼房、街道和城市布局都基本还是解放以前的模样。因为徐汇区是当年的法租界，法国人留下了许多梧桐成荫的美丽街道，更有一栋栋形状新颖、形状各异的花园小洋房，使徐汇区成了全上海最好和最上等的居住区。但是，除了围绕在康平路附近的那几条路以外，其实在外围的那几段地区的房子质量是非常差的，我们常常说那里是上只角里的棚户区。

不过华山路可不是属于那样的，只是店铺多一些而已。再说，这些都有什么关系吗？上海这么大，我们却竟然住在同一个区，还离得这样近，这本身就是一个奇迹了。不知不觉之中，气氛变得和谐而又轻松起来。我们开始彼此不设防地聊了许多关于自己的家庭和成长过程。

于是我了解道，小邵的父亲解放前是个商人，解放后他们的公司被关掉，剩下的最后一个商店也被公私合营并掉了，于是全家便只能住在店铺的楼上，从后门进出。母亲是他父亲的第三房太太，比他父亲要年轻三十多岁，从小就在徐家汇的天主教会学校读书，受的是西方化的教育。

小邵有姐妹兄弟五人，他出生时父亲已经年迈，"文革"刚开始他就去世了，所以还没受到太大的磨难，小邵也没有受到太大的牵连。两个姐姐早已出嫁，二哥68届高中，正好赶在全部集体分配去了安徽农村，所以他算是幸运地留在了上海。现在家中就他母亲和大哥三人住。

我是绝对没有想到过，那些只有在小说里才能读到的故事，竟然就发生在小邵的家中。"第三房太太，那有多么痛苦啊。一个女人怎么能和别人一起共同拥有自己的丈夫？"我突然想到了自己从未见过面的祖母，极难设身处地想象出这个可悲的局面。

那晚的路特别的短，时间也过得飞快，小邵的故事还没完全说完，他的家就到了。我坚持不要他再继续送我，三蹦两跳地飞跑回家了。

在那以后的几个月里，只要是上中班，小邵就会和我结伴回家。这仿佛已成了一个我们之间的一种默契。尽管他有自行车，但却坚持要陪我走完漕溪北路的这一段。慢慢的，我也开始对他解除了所有心理防线，讲述了关于我自己身世的全部的故事。

记得那天晚上，当小邵听完我的讲述以后，许久许久都没有说话。突然，他腾出了他的左手，一下抓住了我的右手，掌心是滚烫滚烫的，使我的心也同时融入了这股热流。我不敢说话，但却可以看到他的眼角里闪烁的泪水。

那晚他不顾我的反对，硬是将我送到了家门口。临走时，他将双手放在我的肩上，直视着我的眼睛说道：

"从今以后我要对你好，我要保护你，照顾你。你愿意成为我的妹妹吗？我曾经有个妹妹，应该和你是同年的，但是才活了三岁就生病走了。所以，我想是上帝将你送到我身边来，让我来保护你的。你愿意去我家，认识一下我妈妈和哥哥吗？我相信妈妈一定会喜欢你，把你当成自己的亲生女儿那样来爱你的。答应我，你一定会愿意见她的，是吗？"

虽然现在想来，小邵那时候也才20岁，但在那天晚上，他在16岁的我的眼里，却是一个顶天立地的男子汉，是一个我可以信任和依靠的兄长。在我到那时为止还是苦难重重的生命里，他是第一个我可以信任地交心、可以自由地畅谈，同时也是第一个愿意给予我保护的男子。我感动地含着泪使劲地点点了头。

　　我想也许就是在那一天晚上，我的心里绽放了一朵初恋的花蕾。不过我当时并不知道。


　　小邵将我和他妈妈和哥哥的见面安排在一个周末。

　　星期天早上，爸爸照样会睡个晚觉，妹妹们也还没起床。我对还在梳洗的新妈妈撒了一个小小的谎，说是工厂加班，还没等她反应过来，我已飞一般地冲出门去了。

　　其实那时才早上 8 点钟，离小邵和我约定的时间还有两小时，但是我实在按捺不住心里的激动，也不愿意再对家里解释太多，因为我对自己不得不编造这个出门的理由而感到羞愧。可是，不然的话我又怎样可以在周末的时候不在家呢？

　　穿过我熟悉的天平路，往广元路一右拐，就可以看到马路对面那个卖大饼油条的小店，花上四分钱买卜一根细长、香脆的油条，五分钱一个满是芝麻、夹着糖心的香酥大饼，我简直是在幸福的天堂。现在想来，那个年代的人的要求是多么的简单，幸福的指数也要高得多。

　　从交通大学开始一直延伸到徐家汇头上的那段华山路是最热闹的，尤其是靠左边的这一边，店铺一家挨着一家。我平时极少有机会在白天经过这些店铺，一则因为没有时间，二则囊中羞涩，即便喜欢也没有钱去买。

　　上世纪 70 年代初的华山路上大多是两层楼的房子，前面是店铺，楼上是住家，每隔几个店铺便会有一条小弄堂出现，所有楼上的住家都是从这些弄堂进出，从后门上楼的。

　　尽管我有意识地走得很慢，但还是用不了半小时就已到了小邵家对面的店铺前。虽然我已在过去的几个星期里，中班下班后无数次经过他们家门口，但是像今天这样的白天来，真的还是第一次。不知为什么，我的心紧张得怦怦乱跳个不停。

"嘿！你紧张什么呀？人家只是想让你见见他妈妈，邀请你来吃一顿中饭，又不是来相亲。"我在心里嘲弄着自己，但是并没有因之而放松下来。

突然，我看到他们家楼上的窗帘边有个人头往外探了一下，因为里面太暗，也看不清是谁，我的心一下揪起，不顾马路上来往的自行车和公交车，立刻冲往马路对面，站在他们家楼下还没开门的店铺前重重地喘着气。

"上帝保佑千万别是小邵师傅！让他发现我这么早就来太丢人了，他会以为我是那样迫不及待的。"我在心里暗暗地祈祷着。

当然，小邵并没有发现我，也没有人直冲到楼下来笑话我，只是我又独自在这条华山路上从这一头走到那一头，来回走了好几次，这一生中似乎是最漫长的两小时终于度过了。上午十点整，我站在了小邵家的后门口。

那是一条多么狭长而又阴暗潮湿的弄堂啊，似乎从这头的这一端，可以直接通往华山路的另一端。每家窗户前，都伸出长长的竹竿晾衣棍，整个的弄堂就好像是一片八国联军国旗的海洋。但我不知道除了穿堂风以外，太阳是否能够透过这片狭隘的天空而照射到这里呢？

也许因为还太早，又是周末，许多人家的门口还堆放着早上刚倾倒干净但还没来得及洗刷的便桶。而小邵家的门口，却是干净的，地上是一片刚清洗过的湿漉漉的水迹。

隔壁人家底楼的小窗口暗处，可以看到有一双窥视的眼睛正在好奇地直视着我，使我浑身都感到从未有过的不自在。如果可以的话，我真希望从这里逃离。就在此时，门打开了，小邵微笑着伸出了欢迎的双臂，我的心如释重负。

我还是第一次进入这种类型的房子。迎面对着大门的就是一条狭长陡峻的楼梯，楼梯脚下的左边是一张吃饭的红木方桌和几张方凳。沿墙的那一边角落里是个雕花的碗橱。紧挨着的便是一个煤球炉，正对着一扇小窗。

我几乎是憋着呼吸跟随着小邵走完那段楼梯的。眼前是一间挺大的前楼，靠马路的那一头是一排长窗，窗前的大靠椅上坐着一位面容慈善的老人，不用介绍我就知道这是小邵的妈妈。

小邵妈妈微笑着握住我的手，让我坐在她边上的椅子上，转身对小邵笑道："你只是说要给我重新找个女儿回来，但是你从来没提到过会是这么漂亮的一个女儿，这真是我的福气啊！"

我的脸一下羞得通红，根本不敢去迎视小邵的眼睛。我这时才突然注意到，自己的手还在他妈妈的掌心中，她正在不停地轻轻地搓抚着，试图用自己的体温来温暖我那双冰凉而又浮肿的手。于是，在见到他妈妈才几分钟的时间里，不需要更多的语言，我已在心里爱上了这位善良可亲的妈妈。

小邵的大哥也从楼上跑下来和我打招呼，他们邀请我在家中吃午餐。大哥到隔壁的熟食店里买了许多我爱吃的熟菜、熏鱼、糖醋小排和酱鸭。从没想到小邵还会烧一手好菜，一转眼工夫，便在桌上变出了美味的炒菜和热汤。

我们四人围桌坐下，只见小邵先替妈妈将饭盛上，并用双手递到妈妈的手中。他做的是那样的自然、毫不做作，对他妈妈的孝顺之心显而易见。

饭间，妈妈和大哥不断往我的碗里夹着菜，时不时地谈一些家常的小话题。不过我可以敏感地意识到，所有关于我的故事，他妈妈和哥哥都已经知道了，只是他们不愿意提及来触痛我的伤处，我很感激他们的那份体谅和细心。

"姆妈，阿哥，你们都慢用。"小邵是第一个用完午餐的，只见他礼貌地放下饭碗，也对我微笑着点头示意了一下。饭后，只见他又给妈妈、大哥和我都各自递上一块热毛巾。这些在他们家看来也许是非常普通的生活细节，在我这个 16 岁的女孩子眼里却是一个全新的天地。

也许是因为我爸爸从小在香港长大，受的是半中半西的教育，小时候又只是我们父女两人，从来也没有人教过我这些中国传统的家庭礼节，现在置身于其中，使我感受到了那种从来没体验过的尊重、礼节、温暖和融洽。在我的记忆中，这是自记事以来最快乐、最美味的一顿午餐。

事后我常打趣地称小邵是"老夫子"，因为在他家的那一天，他对我展示了更加成熟、懂事、体贴而又善解人意的全新的一面。对于一个当时也才 20 岁的男子来说，他比任何我所认识的人来说都要优秀，并能给予我安全感。

从此以后，我就把他的家当做了自己的家，只要一有空，我就会飞一般地往华山路跑。

在他家，任何时候都会在桌上有一双属于我的碗筷，有一碟我喜欢的小菜。妈妈带我到楼下附近的店里，给我扯上几米花布，让他们隔壁的老裁缝为我缝上几件新衣。没过多久，我又见妈妈的手中开始在为我编织一件毛衣。

我知道，自从小邵的爸爸去世以后，家里就是靠妈妈的退休工资和大哥的薪水来维持家用，现在虽然小邵也有了工资，但是学徒工的工资是非常有限的。如今突然又增加了我这一张嘴，家里的负担一定又重了许多。但是他们从来没有让我感到自己是多余的。于是，我就真的把自己看作是他们家失而又复得的女儿那样，开始在他家帮着做一切日常的家务，以报答他们对我的接纳和给予我的爱。

小时候，我最恨在新妈妈的逼迫下做家务，但是现在，所有儿时学到的料理家务的能力，突然有了一个全新的展示平台，他们全家都惊异我做事的速度和能力。凡是我手到之处，一转眼间，就会将房间打扫得一尘不染。所有的杯盘碗碟，衣服被褥，我都能以最快的速度洗得干干净净，折叠得整整齐齐。每次听到他们的赞叹声，我的心里都会有一些小小的得意和自豪。

我已不记得小邵和我之间的关系是何时开始变化的了。只知道我早已不再称他为"小邵师傅"，而是跟着他妈妈叫他"猫咪"了。

"哇，你怎么会叫猫咪啊，好像是个女孩子的名字！"刚开始的时候我经常取笑他。但慢慢地，我也就习惯了，觉得再也没有比这个小名更贴切、更适合他的了。

在我们学工期过去的时候，我和小邵已经是爱得难舍难分的了。这是一个仅属于我和他之间的秘密。虽然我想周围所有的人一定都已察觉到了我们之间这种微妙的变化，正在相爱的人的眼睛是不懂得说谎和掩饰的。


当然，我爸爸妈妈是最后一个知道这事情的人了。可以想见新妈妈的大发雷霆：

"你才 16 岁，还没到合法年龄，谈什么恋爱？要找的话也该找个高干，康平路上大把大把的，至少也让你爸爸能够享个福。怎么会找个小学徒？家里还是在棚户区，放着家里这么好条件的房子呆不住，每天充军似的到那里去干吗？帮人刷马桶啊？你也太自贱了，早就说过你是个叫花子命。长这么一张漂亮的脸都白费了！"

爸爸没有做声，因为我们都知道，任何他在这种当口要说的话都只会引起一场暴风雨般的争吵。所以，一直等到晚上妈妈睡下以后，爸爸来和我作了一次长谈。

也许在那天晚上，爸爸才意识到他的小女孩已经长大了。他没有责怪，也没有说任何使我难过的话，只是细细地问了我和小邵认识的过程。他不断地沉思着，最后发自内心的对我说："玲玲，这是你第一次恋爱，爸爸理解你现在的心情。但是，你太年轻，还不知道真正的爱情是什么，也不懂得你自己真正需要什么样的人？所以，不要太着急一情定终身。等你踏上了社会，见的世面多了，感情是会变化的。"

见我不出声，他又接着说道："我相信你喜欢的男孩子一定是个优秀的人，爸爸不会来阻止你。但是，你不能像前一阵那样一点都不顾家。妹妹还太小，我又经常在干校，所以我需要你答应可以多帮助妈妈料理一些家务。你明年就要毕业分配了，到时会分到哪里还不知道。所以你要想清楚了，你们的感情是否可以经历得住两地的分离和时间的考验。"

我想，凡是经历过像我这样的，十几岁便陷入爱河的人们都会有和我同样的反应，那便是任何父亲的忠告都无法改变我们的意志，任何新妈妈对我的恶言也不会再伤害到我半分。内心已筑起了一道铜墙铁壁，把这世界上仅属于我的那份感情，牢牢紧锁在安全的角落。

在我 16 岁的那个年代，任何物质、房产、家庭背景对我来说都是不重要的，我绝不愿意那种庸俗、势利的世俗观念来玷污我们纯洁、神圣的爱情。

在 1970 年底的那一晚，我是那样坚定地相信，自己有一天一定会嫁给小邵，我要永远将他的妈妈当作自己的妈妈来爱。我发誓绝不会让自己的孩子再经受我孩提时的苦难；我也相信，小邵会是一个永远保护我，给予我安全感的好伴侣。

当然，如果世界上能有一个预测未来的先知，如果他能在那一刻告知我，所有我当时的信念其实都只不过是一种臆想，时间和现实是决不会完全按照我们的主观愿望所转移的，我将来的生活会是完全不同的结果，我不知道我会有怎样的反应？

# 第十章

# 上山下乡运动<sup>①</sup>——初到启东文工团

## （1968 年—1971 年底）

1971 年刚开始，中国已超过了八亿人口，我们这一批 70 届的毕业生也开始面临着毕业分配的考验。

其实早在 1966 年文化大革命开始起，所有的大学已经取消了传统的高考入学制度，不再接受新学员。我们这些中学生也不再给予考高中的机会，在完成了整整一年的学工学农以后，就已算是初中毕业，将会直接被分配到农村和工厂去。

在过去的几年里，我们学校所有当年在校的初中和高中生（包括 66、67、68 届，后来被称为老三届），都已被送往农村去接受再

---

① 1968 年底，毛泽东发出最高指示："要说服城里干部和其他人，把自己初中、高中、大学毕业的子女，送到乡下去，来一个动员。""知识青年到农村去，接受贫下中农的再教育，很有必要。"上山下乡运动立时在全国的各大城市大规模展开了。数百万城镇中学生告别父母、亲人和家乡，奔赴农村和边疆，开始了完全不同的生活。大动荡、大迁徙，以及后来的大返城，使得这一代人的经历前所未有地复杂、曲折，许多人的生活具有大起大落和各种悲欢离合的情节，相互之间的命运、前途形成巨大落差。

教育。每家每户，每个角落里都可以听见人们在谈论孩子的前途，言语中充满了忧虑、无奈和恐惧。因为没有一个毕业生的去向和命运是可以由你自己决定和选择的。

从 1969 年上半年开始，学校里几乎每周都有欢送这些学生上山下乡的热烈景象。当时我们这些低年级的学生，总是被召集来作为欢送队，高举着"满怀豪情下农村"、"紧跟统帅毛主席，广阔天地炼忠心！"的大幅标语，在震天动地的敲锣打鼓声中，送走一批又一批的高年级学生。

在我的记忆中，当时到处是喧闹声、锣鼓声和激昂的口号声。在我们小小的校间空地上，站满了身穿褪色的旧军装，旧军大衣，或者是蓝色中山装的高年级学生。他们臂戴红袖章，女生大都剪着齐耳的短发，许多人身背着当时最最流行的、褪了色的旧军用书包，所带的行李中，大多只是一条简单的被子和两个脸盆以及几套换洗的衣服。

当时普遍的政策是，家中的老大将被送去安徽、贵州、云南或更偏远的农村，去独立插队落户，完全变成一个当地的农民，只给口粮，没有固定收入。

家中的老二则可去黑龙江、新疆、云南或者内蒙古的生产建设兵团农场参加垦荒。虽然地方偏远，但至少是有组织的团体，而且会有每月 30 元钱的工资。这在当时已是一笔天文数字的收入。最幸运的便是家中的老三，如果哥姐已经去了农村，那么绝对是会被留在城里去工厂工作的了。小邵在当时就是这样的幸运者之一。

这是一场全国范围的，从城市到边远农村的人口大迁移。所有的城市中，凡是有成年子女的家庭，几乎没有一家是可以幸免的。

　　轮到我们这一届 70 届的毕业生时，许多消息已从老三届的家庭中传递出来。我们都知道独立的插队落户是最最不可行的苦难之路，许多已去了那里的毕业生，完全无法适应那种"全农民"的生活。因为那些非常偏远落后的乡村，大多没有任何文化设施，几乎与外界隔绝。然而，我恰恰是家中的老大。两个妹妹虽小，才刚刚到上小学的年龄，但是按政策，我的命运不是安徽农村，便是黑龙江的军垦农场。

　　我知道，新妈妈早已在为未成年的妹妹们的将来担心。她对我说："早就替你想过了，你最好的出路是争取到黑龙江军垦农场去，每月至少有 30 元的工资，这样，我替你准备行李欠下的债，你将来就可以自己来还掉！"新妈妈理直气壮地对我说。

　　对她的这种言语我早已习以为常了，但心里还是免不了感到一阵阵的绞痛。我知道按她的心理，恨不得我现在就可以立刻离开家，被送得远远的，彻底去掉这块心头病。

　　小邵的妈妈就完全是另外一种态度："哪里也别去，就在上海呆着吧。我们家再穷总会让你有口饭吃，你后妈家容不下你，你就干脆搬过来住，大不了就是立刻结婚，这样也许学校会重新考虑，让你留下来。"小邵妈妈说话虽然慢声吞气，但却字字有力。

　　小邵和我的脸刷地一下都红了，他急着要打断妈妈的话："妈，你都在说的什么话呀？玲玲才刚满 17 岁，还没到法定的结婚年龄。再说，没有一个人是可以不服从分配的！你知道隔壁毛毛家就是一个例子，现在人虽在上海，从来也没有离开过家，但是学校还是将他的户口划到了安徽农村，他现在是一个没有户口的'黑民'，不要说找工作，连吃饭的粮票、油票都要从黑市上去买来。我倒不担心玲玲的吃饭，大家省一口就够她吃的了，关键的是前途在哪里？你想玲玲会愿意没工作,一辈子在家当个家庭妇女吗?你也太不了解她了!"

我从来也没见到小邵会这样激动地对他妈妈说话,但是他说的句句是真,绝对是我心里想说的话,看来他对我的了解是远比我想象的要多得多的!

大哥出来打圆场了:"我觉得大家都先别着急!俗话说,船到桥头自会直,相信总会有一条出路的。"

到底是读过万卷书的大哥,总是这样的胸有成竹!

妈妈似乎也同意了大家的说法,把我拉到她身边,从自己贴身的衣服里抽出一个十字架来,握在手里对我说道:"我想你一定知道我是一个虔诚的天主教徒。现在不允许信教了,教堂也都被关闭了,但是绝没有人可以把圣母娘娘和上帝从我心中挖出去的。所以,我会为你每天祈祷的。你要相信上帝,他一定会为你派个贵人来帮助你的。你已经受了那么多的苦,上帝一定不会让你继续再受苦的,相信我说的话。"

我的心被深深打动了。虽然我从来没有受过真正的洗礼,也从来没有机会阅读过《圣经》,但是在那一刻,我觉得自己在迷蒙之中已经归返于上帝,妈妈的话给了我一线莫名的希望。

虽然那天的谈话并没有谈出一个结果来,但是在我的心里,已经非常感激小邵全家对我前途的参与和忧虑,至少他们让我感到,在这世界上,我不再是孤独一人了。

几个星期以后的一天,我正在家里打扫卫生,与平时一样,我扫地的时候,总是将通往三楼的那一段楼梯也顺便扫干净。

突然,楼上的徐家妈妈从楼梯口探出头来,轻轻地问我:"你妈妈在家吗?"

当她得知新妈妈上班还没回来的时候,立刻放心地对我招手说:"那太好了,赶快上来吧,我们有话要对你说!"

我不知道发生了什么事,立刻放下扫帚跑上楼去。

进门只见徐家阿姨、叔叔都在房间里,同时还有一个看似有些面善的青年男子。

"玲玲,你一定见过我们的外甥小陈的吧?"徐家阿姨对我笑道。

我这才意识到过去逢年过节时见到他来楼上吃饭,仅仅是点头打个招呼而已,从来也没有介绍过。我带着疑惑的神情,礼貌地对他点头微笑了一下,心里仍不知道徐家阿姨那么慎重地叫我上楼的原因。

"哇,没想到才一年没见,你已经出落成这么漂亮的一个大姑娘了。"小陈看出了我的疑虑,立刻出来解围。

他边笑边接着说道:"事情是这样的。我不知道你是否了解我是在船上工作的?不是那种航海的远洋轮,而是一条从江苏启东县到上海的客船。前几天,我在船上碰到了几个从启东县文化局来的干部。随便聊起,他们说正在改革和筹备一个新的文工团,这次就是到上海来招生的。他们听说我是上海人,便问我是否认识什么有文艺天赋的年轻人,可以给他们介绍介绍。因为毕竟上海这么大,他们又是人生地不熟,如果我可以帮助他们,并在短时间内多见几个有才能的人的话,也就不会大海捞针、枉费此行了。"

见我瞪大了眼睛,迫切地期待下文,他又接着说道:"我过去常来舅舅家,经常听到你在楼下独自大声唱歌,嗓音挺好的!舅妈也总是对我说,你在学校里跳舞和朗诵是非常棒的。所以在船上他们刚和我一说,我就立刻想起了你。刚才舅妈说你今年要毕业了,又是家中的老大，有可能要分到安徽农村去。再说，我想你可能还不知道启东在哪里？那是个鱼米之乡啊，坐船一夜就到了，你愿意试试看吗？"

我只记得当时的眼泪哗地一下就涌了出来，不停地点着头，不断地道着谢。

"你是不用谢我的，我也只能是起个牵线介绍的作用，能不能成功就全靠你自己了。他们在上海只待一周，听说每天都有人去他们住的旅馆报考。你知道这个年头谁都想要逃离上山下乡的命运，每个父母都恨不得送上重礼，能让他们把自己的孩子带走。但是，世界上什么都是可以用金钱买或者开后门的，唯有艺术这一行，往舞台上一站，你要不是那块料，再怎么花钱他们招生的人也不敢要。所以，今天你就去试一下吧，祝你好运！"小陈当即写下了招生小组住的地址递给我。

我真的不知该怎样感谢小陈和徐家妈妈。他们和我非亲非故，却在我最困难的时候给我指出了一条全新的生路。也许，这是小邵妈妈对上帝祈祷有了结果，像她所说，上帝已经将我生命中的贵人遣来帮助我了？

我一刻都不敢耽误，冲到楼下换了件干净的白衬衣，从枕头下拿出被压得平平整整的蓝色长裤，像一只渴望自由的小鸟，飞一般向招生组住的旅馆赶去。

其实，在这个机会到来之前，我并不是没有想到过走文艺、演员这条路的。因为在当时的社会环境下，虽然全国一共只有八个样板戏在演出，不管是舞台上，还是在电影里。但是各个部队、省市地方的文工团却异常地活跃。经常会听说某某人去了部队文工团，或者是去了什么专业文艺团体。当然，这些人往往是干部子女或者是军人的后代，再有可能就是从事文艺专业的老师的后裔。像我们这样出身卑微，没有任何门路的普通老百姓的子女，即便有才能也不知到哪里才能找到进门的门槛。

今天这个机会是从天上掉下来的。虽然是启东，只是一个小小的县城文工团，但这至少是在江苏省啊。离上海这么近的路，又不需要当农民，还能让我每天唱歌跳舞，干我喜欢干的事，世界上哪有这样幸福的事啊！一路上我想着、跑着、激动着，连转两趟车，一转眼旅馆便到了。

站在靠近十六铺码头附近的旅馆门口，我的激动之情在刹那间一扫而空，取代之的却是突如其来的胆怯。说实话，尽管我从小爱好歌舞，每次在学校的文艺小分队演出总是领衔主演，老师、邻里也都经常夸我。但是，那都不过是井底的青蛙，能见到的只是头顶的一片蓝天而已。我从来没有受到过专业老师的辅导，也没有准备过任何一段小品来应试。在那临进门的一刻，我甚至都不知道在舞蹈、唱歌或者朗诵方面，哪一面是我的强项？

我深深地呼了一口长气，闭上眼睛，暗自对自己说道："我知道你很紧张，我也知道你没有任何经验。但是，你必须要对自己充满信心。这是生活给你的第一个机会，让你来把握和改变自己的命运，你绝不能失败！！"我沉住气，敲响了决定我未来的命运之门……

两天后的一个晚上，家里突然来了几个人，领头的是一个高高胖胖、身穿蓝制服的男子。我一眼就认出了他！那天在旅馆考试时他就坐在主考的位置上，大家都恭敬地称他为"龚股长"。

当然爸爸妈妈也已了解了我考试的事，今晚见到这批来自启东的考官竟然亲自登门，便知有些希望，立刻也热情地引他们到前楼坐下。

龚股长他们确实是来给我们报告好消息的。他们让我们了解到，在过去一周中，从上百个应试者中，他们现在已经决定录用四位人选。两位是乐队的，两位是演员队的。我是这次招生中唯一录取的女演员。我简直不敢相信自己的耳朵。因为在考试的那一天，他们对我的表演没有表露一点声色，我还以为自己已经没有希望了。

龚股长对我的父母说："你们女儿的表演感情很丰富，舞姿也非常优美。唱歌的嗓音虽然还需要专业的辅导和训练，但是我们相信她的基本条件是非常好的。而且，我们觉得她的普通话说得很标准，说话的声音也很好听，尤其是她的体型和走路的姿态，好像是受过比较专业的训练的。更重要的是，我们觉得在她身上，有着一种与众不同的气质。我们团正缺一个报幕员或者叫节目主持人，这个角色对她来说是非常合适的，所以我们便很快做了这个决定。"

接下来他们在和爸爸妈妈说的那些录取条例、学校通知、户口转移等等、等等……我都再也没有心思听下去了。我的心早已兴奋得快要蹦出胸口，我只希望那些繁琐冗长的手续可以赶快结束，我要立刻飞到小邵家去，让他们全家和我一起分享这天大的喜讯。

很多年以后，我还经常想到这一个晚上和这一段的经历。我这才意识到，在我的人生中，每一次的成功和命运的改变，都是靠自己的努力去抗争和实现的。而我17岁那年所经历的，便是所有努力中的第一个成功的起点。

1971年11月，告别了生养我17年的上海，踏上了前往启东的客轮。到了十六铺码头才知道，与我同时录取的那三位男生，也将和我在同一条船上。

小陶是第一个上前来和我打招呼的。我早就听龚股长说小陶有一个非常有特色的好嗓子，唱得一口好歌，是被招去当男主角的。一见真人才明白是为什么了。他的个子高大挺直，气质豪爽而又强悍，绝对是一个顶天立地的男子汉。在上海这样的城市里，像这种类型的男子绝对是不多的。他看上去要比我们成熟许多，大概是老三届的吧。

沈柏良就完全不同了，温文尔雅，礼貌周全。一双狭长的丹凤眼，镶嵌在过于漂亮的脸上，就好像是越剧里刚化完妆的小生。谁都不会想到他和演员无缘，却是吹得一手好笛子。不管是传统的竹笛还是西洋的长笛，都能掌握自如。想想我自己尝试过几次的口琴经验，对那些懂乐器的人总是由衷地敬佩的。

赵伟是最后一个做自我介绍的。看上去他不那么善于和陌生人打交道，才刚刚报完自己的名字，憨厚地"嘿嘿"笑了几声，便只顾低头快速活动着自己的手指，不再正视任何人的眼睛了。我后来了解到他能弹钢琴，又拉得一手非常好听的手风琴。刚才在码头上见到一对穿着非常时兴、一看就是过去家境非常好的知识分子的中年夫妇来给他送行，想必那就是他的父母了。

船开始缓慢地离开了码头，我们都扑向靠岸的那一边，拼命向来送行的自己的亲人挥手告别。

看着远处缩得越来越小的爸爸的身影，我在心里对他说道："我亲爱的爸爸，现在你的小玲玲已经长大成人了，相信我很快就会赚到钱，来报答你对我 17 年来的养育之恩。我一定会一辈子孝敬你，绝对不会让你失望！"

小邵也在送行的人群中，看着他那已模糊不清的身影，我的心中有着难言的惆怅和一片无名的空白。

经过一夜近 12 小时的航行，终于到达启东港了。我们从最低的五等舱里醒来。（记得当时的船票是 1.5 元人民币）因为只能是拥挤地坐在地上和衣而睡，特地为了上路而换上的新衣服已经皱褶不堪。我一手提个小箱子，另一手拎着个装着两个脸盆的网眼袋，背上扛着用黄色雨布包着的被子，另一侧的肩上还斜挎着一个大军用书包。随着拥挤的人流和嘈杂的人声，毫无自控能力地跟着向港口涌去。

当我们一行人在码头重新会合的时候，都不禁被眼前的景象惊呆了。启东港的港口和上海的十六铺码头相比是如此的简陋、破旧。尤其是同船的当地人很快都消失了以后，只剩我们几个孤零零的站在空旷、尘土飞扬的路口上。

前来迎接我们的带路人告知我们说，因为今天潮势不好，一直靠不了岸，所以船比平时进港晚了好几个小时。开往城里的定时班车刚刚离开，要等下一班的话要到下午了（那个年代，地方单位和个人都是没有汽车的）。

接车的人知道我们经过一夜折腾一定又累又饿，所以现在唯一的选择是坐"二等车"去城里。只见他朝着远处大叫了一声，呼的一下，我们的身边突然就拥满了十几辆自行车。此刻我们才悟到，所谓的"二等车"便是我们平时骑的自行车。这些操着浓重启东当地口音的二等车夫们，不停地大着嗓门和带路人讨价还价着。因为我们也听不懂，便索性把这个任务就全部交给了带路人。

终于坐上了那几辆谈妥的二等车，心里却仍在嘀咕，在上海后座带人是违规的，而这儿却是正常的交通工具。只见他前拉后拽的，将我的大多数的行李绑到了自行车上。

起风了，初冬的寒流和飞扬起的尘土合成一股强大的劲风，铺

124

天盖地向我们的脸上和脖子里袭来。载我的车夫迎着逆风在那里吃力地蹬着车，每往前一步，都会不由自主地发出一声吃力的呻吟。挽到膝盖处的裤子下，可以看到他青筋暴起的粗壮的血管。

我侧坐在车夫的后座上，下意识地憋住气，尽量使自己的身体倾向一边，以保持车的平衡，这样就可以至少减轻车夫的一点负担。我很难想象，像他那样一个瘦弱、矮小的中年人，是怎样每天都在重复着如此辛苦的工作的，我为自己是个乘客而感到非常的不安。但是，想来如果没有人乘坐的话，他们也就会失去了这样的谋生机会。

我不敢睁开眼睛，怕风沙继续填满我已经开始红肿的眼睛，也无意去欣赏初次见到的启东的乡村景色，只是把自己的脸尽量躲在车夫的背后，在心里默默地祈祷着，希望我们能够快一些到达目的地。

经过一个半小时的长途跋涉，我们这几个狼狈不堪的行人，终于到达了位于人民路上的文工团门前。

完全出乎我意料之外的是，文工团大门竟有点像个寺庙。双开的大门畏缩在一个突出的门洞后面，门口的台阶上坐着几个歇息的菜农。

跨过木制的门槛，进入门来，立刻置身于一个小小的露天空地上。长长的露天过道前是一排低矮的平房；右边紧靠墙的是一道水泥砌成的拐角楼梯，紧连着门洞后面的一排两层楼的砖房，我们的宿舍便在楼上的那一排房间里。整栋宿舍楼想必是和寺庙的原设计毫无关系，而是在后面的年代加上去的。

我和小顾同一个宿舍，她是早我一年从江苏南通市招来的演员。

我们各自一张单人床，床的四周被一张纱布制作的白色蚊帐所包围。

"我们团的边上就是人民河，水很脏，蚊子又大又凶恶，一年四季都离不开这顶蚊帐保护网，否则你根本没法睡觉。"小顾在边上解释说。

其实我倒不是非常在意，因为在家一个人住惯了，自由惯了，从没住过宿舍，也没过过集体生活，再加我每天晚上必要看书，有这么一个蚊帐给我一块私人空间，反倒让我其乐无穷。

隔壁房间的小郁跑来欢迎我们的到来。一张和善的笑脸，一口熟悉的上海乡音，一声亲切的问候，顿时使我忘记了自己已置身异土他乡。

我觉得房间里有点闷热，顺手将窗户推开，一股巨大的喧闹声立时迎面扑来，伸头探出窗外去，这才悟到原来我们宿舍的窗口，正对着沿街的马路。横跨在人民河上的那座石桥边上，一连串的地摊、小贩、菜农，沿着路边一直延伸到我们文工团的门口，又往大门的右面继续排列下去。此时，每个小贩都在大声地吆喝着、叫卖着。笼里的鸡鸭不停地无奈地嘀咕着，牵在电线杆旁准备出售的小羊正在发出可怜的哀鸣声；再加上路上穿差往来、从不间断的自行车铃声，在我的面前汇拢成了一首乡村集市的交响曲。

"这是我们这个镇上的农产品市场，每天早上都有的。因为县城里是没有国营的小菜场的，所有人每天都到这里来买菜。这里绝对可以买到最新鲜的蔬菜、水果。"小郁一定是看出了我此时的惊异，在一旁边插话边顺手关上了窗，房间里马上安静了许多。

"别紧张！现在因为快要收市了，农民都想赶快廉价卖掉赶回去出工，所以都在大声叫卖，等一会儿这里就会安静许多了。所以，早上最好不要开窗，否则你没法睡觉。"

见我笑着松了一口气，她又紧接着说道："不知道你是不是知道，启东的大闸蟹是非常有名的，三毛钱一串，又肥又壮又鲜。哪天我们带你到楼下去买几串，吃了以后保管你再也不想回上海了。"

小郁的幽默和友好，同屋小顾的亲切张罗，突然让我的心感受到了异常的温暖。是啊，从今以后，这里就将是我的家，所有的同事都将是我的家人。有这么好的同屋和同乡与我作伴，我真是非常幸运的人了！

知道我很想要梳洗一下，小顾带我到楼下的厨房去舀水。

在这之前，我一直以为，水就是应该是从自来水管子里流出来的，任何时候，只需拧下开关而已。到了这里我才知道，即便是在县城里，也是没有自来水的，所有的用水都要从门口的人民河里用水桶和扁担挑回来，然后倾倒在一个硕大的水缸里。我惊异这样污浊的水怎么可以食用？因为刚刚经过人民桥时，看到桥下有很多人在河边洗衣服，白色的肥皂泡和发黄的河水交集在一起，浮托着绿色的菜皮，还有大片大片堆积的垃圾，一起向下游流去。看来这条人民河真是名副其实，想来两岸的所有居民都是以它为生。

此刻，我对着水缸不敢舀水，小顾看出了我的疑惑，安慰我说："没事的，这里的水从河里担上来以后要放上许多明矾，等脏的东西都下沉，水清了以后才会喝的。所以，你看我们这里有两个大缸，就是派这个用的。来，我先带你去厨房舀一点热水，你可以先擦擦身子，洗个头。食堂马上要开饭了，再晚就要到下午才有热水了。"

我跟着她踏入厨房，只见一个像我们家的厨房那样大的矮平房里，安装着两个巨大的乡村式的灶头，其中稍小一些的那个灶头里正烧着旺旺的柴火，大铁锅里正在沸腾着滚滚的热水。拿起边上的勺子舀了几勺到我从上海带来的花脸盆里，还没来得及放下洗脸的毛巾，脸盆的边缘上已经积起了一层灰黑色的油腻。

我不敢表露出我的恐惧，生怕别人觉得我是上海来的娇小姐。很显然，厨房里的大铁锅是既用来做饭也用来烧热水的。看来全团人的饮用、洗脸、洗头、洗衣的热水全部都来自这个铁锅。

记得那天洗完头以后，本来柔软黑滑的长发居然结成了硬硬的一堆乱草，即便是弄断了几根梳子的齿子，还是无法将我的头发梳理好。我一直不懂是因为那里的水质很硬，加上明矾后就起了化学变化，还是因为当时没有洗发水。当然，现今不能缺少的护发素在那个年代是根本连听都没听说过的。

我记得，当时最最需要我适应的还有个厕所问题。因为在上海，一般像我们家这样的花园洋房都是有抽水马桶和浴缸、洗脸池的。条件最差一些的老式里弄房，也是各自用马桶，每天倾倒清洗。

但是到团里以后才知道，整个团里上下前后的宿舍楼和家属区里都是没有独立的厕所的。统一的厕所设在底楼长廊的尽头。一扇木制的小板门，就像临时被人用几块肥皂箱板临时拼凑起来的，坐在里面可以通过缝隙透视到外面。女厕所只有一个，一块木板横架在两边的板壁上，底下是暗不见底的深坑。看来当时造厕所的时候，只是挖了一个深坑，也没有什么冲洗设备。所以积压的浊物时时散发着让人窒息的臭气，每一次我去那里，都会不由自主地憋住呼吸，还不敢太放松，生怕两边的隔板松脱的话会掉下深坑去。我记得好像每隔一段时间，都会有专人来清理，然后将这些当作肥料卖给农民。

其实当时日常生活设施的简陋不足，或者生活的不便都并没有使我惧怕。因为我从小苦惯，再大的苦对我来说也是拿得起放得下的。因为我想，既然所有在这里的人都已习以为常，自己有什么权利这样大惊小怪呢！再说，既然已经到了这里，而且可能会是非常长远的一段时间，我必须要尽快调整好自己的内心，做到既来之则安之。这样一告诫自己，对周围环境的适应很快就不再是一个问题了。

但是，当我们逐渐开始置身于文工团的日常生活，参与了演出的排练内容，也看到了当时的演出水准时，至少是我个人，在心理上是经历过一场非常艰难、异常痛苦的挣扎期的。

现在想来，虽然我在来启东之前，并没有敢对文工团报有太高的期望，在录取后的兴奋之余，也没有胆量敢去向龚股长了解一下文工团的大致情况。但是在自己的潜意识里，总觉得不管怎样也是个专业文工团，至少会给我这样一个从没受过专业训练的艺术毛胚，提供许多最基本的辅导，把我培养成一个真正的专业演员。可是现实和期望却存在着多大的距离啊！

到团的第二天一早，我就被告知要去参加全团演员组早晨的日常练功。记得那天领到了每人两套的深紫酱红色的

---

**我** 初到启东文工团，17岁时的我还是非常纯真清瘦，对未来充满了幻想。

练功裤。小郁在边上悄悄对我说，因为团里资金短缺，市场上也找不到合适的面料，所以这批练功裤是用从日本进口的化肥袋洗净、染色后改制的。因为用的是纤维面料，所以比较柔软，也非常牢固。只是这些装化肥的口袋并不是设计用来和人体接触，更不适合染色，所以我这过分敏感的皮肤当时受过非常大的磨折！

那天一早，我正走下楼梯去练功房，不知为什么，我突然想起了一段和此时似乎有关联的往事。记得文化大革命还没开始前的几个月，我才刚刚上小学五年级，我曾经到仇老师的女儿所在的上海芭蕾舞学校去过。因为当时的舞蹈学校正准备招生，她又经常来为我们辅导舞蹈，于是便推荐包括我在内的三个女孩去舞蹈学校应试。

记得那天他们又是量我们的身长，又是测量我们的腿长，把我的腿一下子抬得高过鼻，疼得我眼泪都要流出来了。应试结束后，我们被带着参观舞蹈学校的练功厅。只见硕大明亮的练功房里布满了镜子，镜前是长长的双把杆。许多比我当时大不了几岁的女孩子，都穿着紧身练功衣和练功裤，脚踏柔软的白色舞鞋，在光滑的地板上，绷着脚尖踢着腿，不断地旋转着，舞蹈着。应试后才几个月，文化大革命开始了，我也就永远无法知道，原本应该属于我的命运究竟会是什么？

也许正是因为有过这一次经历，在我的潜意识里，对于一个专业的练功房是有一定的期望的。但是现在，在我踏进启东文工团的练功房的那一刻，我的心里却充满了失望。

练功房里横七竖八地散乱着几条长长的木椅，也许曾是作为观众席用的，但是现在却被大家用来作为练功搁腿的支架。地面是用黄泥土铺设的，经过长年累月的踩踏，已经变得坑坑洼洼，高低不平了。也许，这个被用来作为练功房的地方，在初建的时候一定是个小小的剧场，在剧场的尽头是一个低矮的小舞台。

我也随着大家一样将腿搁到椅背高处的那一端。搁腿练功对我来说并不太难，因为我从小就跟着仇老师的女儿练过好几年的舞蹈基本功，虽然已经好多年没有练习，要捡起来是非常容易的。

突然，有人在我的腿上重重拍了一下。"不要绷脚尖，要将腿尽量缩短，把身体压下去！"担当我们练功老师的陆允芳厉声对我说，我一下子被弄懵了。

从小时候学舞蹈的第一天开始，舞蹈老师便一直要求我们绷紧脚尖、松开胯、拉长腿。可是这里所有的一切却都是相反。我不敢吱声，照着她的要求做着，心里却一百个不服气。

开始排队踢腿了，我立刻注意到，大家在踢腿的时候全部都是钩脚、正踢，把自己的腿缩得短短的，直直地踢过前额。后面的项目就更是使我陌生了。大家练下腰，摆京剧架，翻跟斗，树倒立，然后又围圈紧走台步，就像京剧中那样风一样的迈着小步，把我的小腿练得一个劲儿地抽筋。跟着折腾了一上午，我才总算悟出来了，这里练的是戏曲功，不是舞蹈功。而我从小一直期望的，成为一个专业舞蹈演员的梦想，从那一天开始就被现实永远埋在了我的心里。

不过，我需要认识到的是，在到达文工团的那段时间里，自己还是个连如何在台上走步都不懂的行外人。虽然在团里的角色是在上海招考的那天起就已被定位好的，但是，并不是光凭一个高挑的好身材、一张青春的脸和能说几句普通话就可以胜任的了，我为之付出了艰辛的努力。

每天清晨，我们便开始练嗓子，对着墙大声地背着绕口令。张开我们的口腔，滑动我们的舌头，沉淀我们的丹田，深深吐出积郁的气息，让我们洪亮、富有底气的声音，在练功房的上空回旋着。

只有在那样的训练中，我才开始了解到了自己声音高度的潜力，并同时定好了舞台上说话的声音位置。

在形体练功的帮助下，我逐渐克服了平时所不知的体形上的缺陷。我的韧带越来越松，背板越来越挺直。练功时束腰的宽大硕长的绑腰带，将我本来就不大的腰束成了全团最小的腰围（记得当时一圈是市尺 1 尺 7 寸）。

一年的锻炼下来，我的形体有了非常大的变化。当我快捷地走在路上，时时会引来路人的回头注视；当我站在舞台的中央，一束聚光灯照射在脸上，我清晰、流畅，亲切地对全场致着开幕词，并为全场节目报幕时，在观众的欢呼和掌声中，我从心底里感谢所有文工团的老同志和朋友们给予自己的指点和帮助。我同时意识到，这将是一生都需要努力学习、极力提高的专业和奋斗方向。

# 第十一章

# 我在启东文工团开初几年的演艺生活

## （1971 年 11 月—1973 年底）

从一个 17 岁初出茅庐的纯真、幼稚的女孩，到 23 岁时成熟、自信的青春少女。我生命中最最宝贵、最最青春的那六年时光都是在启东文工团度过的。

直到几十年以后的今天，团里每一个成员的面容和笑貌、院内的每一个角落和房间，汇龙镇上的每一个店铺小吃，无数次的演出场景和其间的甜酸苦辣，竟都依然历历在目，记忆犹如昨日。

当年的启东县是从我们团址所在的汇龙镇开始的。

听说在三百多年前的汉朝以前，这里还是一片浩瀚的汪洋，曾是长江的入海口。在此后的两百来年里，许多分散的小沙洲逐渐并连形成了启海的大片陆地。由于沙洲仍在不断地向着东方持续延伸着，便由"启吾东疆"之意而从此得名"启东"。

虽然汇龙镇是启东的县城，但在 1971 年我们到达的那一年时，还只是一个原始、集市型的小乡镇。新拓宽的人民路那段是省政府的所在地，边上有新建的电影院。除了绿树成荫以外，路上极少有行人和车辆。

我们文工团所在的人民桥这一段是早年的镇中心，所以除了每天从船上运来的海鲜，从乡村田里采摘的蔬菜、水果，还有各种各样的肉类、家禽类的摊位每天在那里展示。记得每年11月份秋风起时，大闸蟹就到了旺季的时候，每串螃蟹才三毛钱。我们几个女孩经常下楼一买就是几大串，拿到对面的小饭店里加工一下，做上一碗浙江香醋加白糖的佐料，再撒上一大片切碎的姜末，热融融的香气和甜美的蟹味使我终身难忘。

在我们宿舍的对面，有一排商店，虽然和上海相比是异常简陋的，但是杂货、食品、理发、小吃店面面俱全。我记得当时最喜欢到对面的食品店里，买上一包焦黄、香脆、撒满白绵糖的糖枣。因为缺少纸张，所有的小吃都是用旧报纸包的，外面缠上一根细稻草绳。

在对面的那排商店里，还有一个我们团女孩经常光顾的布店。虽然乡村的布店里面料大都是红红绿绿，充满了农村的"乡气"，要是在上海时肯定会非常不屑一顾，但是现在入乡随俗，渐渐的也就可以感受到许多当地的土气的美。

记得当年我和同屋的小顾扯布各做了一条淡天蓝色百褶裙，走在路上，几乎迎来了所有路人的回头注视，没过多久，整个县城就开始流行起了这种百褶裙。后来小郁经常对我说，一回忆起那个年代，眼前就会浮现出我身穿天蓝色百褶裙从楼上飘逸而下的身影。我们在那个物质极其贫乏，穿着色彩极其单调、沉闷的年代里，不知不觉中给这个小乡镇带来了一阵新鲜的春天的气息。

启东文工团址的前身是个地方评弹团，那个小舞台和小剧场就是用来听评弹演唱的。这才可以解释小剧场为何这样的简陋了。早年在小小的汇龙镇上，竟有三个非常活跃和受欢迎的地方戏曲剧团。除了评弹团以外，无锡方言的锡剧和浙江方言的越剧也都自有一大批追随的忠实观众。

文化大革命开始后，所有这些传统的戏曲节目都被打成了"四旧"，不再允许演出。没有了剧目，三个原本非常红火的剧团便都面临着倒闭失业的命运。于是，县政府才决定将三个团解散、合并、转型，成立一个综合性的文艺团体，并便赶时尚称之为启东文工团。

原来三个团中能歌善演的都转到文工团来了，评弹团里会摆弄一些乐器的人也都被并到了乐队来。其他赶不上形势的演员，大多都被下放回乡。

为了充实文工团的实力以及提高演出的素质，龚股长一行在近两年里，到江苏、浙江以及上海地区大批招生，吸收各地的新鲜血液，大力挖掘人才，我们这四个来自上海的新生便是其中的一批。

当时在整个文艺界，毛主席的妻子江青亲自主抓与指定的"样板团"创作并首演的京剧《红灯记》、《智取威虎山》、《沙家浜》、《海港》、《奇袭白虎团》，芭蕾舞剧《红色娘子军》、《白毛女》和"交响音乐"《沙家浜》，被统称为"八个革命艺术样板"或"革命现代样板作品"。样板戏中的戏剧作品都被拍成了电影，"文革"中影响最大的戏剧作品都在其中。广播电台也每天频繁播放这同样的剧目，以至于全国上下的每一个男女老少都可以将这些剧目的所有对白和唱腔倒背如流。

我们作为最基层的文艺团体，仅仅是重复这些家喻户晓的样板戏是不能满足大众的需要的。所以，便采用文艺小分队的形式送戏下乡，创造了许多形式多样的，带有浓郁地方色彩的小节目，来填补特定的"文革"期间大众文化生活的贫乏空白点。

当年的口号是："用文艺的形式向贫下中农做宣传演出！""要深入到基层；深入到农村去。""要将足迹走遍全县各地；要将歌声传遍大江南北。"

所以，几乎每过一个月左右，我们便要下乡演出。当时团里是没有车的，大家在指导员的带领下，响应了"十公里之内步行下乡"的革命口号，全团的人分组合群地推拉着几台木制的大板车，装满了行李和化妆道具，奋力地前牵后推，艰难地步行在乡村泥泞狭窄的小路上。

记得当年每次下乡都要自带行李，我们要把所有的被褥、蚊帐以及换洗衣服都用大麻袋装起来，外面包上农用的塑料袋，再用打包带将行李抽得紧紧的。我的年龄当时还太小，手臂又太细，打包没力，往往还没到目的地，打的包就松散开了。有几次赶上下雨，那可就惨了，被泥水和板车蹭得又脏又潮湿的被褥根本无法入睡。要是正碰上黄梅天，那就更不堪收拾了，刚被体温捂暖的被子夹杂着一股霉味，开始在白色的被单上爆出了一个个细小的霉点。

在步行了近十公里以后，来到附近的小镇上，住宿大多是被安置在当地的小学校里。所有的女生会被分在两个大房间里，将四张小课桌拼在一起就成了一个硬板床。每两人合一张床，一条被子做垫被，一条做盖被。不管是春夏秋冬，我们都要在四周围上蚊帐，不仅是防止蚊子的侵袭，同时也给了我们每人一个小小的私人空间。

我几乎每次下乡都和小郁合睡。我的那条被子是离上海之前，新妈妈找人将一条非常破旧的被子重新弹过的。但是还没盖了几次

我与好友小郁在启东文工团。乡村的新鲜空气和取代水果的红薯，使我一下子增胖了许多。我身上那条淡蓝色的百折裙子当时被批评为"资产阶级的奇装异服"。

便已被压成了硬硬的一个大板块，睡觉的时候怎么样也无法贴身，更无法裹住我的肩头，所以只能用来做垫被。小郁的被子就完全不同了，那条厚实的丝绵被又软又贴身，散发着一股温暖的香气。因为小郁是她妈妈最宝贝的女儿，那条被子就可以体现她妈妈的一片爱心。冬天一条被子是无法抵御乡间的寒风的，即使将所有的衣服都盖上也不顶事，小郁和我便分两头睡，她每晚都将我冰冷的双脚抱在她的怀里，用自己的体温来捂暖我的双脚。这种姐妹般的友谊使我终身难忘。

每次到达住宿地，将床铺安排妥当后，匆匆吃几口简单的饭菜，大家便又要赶到公社的礼堂去"装台"。这是我们团里当时的一句行话。所谓的装台，就是搭布景、挂幕布，当然还有灯光设置及定位。台上的幕布又大又重，要几个人合力才能把它们吊到高高的横梁上去。往往这时候，大家已经精疲力尽，恨不得一下倒在床上美美睡上一觉。但是，有时为赶场子或时间不允许，往往在长途跋涉后的当天晚上便要演出，所以那种工作量和强度是现代的年轻人所难以理解的。

演出的晚上，我们往往是在住宿的学校里找个空教室先化妆。团里是没有专业的化妆师的，所有演员的妆全是自己化的。我刚开始的时候把自己的眉毛画得又粗又弯，眼睛一大一小，奇丑无比。后来，仔细跟着老演员学习，没过多长时间就完全掌握了自己脸型的特点，仅用一刻钟便可完妆上台了。

从化妆的学校走到演出地所在的公社礼堂，往往需要走一大段路。只见乡村田间的小路上，行走着我们这些浓妆艳抹、手捧脸盆化妆品的演员，身后跟着一长串前来看热闹的孩子和村民们，他们好奇而又羡慕地追随着我们，就好像是在看来自天外的外星人。在那时我经常体会到，如果不是文工团给了自己这样的机会，我可能就是这些村民中的一员。所以感恩之心是一直深藏在内心的，所有的艰难困苦便都不会使我退缩了。

天刚黑，礼堂里就已坐满了村民，不仅每一个座位是满的，就连走廊和前排的地上都坐满了人。如果是夏天，礼堂的通风设备又不好，再加上乡村没有洗澡的条件和设备，场子里因为拥挤而蒸发出的汗腻味和各种各样的体味，穿越过厚厚的幕布，直向我们的呼吸道冲来。即便是在几十年后的今天，只要一回忆起那段生活，鼻子里似乎还能感受到当年剧场里那股特殊的味道。

记得有一次去民主公社演出，我们突然被告知，当时的县长那天也正好在民主公社视察，晚上要来看演出。这一下可把我们团的朱指导员紧张坏了。因为我们团所有的资金来源和可否生存下去，全凭县级领导的一句话，更不要说今天是要面对第一把手呢！于是，全团立刻重新制订编排当晚的节目表，在下午紧急召开全体会议，再三强调这一场演出的重要性。

其实，对我来说，领导是否到场都没什么两样，反正总是会尽自己所能去演好。但是因为那天出了一件意外的事，所以才使这场演出这么深刻地保留在了我们的记忆里。

那天晚上，所有人都准备就绪等在后台准备开幕前，乐队的指挥兼鼓板师龚品元突然发现第一小提琴手周强还没到位，这一下可把大家急坏了！因为不仅小提琴在乐队中起着至关重要的作用，而且，今晚的第三个节目就是他的小提琴独奏，下半场沈百良的笛子独奏中，他也还要上台伴奏。现在临开场之前突然不知去向，这件事已是非同小可。

其实乐队里敲扬琴的小陆子和拉手风琴的赵伟，再加上沈百良这几个号称乐队里的"上海帮"的小伙子都知道周强在哪里，只是不敢告诉指导员而已。当然，大家很快便找到了在厨房边上的小屋里，因为中午喝醉了酒，仍在那里呼呼睡大觉的周强。只记得小郁、王帼英等几个上海女孩，把仍然处于昏睡状态的醉人硬架起来，灌下不知是否能起醒酒作用茶叶热水，七手八脚地替他换上了乐队演出服。

我不断地从台上大幕布的边缝里往观众席下张望着，看到陪同县长坐在观众席上的指导员，正在不断地皱着眉头看自己手腕上的手表，我真怕他会冲到后台来质问为什么还没开场。我飞一样地冲到礼堂边的厨房里，伸头问道："嘿！你们准备好了吗？我可要开始报幕了呀！不能再等了！"几分钟以后，只见周强坐到了舞台对面的乐队席里，心中的石头一下落地。只见舞台监制对我一挥手，全场的灯光刷地一下全部暗下，只有一束带红色的聚光灯追随着我出现在紧闭的大幕前。全场立时安静了下来。我用那特定的，亲切、深情而又友好的嗓音对大家说道："亲爱的乡亲们，同志们，你们好！

启东文工团的慰问演出现在开始了！"

在一片热烈的欢迎的掌声中，幕布渐渐开启，演出终于开始了。

第一个节目是女生小组唱，我也是其中的一员。来自南通的女歌手张崇玲，唱的是一首当时非常流行的陕北民歌《信天游》。

"山丹丹的那个开花哟红艳艳，咱们中央那个红军到陕北，千家万户哎咳哎咳哟。把门开哎咳哎咳哟；快把咱亲人迎进来，咿儿呀儿来吧哟喂。"

她的嗓音空旷、圆润而又富于激情，受过非常正规的嗓音训练的她，底气十足，一个个极高的音符她都能毫不费力地喷发出来，那晚她才一开口便立时引来了全场的热烈鼓掌。

站在台上的伴唱组里，我悄悄地偷视了一下观众席上县长和指导员的笑貌，心里暗暗庆幸没有人察觉到开场前幕后的这一段戏剧性的小插曲。

接下来的小组唱中还有好几首当时比较流行的歌，《选良种》、《剪窗花》等。

当然，每次合唱都少不了体现当地风格的启东山歌，如《启东劳动号子》、《吕泗渔家船歌》等等。

虽然我们都不是专业歌手出身，但是经过团里多年的训练以后，整个组唱得声调既和谐又统一，连歌带舞，作为开场节目总是最合适的了。

眼看就要轮到周强的小提琴独奏了，我在报幕的时候心里还是七上八下、忐忑不安，生怕他不能够集中注意力或忘了谱子，那样就会砸锅了。

他终于站到了舞台上，将小提琴架在了肩上，只见他将头一甩，一声悠扬如歌般的抒情旋律从他的小提琴里流了出来，那音色优美的《草原的牧马人》的旋律将我们带到了美丽的内蒙古大草原。

第二首独奏曲是欢快的舞曲《新疆之春》，突然，他的琴速越来越快，旋律越来越紧。我可以看到在边上为他用手风琴伴奏的赵伟已被逼得满头大汗，快速的节奏远远超过了平时的标准，大家都不禁为他们捏了一把冷汗。我很想在边幕上使眼色提醒他一下，但只见周强双眼紧闭，手指在琴弦上疯狂地移动着，似乎根本就没有意识到自己超乎常规的速度。最后一曲终结的时候，我看到赵伟都快累趴下了，不停地扳动着麻木的手指。

可是第二天当我们有机会碰到周强，问他昨晚演出的情况时，他竟全然不记得自己拉的是什么曲子！也更没有意识到全团人为他担的那场风险。看来那晚他全是凭借多年训练的本能和惯性，才将这段节目应付下来的。好在观众席中无一人察觉，反而给予了热烈的掌声。我们也逃脱了一场险境。

每晚演出的内容都是五花八门、丰富多彩的。因为文工团是由地方戏曲团体转型，而演员又是来自浙江、江苏两省，每个人都是才艺双全，各显神通。所以演出的形式和内容就直接体现出了这个特点。

我记得有陶其荣、郁菊英和顾秀梅合演的京剧《红灯记》片断，将当时的李玉和、李玉梅和李奶奶的形象演得活龙活现，唱腔也绝对不比样板戏里的原班演员逊色。

陆允芳因为是从越剧团转过来的，当年是有名的小生，但是因为普通话不行，所以便和昌元合演一段现代越剧。

新来的顾导演从上海沪剧团学来了一段沪剧小戏《雪夜春风》，说的是为人民服务、深夜冒雪送牛奶的故事。我和小郁搭档主演。虽然我从来没学过沪剧，但因为是上海人，沪语几乎没有问题，稍加排练也就能胜任了。只是我觉得自己的嗓音总也无法唱出那股沪剧特有的"糯味"，每次排练时一到那个特定的唱段我就想笑，可没想到一下养成了习惯，竟然在舞台上正式演出时也会笑场。即便小郁在台上严厉地瞪着我，我还是憋不住。于是，我就尽可能地用指甲暗暗掐住自己的手指，重到把手上的皮肤都掐出血来了，才慢慢地克服了这可怕的笑场习惯。直至今天，台上的那一幕依然记忆犹新。

当年我非常喜欢的是来自南通的方伟平编导领跳的彝族舞蹈，《千年的铁树要开花》，表现的是一个汉族的人民医生治好彝族聋哑孩子的故事。方伟平演医生，倪雪芹演那个小小的聋哑孩子，我们也都穿上彝族的民族舞蹈服伴舞。

当然还有朝鲜舞、苗族舞、蒙族舞。凡是当时流行的，受欢迎的歌我们都唱，舞都跳，戏都演。只要是宣传革命思想、促进各民族团结，有地方特色，又能通过政府机构审批的节目我们都会将其搬上舞台。

现在想来，我们团当时的女演员的阵容是挺强的，节目的内容也很受欢迎。但是男演员的人数就不够多。但是，我们团的乐队在当时是非常强大和优秀的。来自评弹团的曹冠中和姜凤英夫妇是弹琵琶的高手，小陈和部队转业下来的施企周的优美的二胡，再加上几乎每一个从上海招来的人都可以是一个独立的演奏者。

尤其是沈百良的笛子独奏节目是非常受欢迎的。无论是普通的中国竹笛，还是西洋乐队的长笛，只要到了他的嘴唇和指尖上，便即时变成了悠长沉稳的旋律和欢快华丽的舞曲。一首《扬鞭催马运粮忙》的欢快小曲，被他演奏得那样的优雅而又自信。不知道有多少次，我都被他的笛声迷住，那辽阔宽广的情调和婉转优美的声音将我带到了另一个梦幻的世界。

两个多小时的演出往往是一环扣一环，一幕接一幕。因为全团加上所有的乐队和舞美组以及领导，一共只有三十多个人，演员的人数就更少了，所以每个人都是一场多戏，兼任许多不同的角色。

我的主要任务虽是负责报幕，每个节目之间都要出场预报。但是，几乎所有其他的节目我也都参加。每个节目一下场便要匆匆换衣，最多的时候，我记得一个晚上要换十几次衣服上场。在每一幕中间，还要背诵下一个节目的报幕词，生怕搞错了。所以在演出的前后这三个小时里，我都需要使自己保持最好的精神状态，集中全部的注意力。尽管许多节目是经常重复、每场都有的。但对我们来说，每一场的演出都是一场全新的开始，绝对不敢掉以轻心。

当最后一个节目的幕布在我们的面前落下，大家才敢大松一口气，立刻冲到后台，脱下演出服，赶去厨房卸妆。那个年代无论是化妆品还是卸妆油都是非常原始、凑合的，虽然各自有个人保管的化妆盒与眉笔，但是，化妆的底色和白粉都是合用的。化妆品从来没有"过期"的概念，一大瓶底色你沾我挖，定妆的白粉早已被污染成棕红色。每次化完妆，我都觉得脸上像是捂上了一个面具，皮肤感到窒息般的缺氧，大小的红豆不断地从下巴和额头上冒出来，老也搞不清究竟是发育期的青春美丽豆呢还是对化妆品的过敏。

卸妆通常使用最普通的凡士林，每晚演出后，你都可以看到一边往厨房走着，一边往脸上涂着凡士林的演员们，所有的墨眼与红唇刹那间被抹成了一片，如果乍眼碰到个陌生的路人，真会把人吓出病来的。

乡村公社厨房里为我们准备的卸妆水，也是晚饭后烧在大铁饭锅里的热水，每个人都不敢浪费。因为卸完妆后，我们每人还要用带来的脸盆舀上大半盆热水，带回住宿的小学校里，用做擦洗身体和洗脚用。

乡村的小路是没有路灯的，我们只能凭借着微弱的月光在高低不平的田间泥地上摸索前行着。有时候住宿地离开公社礼堂较远，我们端着大半盆热水的手臂又酸又累，水也渐渐变凉，但还是需要咬牙坚持着。因为在这样的时候，你是不可能去指望任何人来助你一臂之力的。

住宿的学校既没有浴室，也没有一个特殊的地方可以让我们擦洗。这么多的女子聚集在两个大教室里，是没有任何私人空间的，唯有两人合用的蚊帐，给了我们一点遮掩的屏障。在这样的时候，大家都只能蹲着躲在半透半明的帐子后面，用一块小毛巾擦洗着汗水淋淋的身体。散发着油腻气的热水在脸盆上印下一圈铅灰色的印迹，不知多少次，我都不敢用来洗下身。

现在想来，人的可塑性是多么的强大啊！团里大多数的年轻人都来自上海、南通这样的大城市，绝对没有经历过这样的生活条件。但是，我们每一个都清楚地知道，与那些远在安徽乡村从事农作或是黑龙江大兴安岭垦荒的建设兵团的同龄人相比，我们是非常非常幸运的一批人。至少我们是在从事自己喜欢的专业，干我们喜欢干的事。这点生活中的小小不便，是绝对不会使我们放弃或者抱怨的。

另外，我之所以要将当年团里许多演员和乐队人员的名字这样详尽地罗列下来，是因为这些名字对我来说并不是一个个单词的组合，而是与我一起同甘苦、共欢乐的，一个个有血有肉、活生生的人。我们在中国 20 世纪 70 年代的那个非常时期，用我们的青春和才华，在启东这块异乡的土地上，留下了不可抹去的脚印，在历史上刻下了绝不能忽略的一章。

也许，在今天这个电子信息发达的社会里，即便你要上网去刻意寻找这些人当年的印迹，也没有一丝的信息可以证明我们这个团体和我们这些人是如此存在过的。

许多当年驰骋舞台的好演员都已过世或转行退休，技术精湛熟练的乐队人员也都放下了心爱的乐器。但是，我们大多数的人依然还在，我们对当年的记忆还依然清晰。我希望今天，在澳大利亚的这个南半球的异国他乡，把我们这一段特殊的经历和点滴的细节，用自己的心将此记录下来，献给我亲爱的同事和兄弟姐妹们！

# 第十二章

# 站在命运的十字路口
## ——我在启东文工团的最后几年

（1974 年—1976 年）

　　从很小的时候起，人们就总是说我比同龄人要早熟得多，这可能是与我的生活经历分不开的吧。如今，经过在团里三年的磨练，我已变得更加成熟、自信和坚强。

　　刚二十岁出头的我，浓郁黑亮的长发在脑后扎了一个马尾巴，挺直的腰背和纤长的细腿，再加上那被海风吹得红润健康、充满青春气息的脸，使我无论是在团里，还是走在街上，都成了一个非常引人注目的女子。

　　凡是我开始穿的衣服，很快便会被姑娘们模仿。我的一举一动，似乎总是和"小资产阶级"的情调沾上那么一点边。尽管只是一件在今天看来非常普通的、甚至有点乡气的红罩衫，一条天蓝色的百褶裙，甚至是床头一点美丽的小摆设，都会在团里引起特别的关注

七十年代时启东文工团的全体演员和乐队。照片虽然陈旧，但记录了那段真实的生活。

后排左起：
姜守成、顾惠良、赵伟、施斌、方伟平、陶其荣、龚品元、沈百良、沈建康、陆顺麟、张永康、赵辛、俞惠元、杨祖明。
中排左起：
施文斌、朱玲、顾秀梅、郁菊英、卢金妹、陆允芳、赵昌元、沈重、－、－、－、宣炳麟、陈锦先。
前排左起：
倪雪芹、王帼英、－、王素心、张崇玲、朱允明（指导员）、－、汪静芳、－、－、－、－。
（－符号表示的是我已记不清他们的名字了）

没有写上名字的大多是当时临时调来参加会演的演员，所以已经无法考证名字。但是团里成员除施企周、徐玉英、王素芬和王洪涤当时不知为什么不在照片里以外，所有的成员应该全在了。这是一支短小精干的演出小分队，每一个人都是身兼数职，在当年的启东地区献出了他们的青春，我希望能够将此记录下来，献给我当年共同奋战的同事和战友们！

和私下的议论。其实，这对我来说只是一种自然的审美，从来也没有刻意追求过时尚，而自己却常常在不知不觉中成了许多女孩仿效的对象。也许在当时，充满青春活力的我真的是一个漂亮的女孩，但是由于那个特殊的年代，美貌似乎总是和多事或厄运连在一起的。而且我也知道，外表的美是短暂的、肤浅的，如同过眼烟云，一眨即逝。所以，在我的心里，总希望别人不是以貌而是以品德来鉴定我的为人。

但是，我却喜欢大家夸我气质好，因为我认为，一个人的气质是由你的阅历、内涵、风度以及对自己的严格要求而形成的一种独特的、仅属于你个人的、别人所无法模仿的内心世界的体现。我愿意自己是个聪慧高洁、对前途充满理想、对所有人都充满关爱相助之心的人。

在我们每次从农村巡回演出几个月以后，总会有一段时期在县城的汇龙镇团里整顿、学习和排练新的节目。那样的时间对我们来说总是非常珍贵的。因为至少我们不用几天便转一次台、搭一遍床了。城里的宿舍虽然简陋，但毕竟是我们的家啊！

只要天气晴朗有太阳，人民桥下的河边便会挤满了我们团的女孩们，边唱歌边在河里拍打并漂洗着床单和衣服，才一转眼的功夫，团里的院子里便飘起了花花绿绿的万国旗。

记得当年我们团乐队的这些来自上海的小伙子们，根本不懂怎么照料自己，于是我便挨个地敲开他们宿舍的门。

"赵伟，小陆子，把你们的被子换下来，我来帮你们洗掉！看你们，脏死了，懒死了！"这是我经常对他们下的命令。尽管我比他们的年龄都小，但总是严肃得像个大姐姐。

没想到那一年，当我被接受成为一个共青团员的那一天，大家无记名投票，我竟被推选为团支部书记，真让我受宠若惊，哪有才刚入团就当书记的道理啊，历史上都很难查到。

其实在我的心里，只是想帮助那些没有料理生活能力的男孩子们，做一些对我来说是非常简单的、力所能及的事情，从来也没有想要做个"活雷锋"，或是刻意表现自己。再则我这人一贯对政治毫无兴趣，让我当个团支部书记，我都不知道拿这个头衔干什么，但是我感激大家对我的信任。

1974 年仍然是反林彪、批判孔夫子的政治运动的高潮，在这样的场合，我总是比较低调地缩在别人的背后。

每次的回团整休期间，政治学习是每天必不可少的一项日程，每次都是阅读内容相近的《人民日报》社论，重复着单调而又空洞的长篇大论，或者是传达毛主席的最新指示。在那个年代，毛主席的每一句话，每一个指示都被全国人民敲锣打鼓地欢呼，反反复复地学习，认认真真地执行。

早晨起得太早练功，一到下午碰到漫长的会议，止不住一个劲儿打哈欠。因为发困，浑身感到极度不自在，脚也烦躁万分。现在想来，这种单调而又枯燥的、形式化的学习会议是多么的浪费时间啊！

只要一空下来，我便开始非常想念我的爸爸和妹妹们，想念小邵和他的妈妈，怀念我出生长大的上海。那种思乡之情在每周几次的邮差送信时总是达到高潮。

在团里，我收到的来信总是最少的。同是上海来的小郁，除了挚爱她的妈妈永不间断的来信以外，她那远在上海的男朋友总是非常准时地每周一信。他那极其优美、富于个性、同时又如书法般灵巧和谐的字体，总是可以让我们一眼辨出寄信人。

我爸爸那时已被发配到位于上海西郊闵行地区的钢铁厂去干苦工，身体原本就文弱、瘦小的他，在高强度的高温炼钢车间里，每天要工作八到十个小时。因为离家太远，他只能住在集体宿舍里。每天受着同屋翻班人员进出的吵扰，吃的又是非常低劣的食堂大锅饭。他的深度近视眼在那样微弱的宿舍灯光下是无法写下任何字的。我恳请爸爸不要给我写信，希望他能好好休息。因为我知道，即便收不到他的一个字，也会深深了解他是非常非常爱我的。

至于新妈妈，从我九岁时的两年级开始，家里的信便都是由我为她代笔的。现在爸爸不在家，也没有人来帮助她照顾妹妹，我绝不敢指望她会给我写信。所以，来自家中的信件是微乎其微。

当时唯一坚持经常给我写信的便是小邵的妈妈。每次收到那字体工工整整的信封，里面排得密密麻麻小字的信纸，我的心里都会涌出一股暖暖的温泉。我可以想象出她趴在桌上，戴着老花镜，吃力地一字一行地向我娓娓道来家里的一些事。

"猫咪的工厂每天都加班啊，他说要找个周末的时间给你写信。"

"小姐姐有了三个儿子以后终于生了个女孩，名叫芳芳。"

"二哥从安徽农村回来了，据说现在大批的学生都开始了回城潮流。真希望你也能有机会调回上海来。"

"大哥至今还是孤身一人，每天除了上班以外，只知读书下棋，似乎对任何一个女子都漠不关心。企盼上帝保佑能让他早日找到个好伴侣。"

看这些信，如同听她说话那样亲切、柔和。看似细小、杂碎的家常琐事，却让我这个漂流异乡的孤零女孩觉得有一种"家"的归属感。在启东的那六年间，小邵的妈妈便是我唯一的亲妈妈。可惜的是，在后面几十年的辗转搬家中，这些珍贵的信都遗失了。不过在我的心里，妈妈的这份亲情，却刻下了永恒的印记。

我当然也从不敢责怪小邵的来信远不如小郁男朋友的勤，我们当年不都只是二十岁出头的少男少女吗？谁会有那么多的时间整天写些恩爱、思念的信呢？如果真是那样的话，反而会使我感到一点也不像自己了解的小邵。

尽管我在脑子里，为所有无法经常给我写信的人找到了千百个理由，但是在心里，还是希望能像别人一样，每周都能收到几封厚厚的信，不管是谁的信。躲在蚊帐里，在微弱的台灯下，一遍又一遍地仔细阅读着这些与故乡紧紧连接在一起的信件。在当时，那是我心中最憧憬的幸福境界了！

除了看着同事们经常收到的那一封封充满关爱和思念的信件以外，我还常常羡慕同事们不断收到从家中寄来的包裹，当然我也经常会分享到熟悉的上海小零嘴，五香豆，拷扁橄榄，甘草话梅等。尤其是小郁家寄来的包裹，每次必有几大瓶用当时非常难弄到的，需要定量的精白面粉和白糖炒在一起的"炒麦粉"。因为当时在乡间，物质还是非常贫乏的，晚上太饿时往搪瓷杯里舀上两勺麦粉，浇上滚烫的开水，不停地搅动着，渐渐的就成了厚厚的面糊。顺着腾起的热气，那股特有的香味会溢满整个宿舍楼。

最使我难忘的是那几瓶花生八宝酱。用去皮的花生、肉糜、豆腐干、豆瓣酱、甜面酱合炒制成的那种特殊美味的辣酱，常常是我们下乡时最最好吃的"家乡菜"。

尽管那时的食品是如此的珍贵，而且还是来自遥远的故乡，小郁从来都是与我一起分享，就好像这是天经地义的事。这种不求任何回报的、毫不吝啬的姐妹之情，使我终身难忘！直到四十年以后，才让我有机会回报，那都是后话了。

记不得那时有什么水果可吃。而用来替代的竟是"山芋"，现在大家都叫红薯。平时不怎么起眼的山芋，在冬天被冻过以后，竟会变得又脆又嫩。削掉表皮，将白色的冻山芋切成一片一片的，比苹果还要好吃。当年团里的财务施斌，每次回乡返团后，他的床底下便会堆满了这些山芋，成了我们当年取之不尽的"水果"来源。

在团里的那段时间里，每年都有一周的假期可以让我们回上海探亲，在那个年代，这是一种非常特殊的待遇了。

那时我们的工资每月只有人民币二十八元，除了每天的吃喝饭票外，剩下的就不多了。但是每次临回上海前，我们都会花尽积存下来的每一分钱，到市场上买上几大串当地知名的大闸蟹，挑上一条非常新鲜的羊腿，背上几十斤好大米，再加上其他启东的特产，浩浩荡荡地回城了。


上海的十六铺码头边总有着一股黄浦江的特殊味道。也许是源自与它相连的那条苏州河，或是来自记忆中永远无法抹去的那段童年的梦？我不知道。从来也不记得是否有人到码头来接过我，我一向都是个独来独往的孤行者！

爸爸当然是会不顾一切地从闵行的工厂赶回家来看我。而新妈妈，显然对我带回的礼物及食品远比对我本人的回家要重视得多。那天突然看见她在磅称我带回的红枣，不解地问道：

"为什么你要称这些分量呢？"

"你说带回来的是两斤红枣，我看根本不足数，所以想称一下。"新妈妈不经意地回答道。

可是，这是我带回家中的礼物啊，并没有要求一分钱的回报，只是一片心而已，那是可以用称来衡量的吗？我的心失望地隐隐作痛。不过，很快便把自己从这种情绪中拔出来。

"我不应再去在乎这种语言，也不要再让自己受到任何伤害。我已是个独立、自主，能够全力把握自己前途的人！"

我在心里不断地告诫自己！也许她并没有想过刻意要使我受到伤害，那只是她这个人的性格人品而已。

小邵的妈妈就完全不同了，总是向我伸出温暖的母亲般的双臂，将我带回的螃蟹煮上一串，全家围坐一圈，热热融融地团聚在一起。

不过在那段时间里，连我自己也无法理清和小邵之间的那种若即若离，既分不开又无法合的奇怪关系。从名义上来说，他是我的男朋友，在团里，每一个人都知道我是有所属的人。大家都羡慕我有一个在上海"工矿"的男朋友，那样也就意味着我在上海有一条根，哪天只要是结了婚，便会有机会将户口再转回上海来，不像许多被迁出上海变成外地户口的人，永远不再有回上海定居的可能性。

他并不经常给我写信。在分离的几年中，各自就好像是两个互不相干的个体，在做着对方全然不了解的事情，过着仅属于自己的生活。但每一次我回上海探亲见面，我们之间就好像完全忘记了中间隔绝的那段时间，总是可以立刻从上一次放下的那一段再重新接过来，就好像我们从来没有分开过似的。只是，每一年的见面我都又长了一岁，当年他认识的十六岁的可怜的小女孩已经完全长大了，我已经不敢肯定在我们之间的是不是爱情，我更不敢去想我们的将来……

1974 年到来的时候，我们的文工团开始有了很大的变化。首先是团里从南通市话剧团临时请来了黄莹老师给我们当话剧导演，同时上话剧表演课。这也就意味着，过去三年里以戏曲为主的节目方向开始有了转变。

我们原来的顾导演是唱沪剧出身，再加上原来越剧团、评弹团转下来的老同志，使得我们团一直无法找到自己的特色，也使我们这些新演员无法定夺自己的角色和发展的方向。

现在团里的剧目一转向，我们这些从各地招来的演员可高兴坏了，至少我们可以不再排演那些地方戏曲了。黄老师给我们排练的小话剧《审椅子》、《捡煤渣》等，都是当年比较流行和受欢迎的节目。

在这同时，团里又从新疆的军垦文工团里调来了一个姚导演，来为我们上声乐和语音课。不知从什么时候开始，我们团的女演员们都突然变得非常勤奋起来，每天一大早，还没到点，就已能听到练功房里歌声四起、绕口令声不断。

姚老师虽然来自遥远的新疆，但祖籍却是上海人。尤其是对我们这个闭塞的小县城文工团来说，绝对是个见过大世面的人。他不仅长得帅，能说一口非常标准、漂亮的普通话，而且他的歌声几乎能与李双江媲美。每当他唱起那首李双江当年的名曲《在那遥远的地方》时，他那高亢、热情、透彻而又浑厚的声音，使我们全团的每一个女孩子都对他崇拜得五体投地。

在那段时间里，我开始了解到了自己的嗓子在声乐领域的局限性，无论我怎样努力，一到高腔处就无法逾越，有时还会跑调，我不禁感到非常苦恼，以至于有些自卑起来。

"你要对自己有充分的信心！"姚导演把我叫到了一个角落里，

非常严肃地对我说道。

"作为一个演员，你必须要了解自己的长处是什么，那就是你说话的声音和你的气质。你的声音很动听，如果你能给予这种天赋的声音一些更深的内涵以及更丰富的感情，那么我敢对你保证，你会成为这个团里最优秀的演员之一。但是你必须努力充实自己，练好基本功，更重要的是要充满自信！"姚老师锐利的眼睛直视着我，双手激动地挥舞着。

在这位新导演的辅导下，我们这些演员都开始发现了许多连自己本身都不了解的潜力，在嗓音的运用和表演的技能上都开始有了一个大的飞跃。

在上世纪 70 年代中期的连续两年中，我们团都参加了江苏省的文艺汇演。虽然我们只是一个仅有三十多人的县级小文工团，但是在整个南通地区和江苏省的专业团体中，无论是演出的水准和节目的内容都是备受关注的。

记得那两年，在全省各个地区的几十个文艺团体各自演出完以后，省级的专业评委会将此次汇演中最优秀的节目，综合成一台演出，以此作为结束汇报，我们团总有节目入选。

最使我难忘的是，在几十个的专业团体中，我连续两年被指定为唯一的报幕员，为全省最终的那场综合演出做节目主持人，这对个人来说是极大的鼓励，同时也增强了我的自信心。

1975 年即将结束的那几个月中，上海东海舰队的文工团到启东县里来，为东海前线的驻军慰问演出，他们同时也看了我们团的演出。在那个年代，只要是碰上来自上海的同乡就会情不自禁地聊上半天，更不要说这些都是穿着白色海军服、令我们百般羡慕的部队文工团的姑娘们了。很快，我们便都各自交换了通讯地址和电话，我最喜欢的是那个长得和我非常像的女孩小白，从此我们成了非常好的朋友。

没过多久，我收到了来自东海舰队的信。小白告诉我说，他们的团长非常喜欢我的报幕员形象，问我是否愿意参军，成为东海舰队文工团的一员。我连着读了好几遍信，几乎不敢相信这是真的。试想一下，在那样的一个年代里，像我这样一个既无门路又无后台的年轻女孩子，身在一个小县城的文工团里，根本不知道等待着自己的未来是什么。突然，这样的好消息从天而降！

在全国八亿人口中，每一个适龄女孩都会梦想有这样的一个好机会，穿上雪白的海军服，戴上蓝白色的无檐帽，驰骋在东海前线的每一个哨所和舰队中，为我们的海军战士演出。而且那是真正专业的部队文工团啊，我的前途、我的事业，将会是多么大的一个飞跃啊。我强按捺住自己怦怦直跳的激动的心，深深地呼了一口气，拿着信封直冲下楼去。

从楼梯拐弯口的厨房到朱指导员的宿舍只有几十步的距离，但对我来说，却似乎是决定我未来的分界线。

"双数表示成功，单数表示失败，就不进去了。"我紧咬着嘴唇，在心里默默地数着迈出的脚步，给自己下了一个赌注。当然，脚步的大小是由我自己控制的，不管是刻意的还是天意，反正那最后的一步肯定是踏在了双位数上。

我们团的领导朱指导员是个非常严肃、不苟言笑的人，平时不到万不得已，我总是尽量避开他。但是此时此刻，我已顾不上那么多了，毅然敲响了他的房门。

指导员接过我递给他的信，仔细地看了好几遍。他那常年被太阳晒得黑漆漆的脸上突然泛起了一阵红潮，显然他对这件事完全没有思想准备。指导员沉思着，没有说话，空气似乎也在此刻凝固了。

我不知道该如何去打破这个沉默的气氛，更不知道等待我的结局会是什么。但是有一点是非常清楚的，那便是今天的行动将是一条不可回头之路。

"你是希望离开我们了吗？"指导员突然抬起头来直视着我问道。他的神态是那样的严肃，但问话又似乎多了一些与人情有关的潜台词。

"哦，不不！我只是希望领导考虑一下，看看是否能够让我去应试一下？我还年轻，如果有机会到部队去锻炼，更好地深造自己，我会非常感激团里领导栽培的。"我语无伦次地说。听上去好像是冠冕堂皇的，但那确实是我的心里话。

"还需要应试吗？这信上好像是已经定局，就等你答应了？"朱指导员有些愤慨地说。他见我低头不吱声，又接着说："但是我要提醒你，你们这一批来的人本来都是要上山下山的，是县里的龚股长把你招来，我们辛辛苦苦培养你，才有了你今天的成绩。现在你翅膀才刚刚长硬，就想远走高飞，你希望我怎样回答你呢？"我垂着头站在门边，不敢直视指导员的眼睛，但心里知道他说的话都是有道理的。

"前几个月在南京参加省里演出，看到你被选为全省压台演出的报幕员，作为一个领导，非常为你感到骄傲。但是我当时就想提醒你，你的成绩是大家的成绩，并不属于你个人，而是属于我们启东文工团的。一定要戒骄戒躁，绝不能自以为了不起了！"指导员继续说道。

我感到有些委屈，因为从没有像他所说的那样不知天高地厚，但我绝对不敢辩解。

指导员把手中的信递还给我，又接着说："这是一件大事，我要向县级领导汇报后才能给你回复。"他边说边对我挥了挥手，我就只能知趣地离开了。

这以后几天的等待是那样的漫长和无望，我不敢告诉团里的同事们，生怕太多人知道了会对领导的决定造成不便，但是那颗忐忑不安的心，却每时每刻在期待着他们的最终决定。只要电话铃一响，我就希望是县领导打来的，每一次都是失望而归。

整整一个星期过去了，没有一个人来对我提过一句话。我们照常的练功、学习、开会，指导员从我的身边走过时连看都不看我一眼，就好像这件事情从来就没有发生过一样，我的心在这无声的等待中开始变得枯寂、衰弱。因为这封信而激起的兴奋和希望，也随着每一分钟的流逝而逐渐变成了沮丧和失落。

终于，在两个多星期以后的一个下午，我被叫到了会议室。一进门，就看见县里的龚股长、我们团的朱指导员以及几位我不认识的人员在场，所有人的脸上没有一丝笑容，那种死一般沉寂的紧张气氛使人不寒而栗，我低垂着眼在他们面前坐下。

还是龚股长打破了这个沉默。

"小朱，首先我要祝贺你，能够在过去的几年里有了这么大的进步，从我招你来时什么也不懂的一个小女孩，到今天这样得到大家认可的优秀的专业演员，不过我相信你也一定同意，这与团里对你的栽培以及你自己的努力分不开的。"

我努力不断赞同地点着头，脸上充满了感激之情。

"但是，"龚股长话锋一转，突然提高了他的话音，用一种非常强硬的态度继续说道："这并不等于给了你个人的权利，这样自说自话地想要远走高飞。你不属于你自己，你也没有自由选择你未来的权利。"

我的心随着他的话音突然一下跌到了深渊之中，还没待我仔细理解他真正的意思，他又接着说道："有一件事情我想要你了解一下，你们一批四个人从上海招来的时候，原本都是要被分配到边远农村去的。按照当时国家的上山下乡统一政策，文工团是县属机构，是城镇户口单位，而你们的属类只能是在农村。所以，当时我们无法将你们的户口放在团里，而是放到了农村。现在你们四个人的户口都在吕四的农场挂着呢，就算是你要离开，我也没有办法将你的户口转出去。"

我惊异地抬起头来看着万般冷酷的龚股长，简直不敢相信自己的耳朵。我们的户口不在团里，而是在乡下的农场里？从 1971 年到现在，已经整整五年过去了，从来没有一个人对我们提及过这件事，对我来说真是一个天大的新闻。我不知道该作何反应。当然，龚股长是不需要在乎我是怎样想的，他在继续完成今天要说的全部的话。

"我知道你一直在等我们的答复，今天叫你来就是要正式表明我们领导的态度：我们不会同意你离开文工团！如果你需要，我们县里文化局可以出公函去回复东海舰队，声明我们的立场，或者你自己通过个人途径处理。但是，我们希望你接受这次的教训，今后不要再胡思乱想，也不要骄傲自满，自以为是了。你的前途在启东文工团！不管是多少年，我们都会养着你，希望你安心工作，继续努力，一直干到退休。"

我早已不记得自己当时是怎样离开那个会议室的，只记得那种万念俱灰、全然黑暗的感觉是如此深深地占据了整个的心。

我飞一般地跑回自己的房间，将门"砰"的一声关上，一头扎进床里，将头深埋在被窝中，声嘶力竭地大哭起来。即便在那样的时候，我还是清醒地意识到，这厚厚的被子也许能够挡住我的哭声，不至于传得太远。在这样的集体宿舍里，你连哭都是没有自由的。

从那一天起，我似乎完全变成了另外一个人，我不再欢笑，也不再自信。生命的火花和青春的活力在一夜间突然离我而去，我变成了一个沉默寡言、不苟言笑的"机器人"。每天仍然按常规练功、排练、演出，但是却如一个木偶人在机械地做着指定的动作，全然没有一点内心的激情。

不知有多少次，我在内心和自己作着无声的对话。

"你应该振作起来，就当从来就没有收到过那样一封信，也从来没有过那样一次机会，生活不还是可以照常吗？"

"可是怎么可能再正常呢？在这之前，未来对我来说是充满了神秘的未知和希望，我总是梦想通过自己的努力，另一个全新的未来会在那里等待着我。可是现在，当被告知命运已被他人强行决定，将不再有我选择和希望的权利，每一个今天都将是昨天的重复，每一个明天都将如今天那样一成不变。"

我更需要一种精神上和行动上的自由。试想一下，这一辈子已经被盖上了锁定的印章。我才刚刚二十二岁啊，世界那么大，我怎么可以被一辈子禁锢在这里，像那些评弹团的老演员一样，在这样毫无个人自由空间的集体生活中度过自己的一生？我需要一个属于自己的家，一个我可以任意摆设、安心阅读，想哭就哭、想大笑就可放声笑的简单但温暖的家。

如果我胆大而又不顾后果，也许可以一赌气离团返回上海，但是户口呢？那本小小的户口本，就像唐僧锁在孙悟空头上的紧箍咒，任我有天大的本事，也逃不出龚股长的手心。没有了户口和团里的正式档案，我就会变成一个无人问津的黑民。那个年代因为物资奇缺，所有的粮棉糖油都是按住地、按人口发票证分配的。如果回到上海家里，连吃一口饭都要看新妈妈的脸色，再次回到那种比儿时的记忆更恐怖的环境中去的话，我的选择是可想而知的。

当然我相信，小邵的妈妈绝对会伸出欢迎的双手，给我一片遮荫御寒的屋顶和一个简陋却温暖的家。但这也就意味着，从此以后我就会完全寄人篱下，唯一能够做的便是用无尽的家务来表示自己的感激之情。

这真的是我要的未来生活吗？愿意在这样年轻的时候就完全失去经济的自主能力，完全变成一个俯首帖耳的家庭妇女吗？小邵真的是我愿意赋予终身的伴侣吗？如果他是我命中的王子，为什么在我的内心深处，却完全感觉不到那种小说里所描绘的刻骨铭心的爱呢？为什么我会觉得对他妈妈的爱，远远超越对他的思念呢？也许我对他的完全不是爱情，而只是一种对温暖母爱的需求呢？我能够嫁给他吗？心里的回答是"不"。我绝对不能丧失独立性，也不能想象自己的未来成为一个依附于他人同情施舍的弱者。

在心里与自己有了那么多次对话后，对于所有可能会发生以及因之会产生的后果，都在我的头脑里一遍又一遍地演绎着，一幕幕的场景就像电影镜头那样，在眼前真实地体现着。在那一段时间里，我深深地感受到了，个人的能力在强大的组织机构面前是多么的渺小和无能为力啊！

我开始违心地劝慰自己接受命运的摆布，在思想上做好一辈子呆在启东的准备。可是，一个内心已失去希望和梦想的人该怎样才能重新点燃心中的激情呢？当你的生活和环境已经不是由于你自己的选择，而是由他人为你决定，所有的行为就会立刻从一种自愿的主观能动性变成了被动的状况。

我完全生活在了一个仅属于自己的封闭的圈子里，不愿与人交流，也只字不和任何人提及与领导的谈话。我被囚禁在自己编织的想象的牢狱里，在精神上被判处了终身监禁。我在无望的岁月中度过着每一天，不知如何找到一条可以逃脱现况的生路。我唯一能做的便是在心里不断地祈祷着，希望在那神奇的世界里，上帝会听到我内心的呼唤，显示它的神灵，为我创造一个奇迹。

1976 年到来的时候，我已几乎开始忘却我的梦，我的哀伤和无望。

1976 年 1 月 8 日，我们敬爱的周总理在北京的医院病逝。县里的每一个电台和广播话筒里都在报道着这个令人震惊的消息。全团上下一片哀悼悲泣声，我也因之而失声痛哭。不知道是为了敬爱的总理还是在为自己的命运流泪。

当人们完全被夺去对自身命运掌控的权利，也同时对国家的未来充满了迷茫的时候，周总理那和蔼可亲的笑脸总可以给人们的心里一些抚慰。现在，连这最后一点的安全感也失去了，我相信，在那一刻，全国一定会有许多人在心里有着与我同样的感受。况且，至少在那样的场合里，你可以自由宣泄感情而不需要对任何人作解释。

文工团又要再一次下乡演出了。我依然是台前台后忙碌，每台演出要换上十几次衣服。

记得那个乡村的小舞台坑坑洼洼，高低不平，当我们换上沉重的彝族舞服在台上围成一圈，所有舞者往后下腰，同时又往前探身组成一个花瓣似的造型时，不可想象的事情突然发生了。我的腰部就像被人狠狠击了一拳那样，突然产生了撕裂般的疼痛，我的身体被锁定在那样一个固定的动作上再也不能移动，既不能站起，也无法坐立，就连想躺下也不行。那种从来没有经受过的腰部的疼痛，使得我禁不住失声大叫起来。舞台上的灯突然熄灭，音乐戛然终止，幕布在一片慌乱中快速拉拢关闭，台上台下一片嘈杂的叫声。我只记得谁在那里狠狠地将我的双臂架起，一阵刺骨的剧疼使我眼前一黑，后来就什么也不知道了。当我醒来的时候，才意识到是团里的哪一位老同志在用针刺我的人中。

当然，那晚的整场演出都没有再继续下去，因为不仅是报幕，还有太多的节目需要我参与。我的心里充满了愧疚，对那些远道而来的乡村观众，对团里所有的领导和同事们。我独自一人躺在用木板搭成的小床上一动都不能动，连续十几个小时，肚子都快被尿憋死了，但却无法站起来去厕所。从前腹到后腰周围的所有肌肉都像钢箍那样紧紧地缩在那里，稍一挪动就会剧痛不已。

在那次舞台事故以后的一段时间里，我的身体几乎完全失去了活动的自由。原本轻松敏捷、弯曲自如的腰腿部，突然变得如铅一样的沉重，无法弯曲，无法转身，连推一扇门、提一个小手袋或是上个厕所都要费尽全力，躺在床上要翻个身都会止不住发出痛苦的呻吟。在这同时，我的左腿也开始变得麻木和疼痛不已，再也无法像过去那样欢跳雀跃。直到这一刻，我才真正对自己的身体状况开始担忧起来。

县医院的医生检查后，确诊我为"腰椎间盘突出症"，X片上可以明显看到我的腰4—5脊椎骨处有着退化狭窄性的病变，脊椎的骨头有一道明显的裂痕。医生对我解释说，因为那晚在舞台上的动作不当，致使我的椎间盘纤维环突然破裂，髓核组织从破裂之处脱出来，导致相邻脊神经根遭受刺激或压迫，从而产生腰部疼痛。由于对坐骨神经的压迫，致使我的左腿及左臀围也同时疼痛不止，连走路都无法自如。

医生那些繁琐的医学词汇对我就像浇了一头的雾水，根本找不到方向。其实，对我来说，最重要的是需要了解，这病多少时间才能好？现在医生的治疗方案是什么？可是医生的回答却出乎意料的简单："卧床休息静养！其他什么治疗方法都没有。"只有等自己的身体慢慢地消肿吸收，骨裂处逐渐长全，最后逐渐恢复！这个过程将会是比较漫长的，短则几个星期，长则几个月，完全是因人而异。但有一点是可以肯定的，受过伤的腰再也不可能完全回复原状。将来只要一个动作不当，甚至打一个喷嚏或弯一下腰，随时都可能诱发。

他这一番话可是真的说对了，因为这个腰病从那年开始整整折磨了我几十年。但是只有生活在澳大利亚那么多年后，我才了解到西方的医学界对这个病，其实有着非常简单和富有科学性的治疗方法的。但是在1976年初期的那一天，我却只能听天由命，耐心等待。

记得那天从医院出来，独自慢慢地在街上挪动着，半边的身体和腿脚就像瘫痪了似的，得由右边的腿往前拖行，使得我的胯骨和全身上下都失去了平衡。

天上在下着毛毛细雨，初夏的绿叶被雨水淋得格外翠碧。路上极少有路人，即便偶尔有骑车者擦身而过，总会回头张望一下，也许都在奇怪这样一个年轻女子竟然形同残疾人。

我边走边仔细回味着医生的话，越想就越是感到不安。

"难道我从此以后就真的无法完全恢复原样了？如果真是那样，我还能练功吗？还能上台吗？如果连普通的动作都会导致病情严重，那不等于给我的专业前途盖上了一个死刑的印章？我才刚刚二十二岁啊，艺术的前途才刚刚起步，属于自己的生活还完全没有开始呢，难道我的前途就从此画上了句号吗？不能再演出，团里肯定也不会再留我，既然我的户口在农村，领导是肯定要把我下放下去的，原来我最终还是难逃这样的命运啊！"

我越想越害怕，越想越难过，一边艰难地挪动着不听使唤的沉重的双腿，一边用手擦拭着不停往下掉的泪水。世界和未来对我来说是一片黑暗。

一个星期后，团里重新组织排练，过去属于我的许多角色全部都由其他的演员担任了。在那一刻我才真正了解到，在这世界上，每一个人、每一个角色都是可以有人替代的，不管你是多么重要，也不管你是多么自以为是，地球会照常旋转，时间会照样流逝，只是你却再也不属于那个空间了。

全团马上又要下乡去演出了，团里将只留下我和几个体弱病残的老同志。一转眼，从受伤到现在已经两个星期过去了，腰部的紧迫和沉重感缓解了许多，但是行动仍然不便。

我突然想到应该回上海养伤，也许是这一次真的伤得不轻，不能下乡的话留在团里也没人照顾。指导员在听了我的请假要求以后，出乎我的意料之外，竟然很快答应了。

临回上海的那一天，指导员向我转达了龚股长的指示。

"伤一好就立刻归队。你现在已是我们启东的人了，我们启东文工团会对你负责到底的！"

　　因为行动不便无法提任何重东西，我几乎是两手空空地离开了生活了五年的文工团宿舍。

　　我站在启东港码头边的长堤口，等待着载我回家的客船。身后是一片绿色的田野，眼前长长堤坝的尽头是一望无际的江水，我对自己的未来充满了迷茫。我不知从这一刻起，命运将把我带往何方？

　　然而在那一天，有一点却是我自己、团里的领导或者是世界上的任何一个人都绝对没有预料到的，这竟是我人生中最后一次站在启东港的这个码头边，我将永远离开这个曾带给我无数梦想的第二家园。

# 第十三章

## 我又回到了上海
## 全国性的大规模知青回城运动

### （1976 年—1978 年）

我回到了上海家中养病。

医生说最好是睡硬板床，可以减轻破裂的脊椎骨处的压力。新妈妈托人向附近的地段医院借了张硬木板的病床，窄窄高高的，设在只有七平方米的小亭子间的小角落里，倒也不占什么地方。

我在墙上贴上几张小画和照片，在靠床头的小柜上摆上了几本喜欢的书，玻璃杯里插上几朵后园中采来的小花儿，突然，我有了一个完全属于自己的空间。虽然是简单到了寒酸的地步，但却感到欣喜而且无比满足。

在那几个月中，虽然我的大多数时间仍然是在床上静卧度过的，但是却能够尽情地享受着那段完全属于自己自由支配的时间。听不见打铃的集合信号，更不需起早熬夜练功演出。不需要再开繁琐的长会，也不需要对任何人解释今天是高兴得狂叫还是想大哭一场。最最重要的是，我可以再次如饥似渴地阅读每一本可以通过任何渠道找来的书本。

在那个年代是没有出租车这个行业的。我行动不便，左腿疼痛无力得连电车的台阶都迈不上。于是每周一次，常常是小邵，再不就是新妈妈要从食堂里借来装货用的四轮黄鱼车，在后面垫上一层厚厚的旧棉被，七颠八碰地将我载到远在上海西南角的龙华医院的推拿科和伤科做保守治疗。高低不平的柏油路和石子路，将受伤的腰震得愈发疼痛，但我总是咬紧牙不敢出声，心里感到极其过意不去。

尤其是对新妈妈，这次因病回家住，她似乎变了一个人，没有再用刻毒的话骂过我，也许是因为我长大了？还是因为我离家五年多，经济上已完全独立，所以她已不再嫌弃我了？总之，我的心里开始对她充满了感激之情，而且她每天下班后要给全家做饭吃，还要送我去医院，即便是亲生的母亲，我想也只能是做到这样了。从孩提时便积淤已深的，埋在我心底深处的对她的恐惧和怨恨竟开始一点点冰释了。

一转眼回到上海已有三个月了，即便仍然是整天躺在床上静卧，我的耳目却突然变得敏锐聪灵起来了，我们的左邻右舍、亲老朋友以及当年的同学，时不时给我带来永不间断的"小道消息"：

　　　政府这几年已经开始允许当年被送下乡的知识青年以招工、考试、病退、顶职、独生子女、身边无人、工农兵学员等各种各样名目繁多的名义逐步返回城市。

　　某某同学刚刚顶替她妈妈的工作，已从安徽农村调回上海工矿了。

　　听说上海的各大学院校在停止正常运作的十年以后，现在又要开始正式恢复高考招生制，据说全国有几十万在乡村的知青都开始复习功课，准备高考回城！

　　"嘿，我们弄堂里 12 号三楼的小季，还有我们同学中有好几个女孩都回上海找人结婚了，只要当地政府同意，可以用这个理由将户口转回来的。"

　　面对这些接踵而来的消息，我那颗本是沉寂的心突然被新的希望唤醒了，心在骚动着，不断地在脑海里盘算着一个又一个可能适合我目前状况的机会和可能性。

　　顶替父母工作的可能性是绝对没有的。我们家只有爸爸一个人是属于国营企业，但他还没有到退休的年龄。再加妹妹们年纪仍太小，爸爸的工资是家中不可缺少的一份高收入（每月七十五元人民币）及主要的经济来源。新妈妈在里弄生产组的食堂里工作（每月三十八元），我连想都不敢想会去顶替她的工作！

　　也许我也应该准备复习功课、报考大学？但是，在 1966 年文化大革命开始的时候，我们这批 70 届的学生才刚刚上五年级。运动前期的混乱和无政府状态，使得小学和中学的整个学习阶段没有好好上过一点文化课。除了自己爱好读书，如饥似渴地读遍了所有可以寻找到的中外名著，有了较好的启蒙文学底子以外，其他的课目知识对我来说几乎是零。最可怕的是数学基础，除了能够熟背加减乘除的口诀以外，连'负数'是什么意思我都不懂。

"请问四减去五是多少？"还在小学读书的妹妹顽皮地考我。

"不能减的呀，四比五要小。"我理所当然地回答。

"哈哈哈！"小妹妹禁不住大笑起来，"是负一呀，你连这么简单的数学都不懂，基础太差了，怎么考大学呢？"我的脸因为羞愧而涨得通红，只能将准备高考的念头甩出脑外去。

小邵妈妈当然是最赞同结婚返城的主意。

"只要你们立刻结婚，就有可能留在上海。我可以将三楼的阁楼整理一下，买一套家具，你就搬过来住吧，家里总有你一口饭吃。"

小邵妈妈的慈祥总是这样温暖着我的心，尽管我知道这也绝对是小邵的愿望。但是这样举动的后果我已反复考虑过几百次。万一团里不肯放，我们要么总是分居两地，要么就永远寄人篱下，成为一个彻底的家庭妇女。不不不！这绝对不是我要的前途。

"如果由于长期生病，身体的条件已不再适合当地农村的体力劳动，只要有医生的医疗证明书，又能够得到插队处当地政府的许可，可以作为病退回到上海。"听说政府的知青返城安置政策中还有这样的一条。

也许这是唯一一条可行的出路？我确实有病，按现在的身体状况，医生的证明是完全没问题的。因为工作性质的特殊性，像我这样丧失了继续强力练功可能，不再能自如舞蹈的演员，应该是符合病退条件的。但是最最关键的是，领导是否会放我走？连问都不用问，我便已知道龚股长的回答会是什么。但是我还是想试一下。

龚股长在收到了我的请求病退回上海的信以后，让团里的老余专程赶来上海家中来探望，除了想要了解一下我腰部伤痛的真实情况以外，更主要的是让老余来转达领导的决定。

"如果你不能再练功，不能跳舞，没关系，你照常能够报幕和演话剧。所以团里的决定是不同意你的病退要求。希望你抓紧时间养伤，争取早日康复，及时归队！"

泪水止不住地从我的眼中流下来，我的心又一次被推到了绝望的深渊。

老余同情地看着我，苦笑了一下又说道："我不知道你是怎样得罪了县领导的，听龚股长的口气好像是要和你死斗到底了。你知道我们大家都很喜欢你，想在这里告诉你一句私下的话，我听说龚股长已经发誓不让你离团，说你是装病，借这个机会不回团。还说你生是启东的人，死是启东的鬼，如果不想回团里的话，唯一的出路是将你下放到农村去。"

我苦笑了一下，感激老余能够说几句真话，而不是那种冠冕堂皇的大话。但是我没有解释太多。难道 X 光片的骨裂和椎间盘突出是可以假造的吗？但老余只是一个带信者而已，我不应该对他生气。

老余走后，我躺在床上开始了不尽的思考。

团里不愿放我，应该看成是他们对我的器重。但是这种强行的追留使人如在囚狱中，我是再也不能回到这种被动的状况中度过自己的余生的。

我的命运仿佛是注定要这样动荡波折，在这个世界上唯一能够改变这种状况的就是我自己，我绝对不能放弃这个上帝安排的机会，绝对不能放弃！

既然龚股长已下了死令不放，就得另找一个突破口。也许应该找一个能够镇得住龚股长，或者是头衔比他大的领导来施加压力？

想到这里，我的心里突然一亮，希望就像一朵神奇的火花，在刹那间给我指明了一条通道。

"可是，该找谁来帮助呢？虽然大多数的县级领导都来看过演出，但是除了演出后上台来给大家握手以外，我们是极少有机会与他们有个人接触的。但我必须要找到一个能够帮助我的人。上帝啊，请继续帮助我吧！"我在心里默默地祈祷。

在以后的几天里，我几乎茶饭不思，整个精神都处于高度集中和亢奋之中，并在脑海里就像过电影镜头一样，把在过去五年里所有为县领导演出的场景都一幕幕地重现了一遍。

正当我对自己的举动开始质疑的时候，一个名字突然清晰地出现在我的脑海里——"顾建克"，那个有着红红的脸膛，黑亮有神的眼睛，个子不高，但却如壮士那样有着极其厚实的身板和宽宽的肩的县委书记的秘书。我想之所以当时对他留下了较深的印象，也许就是因为他粗犷的外貌似乎和秘书的职责不太对得上号。

听说他写得一手好文章，在县长面前是个举足轻重的人物，所以每次来看演出，团里的领导都会非常重视。我可以看得出他非常喜欢我在台上的表演，记得有一次演出后得到县领导的接待，顾秘书和他的妻子一起特地跑来和我交谈。"你在舞台上的气质是非常与众不同的，一定要保持住！"虽然只是短短的几句鼓励的话，却给我留下了很深的印象。也许，还因为我对喜欢文学和能写文章的人总是充满好感的缘故吧，至少他不是那样一个尽说些大话的领导人。

即便我在脑海里认定他也许是唯一能够帮助自己的人，可是，如何能够和他联系上还不得而知。

"应该给他写一封信！"我在心里对自己说道。

但是信该寄往哪里呢？那个年代是没有电脑的，所有的通讯都只能靠写信邮寄，可我连启东县委所在地的地址都没有，更不知道顾建克的具体所属部门是什么。要是万一这封信被人转到了龚股长手里，可就前功尽弃了！

我想啊，想啊，一直到这封信写完以后的一星期后，我才终于决定将信件寄到顾建克妻子的单位里。他妻子那天来看演出的时候，提过她是在汇龙镇的小学当老师，但是我不知道她的名字，只知道她姓施。我只能孤注一掷，豁出去了。

"尊敬的顾秘书和施老师：我不知道你们是否还记得我，我是启东文工团的报幕员朱玲。非常冒昧给你们写这封信，我希望能够得到你们的帮助……"

我写了一封很长的信，告知了我的近况，我的无奈和我的绝望。我恳请他们能够帮助我。

信终于寄出去了，是寄往启东汇龙镇小学的，但是在收件人的这一栏，我只能填上"施老师（顾建克的爱人）收"。希望这个学校只有一个施老师，或者是至少会有人去问她一下。一直到很多年以后，我才知道在启东，"施"是一个大姓，单在那个学校里就有好几位。当然，顾建克的妻子就只有一位。

信件寄出以后的很长一段时间，犹如石沉大海，一点回音都没有。我的心每时每刻都在焦虑的等待中悬挂着，计算着信的每一天行程，无数遍想象着他们收到我的信后会是怎样的反应。

终于在快三个星期以后，我收到了他们的来信。

我看完信后激动地都不知道该怎么来表达我的兴奋之情。因为行动仍然不便，既不能跳跃又不能猛跑，只能在床上对着天花板竭尽全力地狂喊："谢谢你们顾秘书和施老师，你们是我生命中的贵人，我是永远不会忘记你们的！"

我想那天的大喊声一定惊动了不少邻居，但我已顾不上这些了，难道这对我来说不是天大的好消息吗？

几个月以后，我的户口以病退的理由退回到上海。直到今天为止，我还一直不太清楚，当时顾建克是用什么样的方法来使龚股长屈服，最后同意放我离团的，听说是县委文化局的黄嘉仁局长帮助。如果真是这样，黄局长的恩情可比泰山还重啊！

最重要的是我又回到了上海，回到了我的故乡。这是我生命中第二次用自己的努力，重新扭转了我的命运之路，将我的未来再一次掌握到了我自己的手中！我真想与全世界一起来分享我的快乐！！

# 第十四章

## 万事皆有可能——生活和事业的新起点 我与生父的见面

（1976 年 9 月—1978 年 8 月）

1976 年 9 月 9 日，传来了毛主席逝世的消息。

我们多灾多难的祖国，经历了文化大革命十年的动荡，在 1976 年这一年中，先后失去了敬爱的周总理、朱德委员长和毛泽东主席。全国下半旗默哀。

新妈妈不停地擦拭着眼泪，让我从抽屉里重新找出久已没有佩戴的毛主席徽章戴在左胸上。并将一张新发的毛主席头像恭恭敬敬地贴在我们家的墙上。她是里弄里的劳动积极分子，是一个忠实的共产党员。几天后，因为她对毛主席的绝对忠诚，被居委会选出来作为地区的代表，飞往北京去瞻仰毛主席的遗容。这是她人生中第一次坐飞机。

爸爸却什么表情也没有显露出来，既不悲痛也不流泪。也许他在过去的十年里经受了太多的苦难，已经学会了将自己的喜怒哀乐深埋心底。

从我能记事时起，毛主席和周总理就一直是我们国家的领导人，不管在过去的几十年里，有多少我们熟悉的国家领导人的名字和形象从新闻中消失了，但毛主席却似乎是中国人民心中永远不落的红太阳。我不太能够想象出一个突然没有了毛泽东主席的中国该会是什么样的？

在这段哀悼的时间里，全国上下有着一种不同寻常的表面的平静。但是在大街小巷和每家每户的饭桌上，却都在传递着各种各样的"小道消息"。社会的底层正在快速地积聚着一股暖流，给这初秋的季节带来了一片复苏的萌芽。也许，这将是一个旧时代的结束，另一个全新的、我们所不熟悉的时代将要开始了？我相信当时没有一个人可以预测到中国的未来。

所有的这些国家大事似乎都与我没有太大的关系。户口转回上海的两个月以后，我的腰才开始真正痊愈了。现在这场噩梦已经过去，我唯一应该做的便是往前看，计划我的新未来了。

一与团里脱离了关系，病假工资也就立刻停发了。身体稍稍好一些，我就得赶快找个工作，不然的话，爸爸身上的压力太大了。第一件要做的事便是到居民委员会去报到。直到那一刻起，我才了解到了所谓"病退"回沪的真正含义！

从1975年开始，全国出现了一个巨大的知青返城潮流。据说仅是在1975年—1976年的两年间，返城的知青人数已经达到了260万人。当然其间有工厂招工的、顶替家长工作的、工农兵大学生的，而像我们这种靠病退、特困身份回到上海的，就只能是属于社会政治机构中最底层的街道小组管理，要不就是在里弄帮助义务劳动，最好的就是被分到街道生产组工作，至少还能有一些微薄的工资。

当时在中国基本有三种企业形式，属于国家直接管理的工厂企业是属于"国营单位"——工人阶级是国家的主人，绝对占主导的领导地位。所以只要你有幸进了这样的工厂和单位，便有了一个铁饭碗，一生都有国家最好的待遇，而且不会失业。

第二等级的单位是集体事业单位——许多商店或服务机构是由解放前的私人企业，在 1949 年解放以后被合并成了公私合营的机构，所以便又被称作大集体单位。这样的企业没有国营单位那样有国家撑腰，而是需要夹着尾巴做人，小心翼翼地经营，虽然赚不了什么大钱，但也至少能做到自负盈亏。

街道的里弄生产小组——在当年是社会上最低等级的单位。过去只是办些极小型的企业来为附近的居民谋些福利，比方新妈妈所工作的里弄食堂，就是属于这样的性质。国家基本不来过问，也没有任何补贴和经济上的资助。

生产小组是由街道委员会直接领导，在当年好像是叫"街革会"，然后再去领导"里弄居民革命委员会"，我那天就是到"里革会"里专设的"知青办"那里先去报到的。

好在居委会就设在我们家所在弄堂的三号里。记忆中，在居委会工作的大多是退休下放人员。我小时候只是到那里去领每月分配的油粮票证，或者是夏天全体熏蚊子的药水纸。但是从来没想到过自己有一天会在这里参与工作。

因为在里委工作全是义务劳动，没有收入，所以他们最终将我分配到了位于天平路上的"鞋帮组"工作，这样至少每个月可以有二十多元的收入，在家里交上自己的饭钱还是没有问题的。

"鞋帮组"的场地小得可怜，在一个仅有约二十多平方米的临街小房间里，摆满了老式的手动和脚动缝纫机。除了角落里一张窄小杂乱的裁床以外，十几个工人都只能坐在低矮的小板凳上，吃力地用手摇着粗针大线的机器，将一片片厚实的布片或皮样缝合在一起，变成一双鞋子的帮面。

我被领到最后一排靠角落的那台机器旁，一张用破布缠了好几道的小板凳已经被人坐得发亮。一直到几天以后，我才意识到，要是没有那几层缠绕的破布作为衬垫，一天下来，我臀围的骨头就会被这硬板小凳子顶破了，我刚刚开始痊愈的腰又开始剧烈地疼痛起来。

小组里的工人大多是残疾人，不是手脚不便就是生来弱智，因为这个生产组的前身就是一个帮助残疾人自立谋生的福利企业，所以手工的工作都是非常简单、机械，毫不需要动脑子的。

在那段时间里，我仍然沉浸在回到上海的兴奋之中，所以无论是什么样的工作，只要是能够有一份固定的收入，我就心满意足了。严格的八小时工作制，几乎没有一个人可以有语言上的交流，我感到自己在这样的环境中完全是一个异类。

自从腰伤以后，凡是与舞蹈、形体活动有关的专业我是再也无望了。但是，龚股长的一段话却提醒了我。也许还能够做报幕员，或者是做节目主持人？也许可以转向话剧专业，或者是往电影演员方面发展？

对那个当年才二十三岁的我来说，在这个世界上，似乎只有搞文艺才是最高尚、最有意义、也是最脱凡离俗的"清高"的职业。而且，这也是我学校出来后唯一做过的事情。可是，上海虽然是我的故乡，但是因十七岁就远离家门，现在是人生地不熟，不知道该从哪一步走起。当然，我的心里非常清楚，"鞋帮组"的工作只是走向未来的一个过渡，命运将会把自己带往何处还全然不知。但是，我不断告诫自己，一定不能浪费宝贵生命的每一天。

有一天，我无意识地注意到，在机器角落的上方有一个广播喇叭，每天不间断地播放着新闻和各种各样的广播剧和歌曲。于是突然悟到，也许应该给自己创造一个学习和进修普通话的机会。

因为我是上海人，小时候没有一个说普通话的语言环境，常常在说普通话的时候前后鼻音不分，Shi 和 Si 的发音混淆。记得当年在启东团里的最后一年，上过几次短暂的语音课，姚老师曾经非常严厉地指出过我在发音上的缺陷。如今，突然有了这样一个可以矫正和分辨自己语音的机会，于是，我将全部的注意力都集中到了广播员的发音上。在手脚机械、反复运作着相似动作的同时，嘴唇却在不停地跟着播音员重复着每一个字和每一段句子。原本枯燥无比的工作时间，突然变成了学习普通话的课堂。收音机里的播音员成了我每天必上的语音课的最好的老师。八小时单调的工作也因之而变得不再那么令人难熬了！

人在任何情况下，都是应该努力去将不利的因素转换成有利的因素！抱怨和哭泣是没有用的，关键的是你该怎样去寻找到那个转换的点。这一条我自己感悟的定律，成了今后几十年中生活行动的座右铭。

邻居家有一对夫妻，都在上海青年话剧团工作。丈夫胡成美搞舞美，画得一手好画。妻子邱章鲁写剧本，是个专业创作人员。他们建议我去徐汇区工人文化宫的话剧组试试，即便只是一个业余文艺团体，但至少可以把我带进一个自己所擅长和熟悉的圈子里。

然而，徐汇区工人文化宫话剧组的主管人，那个瘦瘦高高的戴眼镜人，还没等话说完，就立即打断了我：

"对不起，你说你现在的工作单位是在街道里弄生产组？要知道我们这里只招收全民体制的国家人员，你这种小集体性质单位的人不在我们的考虑范围之内。"他连让我多说一句话的机会都没给，便礼貌但又冷酷地打开了送我出去的门。

我绝不能就此放弃！几天后，我又敲响了徐汇区文化馆艺术组的门。接待我的程老师可要比那位傲气的文化宫主管人和蔼可亲多了，她耐心而又认真地听完了我的自述，脸上露出了同情的神情，但是紧接着便深表歉意地说道："我很理解你的难处，但是，我想你回上海也有一段时间了，一定了解国家的规定，文化馆是只能招收大集体编制的人员。"

"程老师，我不愿意使你为难。"我不能让这场谈话再一次以失望告终，立即接过话头说道："但是，我想参加的只是晚上下班后的一个业余话剧班，完全是自愿和免费的。既然不拿文化馆一分钱，而且愿意贡献自己的时间来为大家服务，为什么你们还不愿意接受我呢？小集体的身份性质并不是我个人所能决定的，但是在这之前，我是个专业演员啊，无论如何你也要给我这个机会，至少别让我完全荒废了。"我几乎是呜咽着在恳求着她。

程老师似乎被我的话打动了，低着头沉思了一会儿，毅然说道："这样吧，你先表演一段小品给我看一下，如果我觉得你是有才能的，我会去帮你说服有关领导，为你破个先例。但是如果过不了我这关的话，你也不要怪我照章办事，不讲人情。好吗？"

　　我高兴得真想上去拥抱一下这位善良的好老师，但是我努力克制住自己。稍稍准备了一下，用最最自然的声音，为她朗诵了一首诗。

　　当然，我相信程老师是喜欢我的声音和表演的，我终于在上海找到一块与话剧演出有关的平台，尽管是业余的，也没有一分钱，但至少是在做一些自己喜欢的事情，而且完全是出于我的自愿。最重要的是，我不能让自己在"鞋帮组"被淹没，需要在困境中看到一条生路，一点希望，同时稍稍找回一点久已丢失的自我。

　　回到上海后没多久，我突然接到我生母的电话，说是我的生身父亲从安徽的劳改农场被释放了，刚刚回到了上海，很想与我见一面。

　　我想自己当时的心情是异乎寻常的平静，既无惊喜，也无哀伤，也许是因为在我的生命中，只有我的养父才是我唯一的父亲。当然这一面是一定要见的，为那份血缘的情分，也为了给自己的过去画上一个句号。

　　记得那是一个普通的早晨，我在家里等待父亲的到来。

　　有人轻轻地敲响了我的房门，站在门口的是一位个子极高，但瘦弱憔悴的老人。一见到我，他立刻伸出双臂，想要将我拥到他的怀里，我蜻蜓点水似的象征性碰了他一下，浑身突然起了一阵凉意，立刻下意识缩了回来。在我的感觉中，这只是一个陌生的男人，我的内心找不到一点亲情和血缘的链接。

　　坐在我面前的这个男人，与我想象中的父亲有着很大的距离。他发黑的眼窝深深地陷了进去，颧骨高耸的脸庞上布满了密集的皱纹。瘦骨如柴的身躯已经微驼，手背和臂膀上到处都是显而易见的

这是我的生父留下的唯一一张照片，那已是他临离世前不久，消瘦憔悴，风烛残年。我多么希望能有一张他年轻时的照片啊，因为每一个人都说过去的我最像年轻时的他，可是从这张照片上，我找不到一丝像他的痕迹。

黑色老人斑。

一直到今天与他见面之前，存于我想象中的父亲依然是那样一个才华横溢的英俊男子，那个陪伴着我童年和少年时期的一个神秘而又遥远的梦。但是现在，我突然从梦中惊醒，所有过去几十年里关于他的遭遇已不再是一段故事中的章节，而成了一个活生生的现实。

他简单地对我描述了一下他在安徽农场的生活，非常自豪地告诉我，因为他能舞文弄墨，写得一手好字并能画画，劳改农场给了他特殊的待遇，他不用非常辛苦地在田间或工厂干体力活，而是可以做一些与文字有关的工作，出出黑板报，写一些通讯报道等。

他的声音沙哑，并略带宁波口音。唯有他的眼睛，在说到激动的时候，偶尔会闪烁出聪慧锐利的光芒，只有这样的瞬间，我才能稍稍找到那个母亲曾经对我描述过多次的父亲年轻时的影子。

他告诉我近期被查出咽喉癌，已经是晚期了。农场因此释放他回上海，让他残存的人生可以稍稍呼吸一下自由的空气。

几十年的监禁生活一定是完全摧垮了他的体力，更是彻底地改变了他做人的信念。我的心里对他充满了怜悯，看着这个有限的生命即将从世界上消失，所有的聪明才华都全部被浪费了，这真是一个时代的悲剧！一直到此刻，我还是不懂他被终身监禁的罪名是什么。在中国有多少知识分子遭受着与他同样的命运，我只能希望这一悲剧再也不要在我们这一代中重演。

他握住我的手，哽咽着恳求我的原谅，说他一直到几年之前，才刚刚知道在世界上有我这个生命的存在。我没有抱怨，也丝毫不想责怪他，他遭受的磨难已经够多的了，那瞬间播下的意外种子，给予了我生命的权利，我应该感谢他才是。

而且我也深知，我的哥哥姐姐们因为父亲劳改的牵连，在政治档案中永远是有这样一个无法抹去的污点，直接影响到了他们的前途。唯有我，因为在婴儿时便已送给他人，所以没有在我的档案上显现出这一关联，否则的话，无论我自身再怎样努力，也永远不会有成功的希望。这是多么的不合理啊！你不能选择你的出身，但你应该有权掌控自己的前途！

可以说，我是因祸而得福。所以你永远也不知道命运为你安排的最终结果是什么？

在我的心里，唯有我的养父才是我真正的爸爸。虽然我们之间没有任何血缘的关联，但是他对我付出的爱和亲情是要比任何父亲都要伟大，我的心里容不下任何一个其他的父亲。

我那时候还非常年轻，心里也只关注自己的前途，和父亲见过了，哭过了，心也就释然了。虽然后来在姐姐家的聚会上又见过他一次，但是以后一直到他离开这个世界，我没有再见过他。

1987 年我离开中国之前，父亲永久地离开了这个世界。我捧着花圈站在他放大了的相片之前，心底的悲哀才真正流成了河。直到那一刻，我才意识到，这是我第一次真正知道他的全名——徐显达。

二十多后的今天，我自己也开始步入人生的最后阶段，当我重新回忆起我的父亲，不禁想到，如果我当时能像现在这样成熟并善解人意，也许我会珍视那段他仅存于世上的时间，能够多与他交谈一些，多了解他一些。毕竟，我的血管里流着他的血，我的许多面貌和性格特征都来自于他的基因。

我曾是那样地吝惜自己的时间，从没有给过他一次与我深谈的机会。在这世界上，他有过这么多的子女，但是也许没有一个人愿意听听他自己述说的故事。留在我们记忆中的他，只是一个遥远的传说，一组悲哀的往事，一段很快就会被遗忘的历史。到我们孩子的下一代的时候，他在世上所留下的就将只是一个名字代号。

当然，这一切都已太晚了，希望他能够原谅我，在上天得到安息。

# 第十五章

# 我的语音老师邱岳峰

（1976 年 9 月—1978 年 8 月）

我在徐汇区文化馆参加活动几个月以后，已经对我比较了解，而且相处得很好的程老师把我叫到了一边，悄悄地说道："小朱，根据我这段时间对你的观察，你要是不回去搞专业真是太可惜了。文化馆最多只能是让你练练兵，不会有什么大前途。你还年轻，要改变目前的状况只有去考专业的艺术院校。不管是上海戏剧学院还是北京电影学院表演系，你都应该试一试。不过，我想你自己也已经了解，你的弱点是发音还不够标准，要当个专业的话剧演员，标准的普通话是最最重要的首要条件。"

我几乎是憋着呼吸在期待着她的下文。程老师接着说道："我有一个叔叔，是上海电影译制厂的配音演员，是个非常好的人。前几天我和他提及了你的情况，他表示愿意为你免费辅导，但是他说一定要先见见你才能做最后的决定。你希望我为你们介绍一下吗？"

我简直不敢相信自己的耳朵，感激的泪水止不住地往下流，一个劲儿地点着头，痴痴地又笑又哭着，真不知道自己在前辈子修了什么福，竟会再一次遇到"贵人"无私的相助。

我做梦也不会想到的是，程老师的叔叔竟然是我小时候最喜爱的电影《白夜》中那位梦幻者的配音演员邱岳峰，而他这样大名鼎鼎的配音演员竟然肯收我这既无背景又无地位，连报酬都付不起的穷女孩做学生？我觉得自己简直就像是在梦中。

那是1977年初的一个傍晚，我与程老师一起到邱老师家去进行第一次的"面试"。

"别紧张，也别过分表演，自然地表现你自己就行了。"程老师先告诫我说。

"另外，顺便告诉你一下，邱老师的家不太大，现在他可能刚下班，正是快吃饭的时候。所以我们要速战速决，不管能成功与否，至少让他见你一面。"

我不住地点着头，暗暗告诫自己不要过于紧张。

邱老师的家离开淮海路陕西路不远，那是在南昌路550弄10号的一栋楼上。

我第一次走上楼的那天，感到楼梯是那样的笔直陡峭，而且异乎寻常的黑暗而又狭窄。我下意识地紧紧握住了墙上的扶手，生怕自己一不小心会跌倒下去。在楼梯的尽头，直接面对着我的是一间仅有十几平方米大小的房间。靠对面墙的角落里，摆着一张低矮的小单人床，一位五十多岁的阿姨面带倦容地斜倚在枕上。一见我们进门，立刻露出了和蔼的笑容，打招呼让我们坐下，邱老师也随之从另一角落迎了出来。

"啊，这就是小朱啊，我们已经听过许多关于你的故事了。"

**这**是我敬爱的邱岳峰老师，感谢他的无私帮助才改变了我的人生。

邱老师用他那充满磁性和富有魅力的声音对我说，他那一头银色的白发突然令我感到父亲般可亲可近。只不过，他高高的鼻梁和外翘的下巴，竟完全像是个电影里的外国绅士。

在这之前，哪怕我有再充分的想象力，也绝对不会想到邱老师和他的妻子以及四个孩子，全家六口人竟都挤在这样一个极小的空间里生活，我为自己干扰了别人的正常生活而感到非常过意不去。

邱老师一定是察觉到了我内心的局促不安，给我倒了一杯水，然后坐到了阿姨边上的一张椅子上，一双智慧而又深邃的眼睛注视着我，同时却用一种非常和蔼轻松的口气对我说道：

"好吧，小朱，看看你今天为我们带来了什么节目？"

"我想朗诵一段臧克家为纪念鲁迅先生写的诗《有的人》。"

我尽量使自己的声音保持平静和自然，但是，紧握的手指在掌心里却一个劲儿地冒汗。

"别紧张！我不是老虎，不会吃掉你的！"邱老师幽默地对我笑着，示意我开始。

我深深地呼了一口气，站到了大家的面前，刹那间，周围所有的一切都退去了，我只注意着正前方，就好像又一次回到了舞台上。

### 《有的人》

有的人活着

他已经死了；

有的人死了

他还活着。

有的人

骑在人民头上："呵，我多伟大！"

有的人

俯下身子给人民当牛马。

有的人

把名字刻入石头，想"不朽"；

有的人

情愿做野草，等着地下的火烧。

……

我朗诵完了以后，觉得自己的声音是那样的单调浅薄，感情完全不到位，心里也没有一丝自信。

似乎过了一个很长的时间，房间里一片寂静，毫无反应。突然，邱老师用两手合拍了一下掌，站起身来对我鼓励地说道：

"朗诵得很好，至少比我预计的要好得多。但是，不要骄傲！还有许多段落是需要重新调整你内心感情尺度的。声调还可以更低沉、更自然一些。"

"叔叔，这是不是意味着你愿意收小朱做学生了？"程老师问出了我的心里话。

邱老师低头想了一下，平静地对我说道：

"我工作很忙，空余的时间并不多，但是，如果我的帮助能够改变你的现状，我是会尽自己所能的。不过，我只能够告诉你需要做些什么，但不能代替你去做。所以最终还是取决于你是否有悟性，是否努力，我只能起到指点的作用。"

邱老师的话语虽然不多，但却如一股暖流淌过了我的心房。任何语言都不足以表达我当时复杂感激的心情。

离开了邱老师的家，千感万谢了亲爱的程老师，我独自骑着自行车行驶在回家的路上。突然，生平第一次，我觉得自己是那样幸运的，一个不断受到陌生人帮助的人。今天，我的生活中又将多一位关注我、不断提携我的如慈父般的老师，人生在世还需要有更多的索求吗？我一定会努力的！

在那以后的一年多时间里，只要邱老师能有一点空余的时间，我就会到他家里去上课。我从没想到过一段小小的诗歌，竟然可以有这么深的内涵；一句短短的台词，到了邱老师的嘴里，却可以有几十种的表达处理方式，而且是可以即兴而来，看似不用吹灰之力，但是我要仿效的话，没有内心的深度和对角色的理解，是怎样也学不像的。

"你要继续多读书！眼睛是心灵的窗口，一个人肚子里有多少学问，看过多少书，我一看他的眼睛就知道得清清楚楚了！不爱文学的人的眼睛是空洞无神的！"

邱老师的这番话成了我终身的座右铭！

在我的记忆中，邱老师平时话不太多，是个在艺术上一丝不苟、连一个错误音符都不会放过的严格良师。但是在课后偶尔的言谈笑语中，他的幽默感常常逗得我们哈哈大笑。同时，他对我当时在个人成长中的每一步，都给予了非常及时的校正和指导。

"你不应该穿这种类型的衣服，那会影响你的形象，与你的内心气质完全不相符。"

当我随着上海日渐松弛开放的服装形式，偶尔也赶潮流穿上一些"时髦"的衣服时，邱老师会立刻告知我他的想法。

"一个有丰富内涵和真正懂得生活的人，永远也不会去追求浅薄的时髦，而是去寻找和创造一个适合于自己的风格。"类似于这样的话是数不胜数，成了我一辈子索之不尽的精神源泉。

因为经常来邱老师家上课，渐渐的我也和阿姨以及他们的四个孩子熟悉起来。邱老师的大儿子丘必昌好像大我几岁，个子不高，却是满头金黄色的头发，眉眼之间比邱老师更像外国人。我们大家都笑称他"黄毛"。邱老师有三个儿子，但却只有一个他非常钟爱的女儿，当时好像还在外地农场里调不回来。每一次提及他的女儿，都会有一片乌云瞬间浮上了他的眉头，眼睛立时充满了说不清的哀怨。我从不敢问这其间的缘由，可是却感觉到他在把我当女儿一样诚挚地帮助我。他们全家都已不把我当外人，邱老师和阿姨都开始昵称我的小名"玲玲"。有时候，如果邱老师家人太多，不方便，邱老师也会到我家来给我上课。好在上海译制厂离开我不远。爸爸妈妈简直不敢相信这样知名的译制片演员，竟然会愿意接受我这样一个女孩做学生。于是，新妈妈也开始对我稍稍另眼看待了一些。

我的世界开始变得博大和充实起来。邱老师不仅教我怎样朗诵，还教我怎样做人的道理。

最使我高兴的是，我还经常可以从他那里拿到一些"内部电影票"。所谓的内部电影，是指在那几年里开始复苏并允许在文艺界小范围内播放的外国电影。如果审批得过，要过很长一段时间才会对外界的普通老百姓播放。而我因为有了邱老师，突然变成了那个文艺界小范围之中的一分子，有了先睹为快的优先权。在那个物质和精神食粮都奇缺的年代，这是我生活中最最快活的一部分。

在 1977 年到 1980 年 3 月邱老师突然身亡期间，我看过无数邱老师配音或者是内部放映的译制影片。《猜一猜谁来赴晚宴》《红菱艳》《第四十一》《未来世界》《王子复仇记》《简爱》《佐罗》《凡尔杜先生》《魂断蓝桥》《基督山伯爵》《音乐之声》《望乡》《加里森敢死队》《血疑》《这里的黎明静悄悄》等等。许多"文革"中偷偷看过的小说，突然在电影里变成了一个个活生生的形象，使我看得如痴如狂。

在 1977 年到 1978 年中的那段时间里，除了为我辅导以外，邱老师还和我的父母一起不断分析讨论着，看应该用什么样的途径，才能改变我目前的状况，让我重新回到舞台。

"我觉得你再要去考戏剧学院的希望不大，因为要去和那些刚出茅庐的年轻漂亮的女孩子竞争，可能太困难了一些。等你学出来再搞专业吗？那就太晚了！再说，学习期间谁来养活你？"邱老师当然对我家的情况已非常了解，说得也完全是在情理之中。

"我认为最合适你的还是到部队文工团去。最好是话剧团，不需要太大的形体动作，也不会又坏了你的腰。而且，你已经有了六七年的实际舞台经验，一到部队就能施展你的能力，我也相信他们会需要你这样可以立刻工作的人，不用再重头培养起。"邱老师紧接着又说。

"最重要的一点，是据我所知，只要是到部队去镀过一下金，将来回上海就整个是一个全民国家制，让这个卡住你喉舌的小集体制见鬼去吧！"

他笑着像念台词那样说得有声有色，用双手做紧卡脖子状，像个调皮的孩子那样伸出了他的长舌头，逗得我们大家都大笑不止。

爸爸也非常同意邱老师的观点。

但是，像我们这样毫无背景的人家，该怎样才能找到部队的门路呢？我也曾经想到过东海舰队文工团，想到过那封引起过轩然大波的信，可是我心里深知，文工团需要能歌善舞、身兼数职的。像我这样的腰椎条件，实在是不够资格去贸然重试的。

"你就将这件事交给我吧！"

邱老师对我爸爸说："最近全国各地的部队文工团都经常来上海招人，我在行业里还是有些熟悉的人的，我会替玲玲留意的，请放心！"

在那以后的一段时间里，通过程老师的推荐，上海市工人文化宫话剧团的导演苏若慈老师，破例收我参加剧组的排练演出。

当时正是话剧《于无声处》红极一时的时候，这部由宗福先编剧、1978年在上海首演，带着浓厚时代气息剧作的问世，据说在全国有2700多个剧团同时排演了该剧，数千万人通过报纸、电视和剧场，阅读和观看了这个剧本。这部剧的导演正是苏若慈老师。我当时被分到B组，同时还在排练《约会》这个剧目，扮演了一个与我的外表和内心都截然相反的娇小姐的角色。

1978年中的一天，邱老师给我打来了电话。

"听说福州军区话剧团到上海来招生，考场就设在上海沧州饭店。你应该去试一下，我们做个准备吧！"盼望了一年的机会终于来到了，我的心怦怦跳个不停。

邱老师可比我平静多了，只是比平时更严格地帮助我准备考试的小品。

"心里不要有一丝杂念，就当是一次练兵！考不上也没关系，将来还有的是机会！"他不停地对我说着。

"最关键的是要自信。如果你连自己都信不过，怎么能让别人跟你一起进戏呢？"

我把这些话都牢牢刻到了我的心里。

那天考场的周围挤满了人，有来陪同的戏剧学院的老师和他们的学生，有父母陪伴的亲子爱女。唯有我，独自一人站在角落里，全神贯注地在内心准备着考试的内容。偶尔抬头望去，考场入口的前前后后、里里外外足有一百多人，在心里也就不再抱有太多希望了。

也许是心里没了负担，只当是一次练兵，我在考场上是异常放松的。记得我朗诵了一段邱老师为我辅导的诗，又做了一段自编的即兴小品。还没有仔细观察一下考官的神态就匆匆离开了。

其实，那天占据我心的除了这场部队考试外，还有一个突发的机会让我忐忑不安。

就在几天之前，我家邻居，上海青年话剧团的胡成美老师突然问我是否愿意临时担当几天节目主持人。说是这几天上海舞蹈学校和上海民族乐团要在音乐厅举办几场演出，可是担任报幕的主持人突然病了，主办者急着临时找个人代替，可是一时没有合适的人选。于是胡老师立刻想到了我，建议我去试试，没想到才试了几段话他们就一下通过了，那天晚上是彩排走台，我要及时赶过去。虽然只是一个临时的机会，但是能够让我生平第一次在上海的音乐厅舞台上演出，该是多么大的荣耀和多么难能可贵的机会啊！

在正式演出的那一天，记得有上海民族乐团的闵慧芬的二胡演奏、知名的笛子演奏家陆春林，最使我难忘的是，当年以《白毛女》的演唱红遍全国、伴随了我整个青少年时期的著名歌唱家朱逢博也来参加了演出。那天我为她报完幕，站在台边的幕布后，全神贯注地听完了她的演唱后，在台下观众一次又一次的掌声中，她又重新回到台上演唱。

刚一下台，她就跑向我说："哎，新来的小女孩，你能帮我解一下后面的拉链和搭扣吗？都快把我憋死了！"

那是一件丝绒的长裙，也许因为那时她已稍稍发了一点福，才使那件演出服不再如以前那样合身了。不过，在整场演出中，你是绝对看不出她在深受着折磨！我想当时对所有乐团表演者来说，那几晚只是几百场演出中的一场，但对我这内心充满敬畏和欣喜之情的临时主持人来说，上海音乐厅的演出在我的记忆中刻下了终生难忘的印记！

但是我绝没有想到，也就是在考试以后第二天，在音乐厅的正式演出时，来自福州军区话剧团的招生考官田仁锋老师和方队长竟也坐在台下看演出，显然他们也知道我在前一天来应征过。也许那对我来说是一个幸运的机会，让他们看到了我在正式舞台上的演出，比简单的小考场上似乎能够更好地发挥我自己。

在这之后的几天里，部队的招生老师不仅到过我晚上排练所在的上海总工会话剧团，也到了家里与父母交谈，了解家庭背景。

我心里激动得像个小兔般跳个不停，预感到这次是有录取的希望了。但是，听说这次的应考生中有许多有背景的高干和部队子女，能有希望吗？我不敢肯定！

在那段时间，我所参加的演出、排练以及邱老师的辅导，都是在下班以后的业余时间进行的。白天我仍然在街道的鞋帮组工作，为了每月二十八元工资来维持我的生活。

部队招生的老师已经离去一个月了，我那颗充满希望的心在顾盼中渐渐冷却。

1978 年 8 月的一天早晨，我正在鞋帮组埋头操作机器，突然，坐在我边上的阿姨轻轻地推了一下我的臂膀，用嘴对着我往上努了努，示意我看一下。

抬起头来，只见一只硕大的红色蜘蛛正从我头顶上方沿着自织的蛛网爬行着。突然，它似乎一失足，从顶端直线下降，一下子悬在了我的面前，整个身体只被一根它口中的细丝牵连悬挂着，随着机器的振动声在我面前不断来回晃动。我吓得惊叫了一声，顺手抓起一个鞋底就要向蜘蛛砸去，但就在一瞬间，同事的阿姨一把握住我的手臂，阻止了这个行动。

"唉唉！！！不可以打的！俗话说，早上看见的蜘蛛是喜蛛，下午和晚上的才是凶蛛。现在这个红喜蛛直接从天而降，跑到你面前来报讯，一定是有天大的好事要发生了！是要准备请我们吃喜糖了吗？"

我的心呼地一热，不管这个说法是真是假，在此刻却是我最想听到的话。我一把抱住这位阿姨，在她的脸颊上亲了一下，轻轻地说：

"要是有喜糖吃，一定不会忘记你！我要请假出去一会儿，待会儿小组长问的话，就说我马上回来！"还没等她回过神来，我已经一个健步冲出门，拼命往家跑去。

果然，在我家的信箱里，有一份福州军区话剧团来的入伍通知函，要我立刻去团里报到。

我和邱老师在一起创造的这个梦想终于实现了！命运的轨道再一次由于"贵人"的无私相助，以及自己不懈的努力而改变了原定的航线。

邱岳峰老师，你是我生命中永远的恩师！

到部队去的准备工作似乎是非常简单的，因为我知道所有的衣食住行都将会由部队统一管理。正在办理户口迁移手续的时候，我决定和小邵作一次最后的谈话。

上海肇嘉浜路的林荫道上，我们又一次见面了。即便是在同一个城市里，但是自从回沪以后，我们之间的距离反而变得更大了。

小邵低着头，想必已经做好了我要说什么的思想准备。我鼓足勇气怯怯地说道：

"你知道我要走了，这一去还不知道什么时候再能回来。你比我大四岁，这几年已经让你等得太苦了，我不能再这样自私下去。所以，我们分手吧，这样你也可以自由地去另找一个人！"

"你要离开我的话就直说好了，绝对不要做出一种一切都是为我好的姿态！"平时性格平和的小邵，突然爆发出一股冲天的怨气，把我惊得目瞪口呆。他继续说道：

"我知道你的心高，对人的要求也高，我可能不再配得上你。但是如果你需要我等待的话，我是愿意等你一辈子的，你希望我这样做吗？"

我的心里很疼，想到了他们全家在我儿时给我的无私的爱，尤其是他的妈妈！但是……还没等我来得及回答，他又接着说道：

"我的远房叔叔正在担保我去离美国不远的巴拿马岛上工作，然后再转去美国。如果你希望改变未来的话，我们可以立刻结婚，这样将来我们就可以一起去美国生活。"

我抬起头来，深表歉意地说道：

"我一直不愿意伤害你，但是我相信你一定明白，已经有那么长的一段时间了，我们的心不再能够激起共鸣，我们之间也已经失去了共同的语言，不管是在这里生活还是远走高飞，都不可能解决这个本质上的问题！

"我知道你和妈妈都为我付出了许多，我的心里充满了感激之情，我将永远不会忘记这份恩情！有一天我有能力的话，一定会尽自己的全力去回报！但是在我的心里，对你已经完全没有那种爱了。难道你愿意一辈子生活在这种无爱的家庭中吗？"

他猛地抬起头来，用悲愤的眼神凝视着我，我不敢迎着他的眼睛，只能转过头去，继续说道：

"我知道自己很自私，也知道你依然爱我。可我将迈出的是一条自己都不知道终点在哪里的不归路。还我自由吧，我不会是一个能使你幸福的女人，你的未来里不应该有我！"

我觉得自己很卑鄙，就好像是在舞台上演着一场激昂的悲剧，我在心里责备着自己的冷酷。但是我必须面对真实的我！

已经活到了二十四岁，我还没有真正体验过充满激情的、刻骨铭心的爱情，但是我清楚地知道，我和小邵之间绝对不属于这一种爱！我别无选择！

我和小邵分别往林荫路的两个方向背道而驰，越走越远。

一个星期后，我登上了前往福州的火车。几个月后，小邵也远离了上海，飞往美国。从此以后，我们天各一方，成了完全的陌路人。

# 第十六章

# 福州军区话剧团

## （1978 年—1980 年）

现在算来，我在福州军区文工团的日子虽然连头带尾跨了三个年度，但是实际的日子加起来，竟然只有两年的时间。我只想将刻在记忆中的一些点滴记录下来。

至今仍然非常清晰地记得第一次身穿绿军装，头戴无檐帽，顶着红五星的自豪之感。走在大街上，无论是外形上还是心理上，俨然感到自己已不属于普通"老百姓"一类了，这也许就是穿制服的意义所在，你会有一种发自内心的自我约束。

因为刚当兵，还是属于战士身份，所有的服装从里到外全部都由团里分发，包括被褥及洗漱用品。每月除了供给我们用来在食堂吃饭的饭票以外，每个战士还会收到六元钱人民币的津贴作为零用钱。在现在都不够买一瓶饮料的六元钱，在当时却是一笔非常珍贵的收入。

*19*78—1980 年在福州军区前锋话剧团当文艺兵。

1977 年和 1978 年是文工团招兵买马，充实新鲜血液的两年。在我到来之前，团里已经有了十几个新学员，大多都是从山东、大连、济南等北方城市招来的。过去在上海的时候就听说北方的男子帅，到了团里才亲眼目睹了。尤其是来自青岛的几个小伙子，一个个浓眉大眼、肩宽个高，每个人似乎都可以立刻上镜扮演第一号正面小生。

与我同屋的徐苓来自大连，虽然要比我小四岁，但她那豪爽直言的性格，常常让我在不知所措的同时却倍感亲切。另一个同屋者是李石红，来自黑龙江的哈尔滨，她当时的年龄是最小的，说话仍然奶声奶气的，带着浓郁的东北腔。我这个来自上海的新兵，在当年北方学员占主力的文工团里就像个异类。

"你报到的那天穿着一件红黑格子的拉链衫，里面衬着白色的半高领羊毛衣。下身是一条深咖啡色的直筒长裤和一双半高跟的皮鞋。

身 着军装，头戴军帽，对军人生活充满无限憧憬的我。

在 军区总医院住院期间。

乌黑的长辫子高高盘在头上，显得你的身材又高又苗条。尤其是你说话的时候，那么轻声柔语的带着上海腔，与我们这些说话大大咧咧的北方女子整个是一个大反差。而且你来团之前就已是经历过许多的人了，比我们这些刚出茅庐的女孩子都要成熟好多，在当时可是把我们这些北方的兵都看懵了。"这是徐苓在几十年以后对我描述的她当年见到我时的感觉。

现在想来，当时我身在部队中，却始终找不到一种归属感。

团里当时招我的时候，可能是在上海时看了我在话剧《约会》的演出，想要让我担任同类型的角色。但是那可能只是外形而已，在我的内心与上海娇小姐的距离是极大的。当然作为演员，应该什么都能演，可为战士服务的剧目中像这样的角色毕竟不太多。而让我演贫苦农民类型的乡村女孩的时候，即便在头上接上一条长长的辫子，穿上大开襟的中式棉袄，还是怎么看也不像那些苦大仇深的农家女子，自己当然就更不自信了。

20 世纪 70 年代末的中国，刚刚从多年禁锢的境况中解脱出来，许多我们这一代年轻人闻所未闻的流行音乐和歌曲，突然之间在小城的每一条街上和角落里回荡着。尤其是台湾歌手邓丽君的歌曲，那缠绵忧伤和柔美的嗓音，将我们团青春期的少男少女们全都征服了。

那年到福建省的漳州演出，那里离台湾很近，当地的渔民用各种各样的手段，走私进来型号款式各异的手提录音机，播放着百听不厌的歌曲。《小城故事》、《你的心里没有我》等等，几乎成了家喻户晓的流行曲，我们团大多数的女孩也都能跟着哼唱一番，就仿佛是来自天堂的声音，与那些占据了我们整个青春时期的豪壮革命歌曲相比，如一缕新鲜的春风，在我们的心头唤醒了一丝绿芽。

文工团的女孩子都爱美，肥肥大大的军装无法衬托出紧束的细腰和高挑的体型。于是，只要是谁从附近的老百姓那里找到一个好的裁缝，全团的女孩子都会竞相拜访，让这裁缝帮助量体裁衣，将腰身处收得紧些，裤筒裁得瘦些，裤管放得更长些。经小裁缝的巧手一动，文工团的女孩子们一个个变得更苗条、更高挑。尤其是当年刚刚流行的马尾辫压在无檐帽下，更使这些女兵显示出与众不同的文艺兵气质。可惜那个年代是很少有人有照相机的，所以我们极少留下照片，仅存的几张虽不能反映出真正的风貌，但至少可以略见一二。

我们军区话剧团和歌舞团，都坐落在福州市郊区白马河畔。有着这么宏大名字的白马河，其实只是一条小小窄窄的河流，而那座有着一个诗意名字的小柳桥，也只不过是一座毫不起眼的小石桥。

当年团址的后面还是一大片油菜田，记得我最喜欢做的一件事便是晚饭后独自一人到河边附近的农田去散步。我喜欢大自然，喜欢乡村那种朴实无华自然的美，更喜欢在散步时脑子里海阔天空的臆想。那是一段仅属于我的自由的空间。

在福州市区的时间是非常有限的。军区文工团的主要任务就是为身在第一线的官兵战士们演出服务，所以下连队演出是经常不断的。我因为过去在启东时经历过了很多艰辛的日子，现在部队的演出生活便如天堂一般了。

最使我印象深刻的是部队战士的组织纪律性。每次下连队演出，化完妆从舞台上的幕布后偷偷往台下望去，只见全场已静静地坐满了前来看演出的战士，几百人的礼堂里竟然鸦雀无声，连一声咳嗽都会似惊天响雷般地在全场震荡。所有的官兵都自带一个小板凳，自始至终挺直腰板，无人擅自离座，这种全场如一人的严谨纪律和军风，使我为自己也是个军人，并能有幸为战友服务而感到无比的自豪！

有好几次下连队演出时住在连队里，看到班里每一个战士的被褥都折叠得整整齐齐，被子的每一个角和折线，都折叠成像切割过的钢板一样方方正正。基层第一线战士的日常训练和工作是非常繁忙艰苦的，但是中午短暂的午睡期间，我却见他们只是坐在小板凳上，趴在齐整的床边闭上眼睛小歇一下，但却不能平躺在床上舒展开自己的身体，为的是不能破坏完美无缺的被褥。

部队的生活有着非常严谨的作息时间和一丝不苟的纪律约束。每天早上起床军号一响，大家立刻会一跃而起，洗漱着装。

每天练功、排练、学习、演出，对我这个习惯了早起的人来说，

福州军区前锋话剧团的同批话剧团战友及老师们。前排左侧起：张义玲、范青、朱玲、刘群、徐苓、白黎明；中排左侧起：李石红、范旭霞、程燕、梁队长、高凌云、王心海；后排左侧起：马鹏昌、徐然、齐国才、贾仰林、李曙光、马驰、高军。

生活既简单又充实。但是晚上的熄灯号却是一件令人感到非常痛苦的事情。从很年幼的时候开始，我便有了每晚睡觉前躺在床上看书的习惯，但到了部队以后，这种自由便全然消失了。刚开始还打着手电在被窝里偷偷看，但又怕影响同屋人休息，时间一久，也就只能忍痛放弃了。

　　每当逢年过节，团里上上下下便会热闹非常，尤其是因为北方人占多数，所以大家都会热热闹闹地围在一起发面拌馅包饺子。但因为我在南方长大，不习惯吃面食，更不懂得怎样擀饺子皮，所以

前锋话剧团梁队长给新学员讲课。

在大家乐融融的一片忙碌中，自己常常感到力不从心不知如何插手。

不过要是做上海菜的话，我可就太得心应手了。糖醋小排骨、红烧肉和酸辣菜，还有土豆色拉，都是我们几个开小灶时的拿手好菜。当然，过年时从上海带来的宁波糯米汤团，那咬一口甜入心田的芝麻猪油白糖合成的黑洋酥，使那些来自北方的战友们百吃也不厌。

那时候最最令我入迷的一件事，便是每个周末去福州市区的新华书店。1978 年的书店里，已经一改"文革"十年只有毛主席著作的状况，许多被禁锢的书又重新开始允许印刷出版。尤其是我儿时就看过的许多世界名著的翻译版，"文革"期间借来的时候往往已是缺张少页，不是没有封面，便是找不到结尾。现在突然能从书店里看到全新、完美无缺的整版书，而且基本上所有我深爱的世界著名作家的作品都可以找到，可把我高兴坏了。

不过，那时我只有每个月六元人民币的战士津贴，即便每本书的单价并不高，但如果希望拥有书架上所有的书的话，这笔巨款对我这个小兵来说就几乎成了一个天文数字。刚开始的时候我买书，钱用完了就站在书店里读书，有时一站就是周末的一整天。到后来实在摆脱不了想要买书的内心诱惑，便想办法将团里发给我的饭菜票去与老同志或男生换钱，反正我怕胖也吃得很少，这些交换来的多余资金为我赢得了许多酷爱的书本，到 1980 年底回到上海前夕，已经积攒了五百多本书，整整装满了四个高大方正的肥皂木板箱。

团里当时还有一个非常明确严格的规定：战士不准谈恋爱！

这条规定其实是出于部队对所有初入伍战士一视同仁的条文规定，对那些来自基层或农村的十七八岁的小年轻来说，让他们集中全部精力学习、训练以及做好部队战士应做的本份工作是完全应该、合情合理的。大多数的连队战士在服完三年的兵役后回到家乡也才刚二十岁出头，而有幸留下提升干部编制，将部队作为职业选择的军官便可自由择亲选偶，都不在此禁令之内。

但是麻烦的是我们这些文工团员的特殊性。那几年新招来的学员大多数都已二十多岁，正值青春年华最美好旺盛的时期，可因为刚入伍大多还是战士身份，所以必须要将任何心头微妙的感情幼苗，在还没有完全萌生之前就掐掉，否则，万一有人去向领导汇报，你军人的前途就会在一夜间消失殆尽。当然，任何违反人性自然规律的条令，要真正完全执行总是会有一定难度的，表面上男女授受不亲的演员队里，只要是徐副队长看不见的角落，就会有许多短暂但充满激情的爱情火花和故事。

徐然和王心海是比我稍早些进团的青岛小伙子，真正的挺拔高个、浓眉大眼的帅小伙儿。那时他们一有空就往我们宿舍跑，我和徐苓都以为他们是冲着我们同屋的哈尔滨美丽女孩小红来的，时间一长才知徐然的心是向着我。其实他们都不知道，那个阶段的我，早已经历过了太多的感情波折，心也变得太过于世故。至少在心里，对自己选择终身伴侣是深藏着一条别人绝对不知道的原则：决不找形象太帅的演员！

介于我小时候的遭遇和悲剧，那些心中有内涵、知书达理、心地善良宽广的老夫子，要远比好形象的帅小伙更具魅力。我需要安全感，需要一种家庭的避风港湾，而不是短暂的感情游戏！现在想来，那时候徐然也许真的是对我充满真情的，但无论是血书还是山盟海誓都无法打动我这颗死水一般的心，便也移情她人了。而我，却如释重负，暗暗庆幸自己没有太伤害到别人的一片真情。在团里的近三年，我的感情生活是一片空白。

当时团里有一段不寻常的爱情故事使我终身难忘。

我们的形体教练小霞是个比我年幼四岁的女孩，但却有着长过我几倍的军龄。她那纯真的孩子气的笑脸和柔美熟练的形体动作，让我刚进团的时候就对她产生了好感。听说她来自山东烟台，还是个十四岁的小女孩时便被招进文工团来扮演孩子类的角色。因为她本身就还是个孩子，所以刚到团里时度过的国定假日竟是六一儿童节。因为来团时年龄太小，所以没有按正常的年份规定转正提干，以至于现在已有近十年的军龄却仍然是战士的待遇。

在小霞情窦刚刚初放的青春期里，突然毫无准备地爱上了同团的一个男演员老茂，而且爱得死去活来。那个老茂来自山东的老家，是个同省不同城的"老乡"，在我们团里是最英俊的小生。而且因为连续几次被八一电影制片厂借去拍电影，担任影片中的男一号，在那几年里全国上下已经大有名气。

老茂不仅长得帅，戏演得好，更主要的是人品好，即和蔼可亲，毫无明星的架子，同时又非常低调，从不炫耀自己的成绩。他和我同龄，早已在几年前就被提了干，所以完全是可以自由恋爱的。但是不幸的是，他爱上的小霞仍然是"战士"身份，按部队的规定，干部和战士之间是不准谈恋爱的，尽管小霞已是个有近十年军龄的老兵了，仍然在团里引起了轩然大波。

记得那时女生宿舍在楼上，小霞的宿舍就在我们隔壁。如果有男生进入女生的房间而又关上门的话，自会有那些左倾的好管闲事者去向领导汇报。因为在每个宿舍门的上方有一块横着的玻璃，即便房门是关着的，外面的人只要留心，还是可以通过玻璃的反射看到房间里的动静。于是，这一场风波便成了团里上下着重强调的范例。老茂被给予严重的警告处分，而小霞，则因之再一次被剥夺了提干转正的机会。从那以后，团里强行规定他们之间彼此不可以说话，更不能有任何身体上的接触。可怜两个有情人，近在咫尺却远似天涯。

这些事件其实是发生在我进团之前不久。小霞本应是灿烂无邪的笑容背后，时时浮现出那种与她的年龄极不相称的忧郁，只要一下完形体课或排练，她便会立即缩回到自己的宿舍里，完全隔绝与他人的联系。

当我了解到了这段不幸的遭遇后，在我心中唤起了对他们极大的同情，决心要帮助他们，至少可以为他们做些什么。当然我知道，要是有人得知的话，我的前途也就完了，可是在那一刻，我的同情心完全占有了主导地位，其他都不再那么重要了。

老茂刚从八一厂拍电影回来，我开始为他们传递纸条信息。因为干部的经济和伙食待遇要优于战士，老茂有时会为小霞多买一份饭菜，让我传话告知小霞，到特定的地方去找那份专为她准备的饭菜。我每次传递小纸条，就好像是在干什么秘密组织的地下工作，心中又是紧张又是害怕，但并不觉得自己在干一件坏事，而是希望用自己的一点微小力量来抗争那种太过于官僚、违背人性的无情条例。

那次我们去厦门演出，我就和小霞约好了让他们有一次接触见面的机会。因为平时在团里，人多眼杂，根本不会有一点自由空间。但是下连队演出就不同了，在异地他乡，大家对周围环境不熟悉，又大都自管自休息或外出，所以应该是有机会的。当时团里对小霞看得很紧，如果她单独外出的话一定不会被批准，于是我就与她做伴请假外出，领导当然没有想到我这个新兵居然已是他们的同谋，所以立刻就答应了。

那天我们去的是厦门的水库公园，那时的水库还属郊区，人烟非常稀少，周围还有大片的树林作掩护。老茂不久也单独来到，他们两人立即上了附近的小山坡，可以暂时释放一下久被禁锢的感情，而我，则自愿在山下为他们站岗。

公园是那样的安静，水库里的水在风的吹拂下不断地扩展着晶亮的波纹。远处的云层已呈黑灰色，正在以非常快速的阵势朝我们压来。还没等我缓过神来，大滴的雨珠便从天而降，薄薄的无檐军帽根本无法挡住急雨的袭击，淋得我满头满脸都是水，军装也逐渐湿透了。

这时如果我愿意的话，完全可以到附近去找个避雨所，但因为小霞他们还在山上的山洞里，可能全然没有意识到外面已成了一片雨海。要是我擅自离去，到时她下山找不到我，就无法自己一人归队。因为领导会立刻判断出她是擅自与老茂去约会，这样的后果是不堪设想的。

风越吹越劲，雨也越下越大，我独自一人呆呆地站在山脚下的小树边，冻得一边抖索着，一边暗暗期盼他们能够早点下山。一直过了很久很久，对我仿佛有一个世纪那样的漫长，这一对满脸散发着幸福红光的有情人，终于从天堂重又降落到了人间。他们惊异地发现我竟像个落汤鸡那样全身完全湿透，还尽量装做无事人那样轻松一笑。

当然老茂和我们是要兵分两路的，幸好回连队住宿基地的时候没有碰见团里的人，不然他们一定会发现，为什么小霞和我同出同归，我的衣服从里到外湿了个透，而小霞的军装只粘了几点雨星。

一直到几十年以后的今天，我们再一次在澳大利亚相聚，知道他们历经了千难万险，有情人终成了眷属，现在朱时茂已经成了一个全国知名的大明星，成功且又幸福，还有了一个继承父亲衣钵的当导演的优秀的儿子，心里不禁为自己当年为他们做过的这一点点小事而感到欣慰。

1980 年初的时候，我们新兵到福建的南日岛上去下连队当兵体验生活。南日岛在福建莆田附近的一个小岛屿上，是一个完全的军事基地。因为小岛的斜对面便是台湾,是大陆距离台湾最近的岛屿。

我们当时对将要开始的这段下连队生活是异常兴奋的。因为穿上军装已两年了,但是在心理上还完全不像个真正的军人,既没有扛过枪,也没受过基本的连队训练,连个真正的军礼都行不准确。我们是部队的话剧团,是专为军人服务的,要能够在舞台上体现真正军人的风姿,这种正规的军人训练是非常有必要的。

我们被安排在最基层的班组里,除了有单独的女兵宿舍外,每天与战士同吃同训练同生活。班里的战士们大多来自农村,从没见过我们这样的文工团女孩,给他们艰苦单调的生活带来了很多美好的色彩。

那时我们每天走步操练,学装卸枪支,吟唱行军歌,搬着小板凳和大家一起看露天电影。吃的是一成不变的海带煮肉汤和硬梗米饭,喝的是带咸味的水,海风将我们的脸都吹得通红通红的,没过几个星期便已觉得自己是个真正站在祖国前沿的战士了。

第一次趴在沙地上打靶,五发子弹竟中了 49 环,这一瞬间的成绩竟成了我永久的记忆和自豪。

唯一使我感到力不从心的是半夜的紧急集合。累了一天的我们刚刚进入梦乡,突然,一阵凄厉响亮的紧急集合号声把大家从沉睡中唤醒,黑暗中我们挣扎着从温暖的被窝里跳出来,急急披上军衣,套上军鞋,一面站队一面还在系着腰上的皮带。

海岛的夜间是非常寒冷的,海风朝着我们薄弱的衣缝间毫不留情地四面侵袭进来,我被冻得上下牙齿一个劲儿打寒战。晚饭吃的粗硬的梗米饭还没消化掉,像块石头那样沉重地在胃里囤积着,发出一阵阵痉挛的疼痛。

"立正,稍息!报数!"在班长的口令声中,我们一个个横排成行，一边"一、二、三、四——"地各自报数，一边持枪挺胸，就好像是个真正的战士！

"同志们，现在台湾的蒋介石匪帮要来偷袭我们的祖国，大家要严阵以待，立刻将敌人赶出去！同志们，你们准备好了吗？"

"准备好了！"大家齐声回答道。响亮的呼声在寂静黑暗的海岛夜空中回荡着，我们感到自己的肩上真的是担着守卫祖国前沿的神圣重担。

当然，这仅仅是一场军事演习罢了。而且，类似的演习发生过多次，到最后几次的时候，我们已经可以做到毫不慌乱，应对自如了！

但是不知为什么，我的胃疼却越来越厉害。医务室给了我止痛片也丝毫不起作用。每天吃下东西以后就开始绞痛，后来发展到腹泻，吃进去的东西似乎都藏不住。部队的厕所也是那种一眼见不到底的深坑，所以我也无法知道自己到底怎么了。

因为是下连队当兵体验生活，你最不想让人觉得的就是怕苦怕累。尤其我这个来自上海的新兵，"娇小姐"这顶大帽子是最不愿意被戴上的，于是便强忍着不吭声，希望过一段时间会好些，但是没想到却越来越严重。在海岛的一个月，我瘦了许多，眼睛深深地凹了进去，下巴也变得尖尖的，脸都瘦得变形了。在这同时，我感到自己越来越虚弱，稍一活动就会出一身虚汗，也只是到那一刻，我才意识到自己的身体也许出了什么问题。

从南日岛当兵一回到福州的团里，我就立刻请假去军区总院做检查。军医听了我的症状后立刻让做个常规化验。化验报告出来后把军医吓了一大跳，立刻叫我紧急住院。这时我才知道，我的便血是最严重的"＋＋＋＋"。也就是说，在海岛的最后半个多月里，我的胃每天都在流血，而我却丝毫不知情。现在的红白血球指数已经低到了危险的警戒线以下！

在军区总医院的大病房里一住就是好几个星期，每天挂水打针还睡不好觉。整天躺着真让人厌烦，我是迫不及待地希望赶快痊愈，可以及早归队参加新剧的排练。

那天早上主任医生来查房，经过我的病床时，着重看了一下病例和验血报告，我以为他可以让我出院了，没想到他抓起了我的手仔细看了一下，问了个让我摸不着头脑的问题：

"你有类风湿关节炎吗？"他边问边用力卡着我的手指关节。

"没有啊！"我的心一下紧张起来，不太肯定这个"类风湿关节炎"是什么意思。

"别紧张！你的验血指数里有个项目非常高，如果你没有任何感觉的话，也许是报告有什么错误。我会安排重新验一下。"主任医生安慰着我。"不过，我看你的手指关节部分颜色很黑，可能是一个预兆，我们要彻底查一下。"他放下我的手，又补充说道。

主任医生第二天亲自拿着化验报告来到我的病床边，我一看他的眼神在回避我，立刻就意识到事情可能比较严重，但即便我的心理准备再充分，也绝对不会预料到他后面的那番话。

"我不知道是应该高兴呢还是替你忧虑。高兴的是你的验血报告证明了我的诊断，及时发现了你的病情，这是不幸中的大幸。但让我忧虑的是，你的类风湿因子的阳性指数非常高，达到了惊人的地步，照理说这样的血液指数的病人应该早已高烧不退、卧床不起了，可你却似乎一点症状都没有。也许是因为你还年轻的原因。不过，你的关节颜色令我非常担忧。因为我妻子就有这个病，她早期发病时，手指颜色就是和你的一样，所以我在看到你以后就特别关注一下，对于这个病的危害性我是太熟悉了！"主任医生向我解释道。

泪水不知道是什么时候已经流满了我的脸颊，我不知道该如何应对这个突如其来的噩耗，心中充满了无数的问号。

"这么说我会得关节炎了？那我将来会残废吗？我还能上台演出吗？"我几乎是哽咽着问道。

主任医生察觉到了我的焦虑，拍了拍我的肩膀安慰着说道：

"类风湿性关节炎和普通意义上的关节炎是两回事，它是一种以关节滑膜炎为特征的慢性全身性自身免疫性疾病。滑膜炎持久反复发作，可导致关节内软骨和骨的破坏，关节功能障碍，甚至残废。血管炎病变累及全身各个器官，故本病又称为类风湿病。所以作为医生我有义务让你了解这种病的危害性。"

主任医生没有正面回答我的问题，而是用医生的术语来解释这种病，我想他是希望我自己去做解答。

"不过，我以上所说的只是其中的一种病变方式，其实这种自身免疫性疾病，有百分之五十的病人表现在其他的症状上。如原发干燥综合征、系统性红斑狼疮、系统性硬化症、多发性肌炎、皮肌炎、混合性结缔组织病等。"

"还有患者表现在感染性疾病方面，如细菌性心内膜炎、结核、麻风、传染性肝炎、血吸虫病等；非感染性疾病，如弥漫性肺间质纤维化、肝硬化、慢性活动性肝炎、结节病、巨球蛋白血症等；部分肿瘤患者等等 ——"

主任的嘴唇在不断地蠕动着，但我却早已听不进他在说些什么，只觉得他所罗列的那些病名，就像一串串泡沫，从他的口里涌出，随之又消失了。在我的脑海里只有恐惧、空白、死一般的绝望。

那个年代还没有电脑，更不可能上网去查询这种病的详情，唯一能够依赖的便是医生给你的解释和信息。在当时那种似懂非懂的理解中，印在我脑海里的只剩半知半解的医学术语，还有那些抹不去的可怕病名"红斑狼疮"、"结核"、"麻风"、"传染性肝炎"、"血吸虫病"等等，我的世界在那一刻完全崩溃了。

几个星期后我出院的时候，正是1980年的春节前夕。福州军区总院的主任医生建议将我转到上海的军区八五医院住院，去做进一步的化验和治疗。结果，上海八五医院的最终诊断和福州军区总院开初的化验确诊是一致的。

我开始对自己是否还能继续演艺事业有了根本上的质疑，尽管我已为之付出了最宝贵的近十年生命。"应该立刻改行！"我对自己说："必须重新考虑和权衡自己的前途。"

因为我不确定，埋伏在血液中的那颗定时炸弹，不知何时就会爆炸。目前看似还正常的身体也许会瞬间毁于一旦。我不能再浪费一天宝贵的生命，我也深知自己的身体状况已不再适合南北征战，四海为家。于是毅然向领导递交了要求提前退伍的请求书。

1980年底的时候，我离开部队再一次回到了上海。在小小的军用书包里，是一份退伍军人的复员证书。随身带回的，是几身洗得发白的军装，还有我的四大箱书。很长一段时间里，我依然每天穿着军装，背着军用书包。尽管我的帽檐上已经没有了那颗代表现役军人的红五星，但在我的心理上和对自己的行为要求上，则时刻不会忘记自己曾是一个军人，而且将永远记住部队生活教育我的一切！我也至死不会忘却亲爱的战友们给予我的友谊。一直到了几十年后，我们又有幸再次相逢，成为终身的好友！

# 第十七章

# 往事如烟——邱岳峰老师的突然逝世

## （1980 年 3 月 30 日）

邱老师的突然自杀离世，几十年来一直是我心头的一个无法解开的结。我从不敢去回忆这一幕，也不允许自己去触动深藏心中的痛楚。即便是几十年以后的今天，当我坐在澳大利亚乡村家中的电脑前，强使自己去回忆他在世界上的最后几天时，泪水还是会止不住地流下来。

那是 1980 年 3 月 28 号，是个星期五，我那时还没退伍，刚从上海八五医院住院几周后出院回家，邱老师打来电话说他会来家看看我。

在部队的那几年中，邱老师一直关注着我的成长和生活，因为他很忙，当然不敢指望他多给我写信，但我却一直坚持给他写信，向他汇报我在部队的生活点滴。毕竟，如果没有邱老师的指点和帮助，我是绝对不可能有机会去部队文工团的。

因为当时还是战士身份，按规定在三年提升干部前是没有可能回家探亲的。这次因为生病转院治疗，我得以提前回家，正好又赶在春节期间，所以邱老师能在百忙中跑来看我，心里感到既过意不去，又万分高兴！

那是一个非常普通的星期五下午，爸爸妈妈都上班去了，妹妹们上学还没回来，整栋楼房静悄悄的。平时冷冷清清的小亭子间，因为邱老师的到来洋溢着春天的温暖。他每次来我家都会习惯性地坐在小方桌的右边角落里。我为他沏上一杯茶，我们坐着聊啊聊啊，天南地北，海阔天空。

当然，那天最主要是我在征求他的意见，听听他对于我提前退伍会怎么看。

"立刻要求退伍吧，如果你觉得自己的身体已经不再适应部队生活。"这个我在过去几个月里翻来覆去拿不定主意的问题，到了邱老师嘴里竟是那样的简单明了。

"要做好一份事业，除非你能百分之百的付出投入，否则不管是对你还是福州军区话剧团都是不负责任的。"

"可我退伍回到上海又能够干什么呢？从学校毕业到现在，当一个专业演员是我唯一感兴趣和喜欢的工作，也是我为自己选择的终身职业。现在的身体状况突然中断了我的梦想，我都完全没有方向了。"

只有在邱老师面前，我才是完全真实、毫无隐藏的，也许他比我的父亲更了解我的内心。

"不能当专业演员并不等于是世界末日，你看看周围有多少人在从事完全不同的工作，并不等于说他们就比我们低一等。"

邱老师是非常了解我的，他知道我总是太自视清高，仿佛唯有文艺界这个圈子才是最超凡脱俗的。他又继续说道："我知道你从小喜欢文学，又一直喜欢写点小东西。上次你在南日岛体验生活的时候，看到你写的那些有感而发的文章觉得很好，也非常感人。我建议你往文学方面努力一下，重新去上一下学，多吸收一点专业知识，也许你会重新找到一个属于你未来的新天地。"

他喝了一口茶又继续说："你知道我去年拍了一个片子《珊瑚岛上的死光》，今后回上海后如果有机会，你也许可以去串几个电影角色。我想说的是，不当专业演员并不是被判了死刑，而是开始了一个全新的天地。"

"我哪敢想去拍电影啊，不要说我的身体不合格，即便允许，我的脸也丑死了，一上镜左右好像不对称，眼睛也不够大，我是绝对不敢去想的。也许我该将眼睛整大些？"我非常没有自信地自嘲说。

"千万不要去碰你的眼睛！那是你全身最可贵、最优秀的一部分！"邱老师突然变得非常严肃，厉声对我说道。

我惭愧地嘟哝着，立刻解释我只不过在开个玩笑，自嘲而已。

邱老师看上去很疲惫，那张完全承继了他母亲血统的俄罗斯人一般的脸上，似乎比两年前苍老憔悴了许多。

但他还是没有放过刚才的那段话题："眼睛是你心灵的窗户，那是绝对容不得别人去整改的。答应我，将来在任何时候，任何情况下，你都绝不会让人去碰它！"

我有些诧异邱老师为什么突然变得非常激动，但同时又非常感谢他那么在乎和看重我！我不断地点着头，再三对他保证。

那天邱老师在我家整整坐了一下午，这在过去是从来没有过的，因为他总是很忙，来去匆匆。在谈完了我的事业和今后的方向以后，我为邱老师疲倦、灰暗的脸色感到担忧，不禁关心地问他的身体情况。

"我活得很累，心情也很不好！"他那略带沙哑的磁性嗓音所说的这几句话，如录音盘那样永久刻在了我的记忆中。

"厂里（指上海电影译制厂）发生的很多事情我也不想在这里多说。我的心里很苦，觉得生活很没意思。"他说着，脸上浮现出一种深深的忧郁。

邱老师是极少对我表现出他性格的这一面的。因为他是我的老师，是我父亲一辈的长者，所以他平时给予我的都是业务上的指点，或是积极向上的鼓励的话。但是，他几乎从不让我看到那深藏在他内心的痛楚和孤独。唯有从他的配音中，从电影《简爱》中罗切斯特痛苦的嗓音和深深的思想内涵里，你才能感受到他的心中有着那么多的苦衷和压抑。我不敢追问太多，因为那是属于他私人的事情。

"我今天除了来看你以外，其实还是给你送电影票来了。这是一部日本的片子，我们刚配音完的，现在还没有公映，我想你会喜欢看的。"他说着，将电影《绝唱》的内部票给了我。

他临离开的时候显得异常的无奈，仿佛不愿离开他所坐的那个角落。要不是妹妹们都放学回来了，打断了我们的谈话，他还会愿意继续在那里坐下去的。现在想来，也许他是在躲避着什么？是他自己的内心吗？还是什么使他不愿面对的事和人？我不知道，但有一点我是非常清楚的，那天下午在我家那个小亭子间的方桌角落里，他感到自己是轻松自由的、也是相对安全的。

我将邱老师送到楼下。临分别时，他突然伸出双臂，将我拥到他的怀里，在我的额上轻轻吻了一下，就好像是外国电影里父亲对女儿的爱抚，这在我的记忆中也是唯一的一次。我对他招着手，不断地说着再见，但是我绝对没有想到的是，这将是我最后一次见到他。他留在我额上的那个吻，竟是终生的诀别。

3月31日星期一的上午，我去八五医院打针并拿检验报告回来。刚走进我们弄堂的后拐弯处，就看见一个人坐在我家对面的台阶上，只见他双手紧抱着头，深埋在自己的两膝中，双肩不断地抽搐着。我正想上前询问一下，只见这人抬起头来，一见是我，立刻飞身站起，一下子扑到我的面前。我这才认出是久已不见的邱老师的三儿子，我们平时到叫他"小三"。

"玲玲姐姐，爸爸死了，妈妈要你赶快过去一下。"小三一边哭，一边断断续续地说着。

我一时没有反应过来他说的是什么，一把拉住他的手，高声地说道："小三，你在说什么呀？是谁死了？"

小三一面重复一边抽泣着："是爸爸，是爸爸呀！！玲玲姐姐你赶快跟我回家吧，我已经在你家门前等了一上午了。"他说着又呜呜地大哭起来。

我的心一下子悬到了喉咙口，不知道该怎样来接受这个消息，口中同时不停地自言自语着："这怎么可能呢？怎么可能呢？邱老师星期五还在我家呢，怎么才两天，他就死了呢？"

看着那么悲戚痛哭的小三，我知道这个消息是真的了，连家门都没有进，跟着他立刻就去了邱老师家。

一路上，我一个劲儿地追问邱老师是怎么死的，小三吞吞吐吐，一直没有正面回答我。到了他们家以后，阿姨和邱必昌及全家都哭成一团，我也跟着一起大哭。本应该是来安慰阿姨的，自己反倒哭得个稀里哗啦。直到这一刻，我才终于弄明白邱老师是自杀身亡的。

28号星期五下午邱老师在我家，29号周六他和阿姨为了什么事争执了一下，一冲动之下就外出买了安眠药，一路走一路吞药。当他在路上碰到大儿子黄毛的时候，已经连话都说不出来，昏倒在地上了。他们立刻将他送到对面的淮海医院，洗胃都已太晚，抢救了一天一夜，3月30日星期日，邱老师永远离开了我们。

我和阿姨及他的家人，一遍又一遍地回忆着周五下午邱老师在我家的情景。因为看来在这世界上，除了他的家人以外，我恐怕是最后一个见到他的人。我们都希望能够从他所有的言谈举止中找到一点暗示、眼神中一点绝望的预兆，或是探索到他生命最后的那段时间里究竟在想什么？但是我们却找不到一点答案。只有他对我说的那句"我活得很累，心情也很不好"的话，似乎是唯一泄露他真实内心的潜台词。邱老师一直是那样一个含蓄和内向的人，他总是将阳光照射给别人，而将自己的痛苦深藏在内心。

几天以后，在龙华殡仪馆的大厅里，我与邱老师的家人在一起，参加了他的追悼会。全国各地的人们自发地跑来给他送行，大厅里挤满了上千个不请自来的悼念者。我拿起那朵黄色的小花儿，从邱老师的遗体前含泪走过，看着他独自躺在那里，脸上的神情出人意料的真实而又平静，就好像他刚刚睡去。在那一瞬间，周围潮一般簇拥的人群和嘈杂声都从我的感官前退去了，仿佛只有我独自面对着最最敬爱的老师，回忆和思念占据了我整个的脑海空间……

我早期认识邱老师的时候，他很少对我谈他个人的事。尽管当时在我的心里有那么多无法解答的疑问。

"为什么他的脸长得像个外国人？"

"他是怎样成为今天这样知名的配音演员的？"

"既然他是那样一个成功的著名演员，为什么国家不照顾他，让他们全家生活在这样可悲的生活环境中？"

时间久了，邱老师也逐渐开始对我谈到一些他的出生背景，他的艺术生涯。但是，他对自己当时工作中的许多细节的东西极为谨慎，很少提及。只要我一追问到敏感性的问题，他的话就会戛然而止，或者转变话题。不过，我经常可以感到，他那掩饰在乐观笑容背后的是一颗深深受到伤害的心。

于是，我又从程老师那里或是其他的途径，逐渐对邱老师的背景有了稍多一些的了解。

邱岳峰，1922 年 5 月 10 日出生于内蒙古的呼伦贝尔。他的父亲祖籍是福州人，而母亲是个俄国人。这段异国的婚姻造就了邱岳峰这个不同寻常的混血孩子。他的眉眼长相以及金黄色的头发，完全源自于他母亲的基因，不过他的身躯，还是留有许多他父亲基因中福建人的特征，瘦小、精干。年幼时他随着父母在济南、天津、北京、沈阳等地奔波求生，那种求助于人，寄人篱下的生活，将他造就成了一个非常聪慧敏感、努力自强的人。

他早年就读于福建高级工业职业学校。1942 年从北平的外国语专科学校毕业以后来到了天津，在一个当地的演出团体里，他从一个舞台幕后的布景工开始做起。一到了晚上，就偷偷找个角落，在边幕后仔细观察着台上演员的表演，模仿他们表情，努力记住演员们的台词和走步。因为在那样的环境中，他深知只有成为一个演员，才能得到观众的喜爱和尊重，同时也得到团里的认可。功夫不负苦心人，通过他自己不懈的努力，终于当上了一个演员。在那八年期间，邱岳峰曾辗转于二十多个演出单位，他打过杂工、跑过龙套、扮过主角、担过导演、最后还当上了团长。一直到 1950 年 3 月，也就是新中国解放之后，他才有机会进了上海电影制片厂译制片组，成为了我们国家第一批配音演员。

邱岳峰老师和我的爸爸是同时代的人。早在我出生之前或是极其年幼的时候，他就已经在几十部中外有名的经典电影中为各种年龄、不同性格的角色配音，成为了当时最受大家欢迎的配音演员之一。

我爸爸当年最欣赏的是邱老师在《大独裁者》中配的犹太理发师、《白夜》中配的幻想者；当年风靡一时的卓别林幽默而又富于节奏感的语调，还有《警察与小偷》中的小偷埃斯波西多，使人们感到惟有他才是最最适合于擅长配各种卑微小人物的配音演员。

当然，还有《安娜·卡列尼娜》中的卡列宁，《牛虻》中的格拉西尼，《第十二夜》中的安德鲁爵士，《被侮辱与被迫害的》中的弗莱德，《三剑客》中的泼兰谢／红衣主教……在这些世界知名的电影文学作品中，他将人物的声音语调塑造得惟妙惟肖，既与原形完全符合，又不使中国的观众有距离感。

一直到了上世纪70年代，他为世界经典名著《简爱》中的主角罗切斯特配音，一时间，邱岳峰的名字变得家喻户晓，传遍了全国的大江南北，成为中国最杰出的配音表演艺术家之一。

后来，邱老师曾在给观众的公开信中，谈到了他当年为罗切斯特这个人物配音时的体会。

罗切斯特是一个被人称为"难以捉摸"的人物，实际上，他那不近情理的倨傲，变幻莫测的乖戾，只是他性格的表象，内心却埋藏着巨大的隐痛，这就是他不幸的遭遇。正是这种隐痛，使他憎恨并蔑视某些人，使他性情暴戾恣睢。配音时不能单纯模仿他的表象，更重要的还在于传神。如果一味表现他的嘲讽训斥和以势压人，就会失去人们对罗切斯特的同情，也就歪曲了人物。这种分寸掌握是否得体（忠实于原片），是配音成败的所在。配音演员不应该让观众听出"字儿"（台词），还应该让观众听出"事儿"（潜台词）。如果再能使观众品出点"味儿"（艺术享受）来，那就更好了。

我曾经十几遍地反复看《简爱》这部译制片，每当听到邱老师那声令人心碎的"简……"的呼声，总会使我骤然泪下，你可以感受他内心那种压抑的痛苦，以及对美好将来的渴望。

从 20 世纪 70 年代开始，邱老师在被压制多年之后，突然在业务上获得了新生。那是一段他事业上极其辉煌的黄金时代，他的声音传遍了祖国的大江南北，进入了每一个中国人的心间。他在一部又一部的外国经典电影作品中，用他那独特的声音激活了中国观众的想象力，并给那些性格各异的角色注入了新的生命力。随着 1979 年电视机在中国的普及，人们对他声音的熟悉，早已超乎了他自己的预料，甚至无需配音演员的字幕介绍，人们也总能立刻准确辨出邱岳峰的声音。

但是在这同时，政治上的阴影仍然笼罩在他的头上。解放前一次无知幼稚的行为，竟成了解放后一生的磨难和铐镣。

邱老师从来没对我提及过，那顶折磨了他二十多年的"历史反革命分子"帽子是怎样给他戴上的？他从不辩解，也不抱怨。但是从他那双充满思想的眼睛里，你可以看得出他内心所承受的巨大痛苦。

即便是在"文革"中，他一次又一次被揪斗、被隔离，整个十年间无事可做，白白荒废了生命中最宝贵的年华。但是他的心里始终充满了希望，相信有一天，组织上会查明真相，为他作彻底平反。

我想当年使他最难过的，还是他的子女都因为他的"帽子"问题受到了牵连。记得他在帮助我的同时，一直在哀叹着他最疼爱的唯一的女儿一直不准上调回沪。他经常因之而发出沉重的哀叹声。也许也就是在那一刻，我稍稍理解了他为什么会愿意不计报酬地帮助我这样一个女子，也许正因为他自己一直是生活在这样一种苦难之中，他对所有的小人物，不管是电影中的角色，还是现实生活中的弱者，都有着深切的同情和理解。

1979 年底，在经过了漫长的等待后，上海电影译制厂所宣布的平反、摘帽人员中又一次没有邱岳峰的名字，领导似乎完全忽视了他几年来不停的申述，他对于有朝一日能够彻底澄清他的名字的希望。他渴求着上级终会还他一个清白，放他自由。但是，似乎没有一个人听见他的心声，也不屑于替他取下那顶强加于他三十年的"历史反革命"的帽子，更没有人愿意帮他，去推开那片无法摆脱的"内部控制人员"阴影，他的心又一次深深地陷入绝望的深渊。

外界观众对他的赞扬声越高，他也就越感到痛苦和孤独。轻易不愿表露自己内心的他，独自坐在远离大家的角落里，伤心地痛哭着。他感到了彻底的绝望，也许他最终没能走出这个心底的阴影。

社会上还有许多流言，说他也许是死于无法得到的爱，我想关于这一点应该完全属于邱老师自己的私人空间。我们在世的每一个人，只要不是当事者，谁都无权发出任何评论和胡乱猜测。如果他连心中存有美好感情的愿望都被剥夺、被责难的话，这个人间的世界对他来说确实是毫不足以留恋的了。

他离开我们的时候才 59 岁。

当我在追悼大厅里向我最爱戴的老师告别的时候，不禁想到：如果人真的有灵魂，邱老师现正升华在大厅的上方注视着我们的话，希望他可以看到，在这个世界上其实有那么多的人在热爱着他，他留给人间的声音是不朽的，他的名字将在他赋予生命的每一个角色中获得永生，他将不再是孤独的。

希望上帝也会被他那极富魅力的声音所打动，并同时能感受到他那颗善良的心，那颗曾在人间给许多不幸者带来希望和光明的心。

我祈祷上帝能为我最爱戴的邱老师在天堂里安排一片净土，一个能使他快乐和安静的地方。也许凡间的一切都太黑暗，他的一生经历了太多的坎坷和不平的遭遇，心中有着那么多美好的渴求，但是现实和愿望却终有着太大的距离。

我相信天堂是美好的，所有他此生没能在人间得到的，都将在天堂里实现！我最最敬爱的邱老师，安息吧！！

# 第十八章

# 上海作家协会《萌芽》编辑部
# 激情之路

## （1981 年—1987 年）

当我开始回顾自己在中国最后六年的生活时，心中所涌起的甜酸苦辣是无法用单一的词汇来形容的。那是一段我精神上最压抑、最无助，事业上最找不到方向的一段时间。而在个人的情感生活中，更是经历了从天堂坠落到地狱的不堪回首的一段生活。

但是，不管我是多么不愿意去触动这段充满隐痛的岁月，可它毕竟是属于我人生中最重要的阶段之一，如果我不将它们真实地记录下来，我就无法继续往前。

人一生的每一天都面临着各种各样的十字路口，每一条你选择的道路，都会将你引向一个特定的方向。你所有的成功与失败，悲戚和喜乐，都源自于你自己最初的那个决定。但是最终的结果，却是难以预料和无法控制的，它也绝对不会以你自身的意志为转移。许多人将之称为"命运"，而我，则认为是自身的选择所引致的必然结果。

故事还要从 1980 年底我从福州军区话剧团退伍复员回到上海的时候开始。

正如邱岳峰老师当年预料的，作为一个退伍的复员军人，我不再受任何所有制体系的约束，可以进入任何国家或政府的全民机构工作了。

许多机会和大门都突然在我面前敞开，但关键的是我该找什么样的工作。有人给我介绍去上海的武警文工团，我立刻就谢绝了。像我现在的身体状况，不应该再从事文艺专业了，否则的话，我也太对不起福州军区话剧团的老师和战友们了。我要为自己今后的生活作一个全面的规划。

一个偶尔的机会，我认识了作家哈华先生。他是当年非常知名的文学青年的杂志《萌芽》的创办人和主编。在"文革"期间被迫停刊的《萌芽》杂志，正在准备于 1981 年复刊，而哈华主编正在做这项筹备工作。

首次见面是在哈华主编家，当时他正在书房里忙碌。只见他满额银发如丝，一脸慈悲祥和。唯有那双智慧的眼睛，似乎能一眼看穿人的心。

我那天依然穿着一身洗白了的军装，在我的军用书包里装着一本笔记本和一些小文章，那都是我在过去几年里陆续记下的一些感受。我局促不安地犹豫着，不知自己是否应该把它们拿出来请哈华先生看一下。这些都是些太幼稚的小东西，我敢肯定任何知名的作

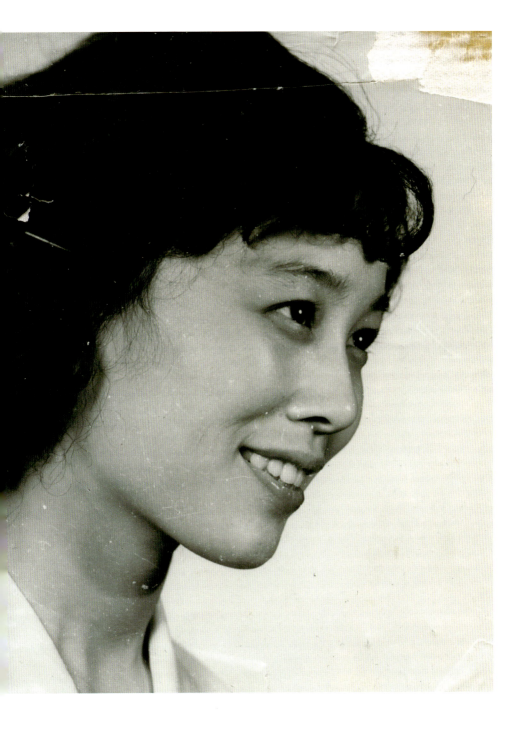

初回上海的我，受上海的王开照相馆邀请拍了一组照，虽然他们陈列了许久，但我自己却只剩下这张破损的照片了。

　　我在上海作家协会《萌芽》编辑部的日子里，当年流行的冷眉式的短发和情窦盛开的幸福笑容，心中对未来充满了美好的憧憬。

八十年代初在上海《萌芽》编辑部。中间白发的那位就是我尊敬的哈华主编。第三排左三是我。

刚回上海时与生母及二姐在妈妈住的吴兴路家的门前留影。

家都会对这些可笑之作不屑一顾的。但是除此之外，我还从没有写过一篇真正的小说或散文。在这个让我敬畏的文学宝殿门口，我是全然无知的，没有一丝一毫的资本和经验。但是我酷爱文学！

"很好，咱们部队的孩子喜欢文学，值得鼓励！"哈华主编的普通话里带着很浓的四川口音。

我不知道做牵线人的那位邻居是怎样对哈华提到我的，也稍稍感到他所说的"部队的孩子"这句话有一些理解上的误区。但是，他那亲切的话语却一下子缩短了我们之间的距离，我感到他像我想象中那些伟大的作家那样可亲可近，毫无架子。

"你没有文凭，也没发表过什么作品，要想到文学领域里开始一番作为是很困难的。不过，你们这一代孩子失去的已经太多了，我们《萌芽》的存在就是为了帮助像你这样爱好文学的青年。这样吧，我们刚复刊，每天有大量的信件，你就到我们通联组来，帮助编辑们处理这些信件，接听电话等等。现在高考又恢复正常了，你还年轻，以后应该到中文系去系统地学习一下，有了文凭才有希望当编辑，这都是将来的事情了。首先是，你愿意到我们编辑部来工作吗？"

我简直不敢相信自己的耳朵。虽然今天来见哈华的目的只是想有个机会，让老前辈看一下我写的小东西，给我指点一条通往文学殿堂的路。但是我绝对没有想到，竟有了这样一个机会，能够直接在文学杂志社工作。有谁会说"不"吗？那这人一定是个天大的傻瓜！在那一刻，我的心里充满着诚挚的感激之情。我不断地点着头，早已忘了书包里的那些羞涩之作。将来在编辑部工作，还怕没机会吗？我再一次感到了上帝对我的关爱，以及生活中一次又一次出现的帮助我的"贵人"。

20 世纪 80 年代是中国历史上一个文学艺术的复兴时期。1982 年春天到来的时候，我已在《萌芽》编辑部工作一年多了。

刚复刊的《萌芽》编辑部设立在上海文艺会堂里。按当年的水准，还算是较现代的小楼的第二层上，是我们的整个编辑部。一个不大的平面被分割成了许多不同的部门，进门右手一拐曾经是主编室，不过哈华主编经常在家工作，所以现在便成了《上海电视电影文学》筹备小组的办公室。

小说组是全编辑部的心脏，理所当然是被安置在走廊尽头那个最大最齐整的房间里。我刚来的时候还没几个人，但是随着 1977 届第一批的大学生毕业后，有好几个被分配到了编辑部，都是当年在华东师范大学的时候就已崭露头角、颇有名气的新星作家了。王小鹰、傅星、李其钢等都是那一批新来的小说编辑。于是，小说组里一下子增添了好几张办公桌。

在靠走廊左边那个通向外面阳台的小长屋里，是诗歌散文组的办公室。汤阿姨、王柏秋和新来的诗歌编辑赵丽宏等就在那里工作。从楼梯上来第一个可以看到的就是我们通联组，只有几张写字台，可是每一个空间和角落里，都堆满了来自全国各地文学青年的信件。在通往编辑室的走廊前的过道口，设置了一台全编辑部唯一的一架电话机。

通联组除了我之外，还有一位章阿姨，不知为什么，当时大家都这样称呼她，就好像是在称呼一个菜场卖菜的阿姨。她四十多岁的年纪，早已开始发福的身体一摇一摆的，脸上的笑容总是因人而异。见到哈华主编或是那些老编辑，恭敬顺从的笑脸会将你融化，你会感到她是那样的兢兢业业，编辑部没有她在那里料理后勤的话，就无法正常运转。但是只要一见到我，她的脸就会在瞬间乌云密布。只要没人在的时候，她从来不愿意对我有一点笑容。当然，我正好就属于她领导，是她唯一的下级。

从她第一天见到我的时候开始，我就敏感到她不喜欢我。不管我怎样整天低着头，缩在靠窗的那个角落里，拆着那些永远也拆不完的信，写着那些永无终止的退稿信封。只希望自己变成一个隐形人，不闻不问，毫无声息。但是她像探照灯一样的眼睛永远不会放过我，哪怕是我深藏的内心，只要有可能，她也希望到里面去探测和翻腾一下。最主要的是那条像蛇一样厉害的舌头，带着浓郁的宁波口音，那些看似说者无心听者有意的话语，常常尖厉地刺伤我的心。

"现在有那么多有才的大学毕业生，大把大把地抓。你连个中学文凭都没有，又不是个作家，靠什么进来的啊？"

"哈华也是老糊涂了，就这样被一张漂亮的脸蛋迷住了。真不知道编辑部为什么要放着这样漂亮的一个花瓶在那里。"

"我们这儿又不是舞台，要演员来有什么用啊？"

在我十几年的专业生涯中，因为一直是在文艺演艺圈里，每一个俊男少女都是健壮美丽，所以自己置身其中也并没有觉得有什么不同。但是，现在进入了作家协会的文学编辑部，我突然觉得自己成了一个格格不入的异类。仿佛在这样一块文学的神圣宝殿里，我的青春和美丽是对这个环境的一种亵渎、一种无耻的挑战。在这样的环境中，编辑们是应该静心阅稿，不应受到任何感官上的诱惑的。况且，我那时已经 28 岁，依然是孤身一人。尽管我几年来心如止水，从来没有对任何一个人感兴趣过，而且向来洁身自好。但章阿姨依然时刻如临大敌，随时准备要将我的春心阻击回去。

当然，我初来编辑部时的所有宏大的愿望和文学青年的抱负，都已在每天琐碎、重复、枯燥的工作中被渐渐消磨殆尽。试想一下，你每天要面对的是几百封需要退回原作者的稿件。那些来自全国各地、每一个乡村、城市、学校的，填满了希望的稿件。或许接手的编辑才刚刚读了几行，便会将它们送回到我这里去退稿。那些每一份都是抄得工工整整，溢满了作者心血和经历的文章，只有千分之一的机会会引起编辑的重视，更只有万分之一的可能会登上刊物。我没有仔细地去读过这些小说、诗歌或散文，但是我相信它们的主人一定要比我有才能得多。在这样堆积如山的退稿信中，我写作的自信早已不复存在。

再加上，你是置身于那样一个优秀文学作品层出不穷、新的作家每天都在诞生的环境里。那个年代的物质条件还是非常贫乏的，但是我们却有着读不完、发不尽的书。逢年过节，其他单位发吃的作为福利，我们单位则发书。一大叠一大叠重新印制的世界名著，还有各种各样的国内文学杂志。下班后的每一分钟空余时间，我都将自己更深地埋进书堆里，越读就越觉得自己无能，越读越感到自己的文字表达能力的差劲，简直还不如一个小学生。在那些美丽、丰富、充满激情和极富想象力的文章面前，我彻底解除了自己的武装。

当然，在那些新来的年轻编辑们面前，在那批刚从大学毕业分配进来的大学生面前，自己就更相形见绌、自愧不如了。仿佛前几年，在全中国的下放者都在奋力考大学、读书拼搏的时候，我却在那里悠闲度日，不学无术。我很想对什么人说一下我曾经的奋斗史，我不同寻常的经历和生活，我无尽的文学梦。但是没有人会对我这样一个小人物感兴趣。大家都是来去匆匆，要么埋头读稿，会见读者，要么就是去参加全国各地的笔会。唯一注意到我的时候，一定是将需要我退稿的信件交给我的时候。那些礼节性的笑容的背后，是一种含蓄、一种礼貌、一种无声的骄傲，更是一种无形的距离。

但是也有个女孩儿是和我一样既没有文凭，也没有写过一篇值得发表的好文章的。不过，她得到的是与我截然不同的待遇。尤其是章阿姨，每次见到这女孩从我们面前走过，她的眼睛都会瞬间如太阳般发出温暖迷人的光芒。这女孩既不是编辑，也不属通联，更不需铁打不动地坐班。但是她却有着奇异的魔力，任何人都不敢说什么。

后来我才了解到，她的父亲曾经是一个非常有名的作家，"文革"期间自杀身亡了。哈华主编是她父亲的好朋友，所以她在编辑部的地位是很特殊的。她是"作家的女儿"。过去我只知道出身不好会殃及后代，高干后代则会受益无穷。所以，当那天第一次在哈华主编家，他提及"我们部队的孩子"的时候我没有敢接口，生怕让人知道我既无背景也无后台，在部队只是一个靠自己力量的小文艺兵而已。但是，我从来都不知道作家的后代是可以有这样的特殊性的。难道写作也是可以遗传的吗？那些曾经辉煌一时的作家的后代，一定也会成为一个作家吗？他们不需要用自己的努力去证实自己吗？我找不到答案。只是在她们轻视的眼光和旁若无人的谈笑中，我觉得自己更渺小了。

在那段时间里，我常常觉得自己的美丽便是我的罪孽，我曾经为之献出了十年青春的演艺专业成了轻浮的同义词。我的心在委屈地流泪，我不知道自己该如何去体现自己的价值，更不懂得该如何去证明自己的内心依然如少女般纯洁无瑕。

在来编辑部工作之前，我曾是那样的骄傲，那样的痛恨世俗的小市民气。可是现在，突然发现自己被别人无情地归属到了自己痛恨的那类人中，甚至都不给我一个申辩的机会。我感到自己完完全全是个不合群的异类。

不知有过多少次，我希望自己可以立刻离开这个让我窒息的环境，可是我又该到哪里去呢？那个年代的人一旦找到了一份工作，便是一个终身的职业。

想当初我在里弄生产组工作，只赚一元人民币一天的时候，为什么还会比现在快乐呢？因为那时还有希望，还有奋斗的目标。可是现在，我的希望在哪里呢？

如果去重新考大学，我对自己有自信心吗？才小学五年级的正式学历；现在的高考又进一步提高了难度，我连普通的数学都不懂，该从哪里去着手呢？如果真的是考上了，将来又该干什么呢？我有信心将写作作为下一个奋斗目标，有朝一日将编辑作为终身职业吗？如果所有的努力都已做过，而最终还是要回到这里来，我能肯定会找回大家应给予自己的尊重吗？这是我希望的最终人生吗？

在这个世界上每天都在发生着重大的事情，我也相信在这个城市里，一定会有几千万人希望拥有我现在的工作。既然如此，为什么我不能停止自我怜悯，忘记横眼冷语，将每一天看做是新的美好的一天，多读书，尽量完善自己呢？

俗话说，宁做蛇头，不做虎尾。也许我过去在文工团里被宠惯了，众星捧月般的自我感觉太良好，总相信自己是个蛇头。但是现在，应该学着夹着尾巴做人了。如果虎尾是我目前的位置的话，我就应该重新调整心态。我必须停止哭泣！

在这样与自己的内心做过无数次的对话以后，我的心开始平静下来。我尽量要求自己将注意力转移到周围美好的事物中去。

坐落在静安寺延安西路 200 号上的文艺会堂，是当年文艺界的一块特殊领地。平时大铁门紧闭，门卫严守把关。只有那些持有特殊许可证，或是知名的专业人士才准许进出。当然我们这些在里面工作的人员，也就可以有一些小小的特权了。

80 年代初的上海文艺文学界，刚刚从"文革"的噩梦中苏醒过来，到处都萌育着新的生机。文艺会堂的小电影院里，每天都在播放着进口的"内部电影"，大多数时间连译音的程序都跳过了，仅仅是打上中文字幕。只要一有空闲，我就会悄悄溜进电影院，去看上一段电影。晚上，文艺会堂里还经常举办交谊舞会，成双成对的文艺界明星们，在邓丽君柔美的嗓音中翩翩起舞。曾经是那样热爱舞蹈的我，现在对交谊舞却没有一点兴趣。

唯有每天中午的休息时间，是我一天中最最盼望的一段时间。我会在楼下新开的小咖啡馆里，买上一杯当时风靡一时的雀巢咖啡，配上一份小甜点，独自找到一个能晒到太阳的角落，捧着一本刚出版的杂志，读上一篇好文章。于是，周围的世界都从我的面前褪去，我完全沉陷于自己的世界中。

1982 年 2 月春天的那一个中午，应该又是那样一个重复安静的时刻。唯一不同的是，我那天刚刚重新拿到了验血报告，一直令我恐惧的类风湿因子仍然是阳性，而且指数更高了。虽然我的身体没有任何不适的感觉，但每一次的验血复查结果，仍然让我感到自己的血液中潜伏着一颗定时炸弹，随时随地会爆发出来。我咽不下中饭，也无心再看小说，只是希望自己能够蜷缩在这个无人的角落里，静静地掉几滴泪。

"哎，小姑娘，你没事吧？"突然，一声关切的声音从我的头顶传来，我仰起头，泪眼朦胧中，发现在闪烁的阳光下的是一张全然陌生的脸，此刻正俯下他高大而又壮实的身体面对着我，眼中充满了同情和疑问。

我立刻拭去不想让人发现的泪水，同时慌乱地说道："喔，没事的，只是眼睛里进了一点灰。"我觉得自己的谎说得是这样的拙劣，他肯定知道这不是真的！

"这儿的太阳真好，你介意我在这里坐一会儿吗？"这人似乎没有注意我的解释是否合理，而是非常亲切地对我微笑了一下，顺手拉过了一条椅子，坐到了我的身边。

这一下可使我真正的惊慌失措起来，既不能反对，也不知道该如何反应。这一年多来，我总是独进独出，极少与人交流。就好像我的胸前刻着一个红色的"A"字，而我就是霍桑笔下的海丝特·白兰，那个谁要与之接触便会被沾染上不洁名声的女人。不同的是，我一直不知道加于我的原罪是什么。

"来，请允许我自我介绍一下，我姓石，从北京来，你就叫我石磊吧。"他边说边友好地对我伸出了右手。

"石磊？一个好熟悉的名字，我认识他吗？"我一面在脑海的记忆库中飞快地寻找着有关这个名字的一切，一面怯怯地伸出手去，象征性地轻握了一下，立刻又如烫着了火似的赶紧缩了回来。不敢想象，要是被编辑部的哪位饶舌者看见，一定会成为天大的新闻，即便我有口也无法说清了。

我想当时自己的顾虑和不安，肯定是那样明显地写在了脸上，只见他将手里的咖啡放到了桌上，转身微笑着对我说道：

"别紧张，我不会吃人的。现在，作为交换，你是否也应该告诉我一些关于你的情况，比方讲，你叫什么名字，是在这里工作呢？

还是像我一样，只是偶尔到这里来吃一顿午餐？"他的话语温和而又充满了风趣，不禁使我刚才绷得紧紧的心弦稍稍松弛了下来。

我不善说谎，于是诚实地回答道：

"我叫朱玲，就在楼上的《萌芽》编辑部工作，现在是午休时间。"我尽可能地将信息量压缩到最低点。

"啊！你是《萌芽》编辑部的吗？这可太巧了！看来我们是同行了！"石磊的脸上露出了和善的笑意。"我是北京一家文学出版社的编辑，最近到上海来开笔会，同时有几个月的假期，在赶一部长篇小说稿。"

哦，我这才明白为什么觉得他的名字这样熟悉了！并不是我认识他，而是在最近的一些文学杂志上多次看过他写的小说和散文，也看到过很多关于他文章的好评。我立刻回忆起自己是非常喜欢他的写作风格的，他的文字是那样朴实优美、平易近人、娓娓道来，就好像一个多年不见的老朋友在对你叙说一个故事，往往只需几句简单的话，就可以勾起你潜意识中的共鸣，不知不觉渗透到了你的心里。

只不过在此刻，我刚刚松弛下来的心一下子又被抽紧了，因为我最不希望遇见的便是文学界的人，这将更增添我的卑微和无能。于是我苦笑着纠正着石磊话中的误区。

"不不！我们不是同行，我虽然在编辑部工作，但只是个小小的收发员而已，而你是个知名的作家。"不知为什么，这句话也许又勾起了我积郁已久的隐痛，心里一酸，眼泪一下子又夺眶而出，一点也不听我理性的指挥。

石磊脸上的笑意突然消失了，一双明亮而又智慧的眼睛凝视着我，沉默着，久久没有说话。

过了一会儿，他从口袋里掏出一块手帕，默默地递给了我，轻轻地对我说道："愿意把我当个朋友吗？"

他没有过多的言词，也没有刻意地去追问，仅仅是简短的片言只字，却使我的心彻底放下了防范的屏障。好像一个在沙漠中跋涉的饥渴绝望的独行者，突然遇上了水源，生命重又出现了希望。

我已记不得那天到底都说了些什么，只知道我们谈了很久很久。我的话头就像关闭了太久的龙头，一旦打开，就再也无法拧紧。我不知道为什么自己能够这样信任他。我告诉了他令我恐惧的病症，我在编辑部的苦恼，我对自己的不自信，当然还有那无边无际的孤独。在这个世界上，我好像从来没有遇见过一个人，一个完全的陌生人，能够这样让我毫无保留地敞开我的心扉。

这样的谈话从一个中午延续到了好几个中午，以后又延续到了文艺会堂以外的地方。不仅仅是我在那里不停地说话，他也告诉了我许多关于他的故事，那些我在他的小说和散文里读过的，似曾相识的故事。

我了解到由于他在文学界所作出的贡献，上个月刚刚被北京作家协会接受为专业作家。这次到上海参加笔会，他将顺便在沪住上几个月，集中精力完成出版社催促已久的长篇小说稿。

我惊异地得知，当年我正在启东文工团的舞台上演出的时候，他就在离启东县城不远的乡下田间辛苦地劳作，那是他祖母的故乡，他在那里插队。或许在观众席里也曾有过他？

当我对自己的前途感到茫然无助的时候，他也同样在那样一个黑暗的小屋里悲戚沉思。

我幼儿时生活的在苏州河畔的家，竟然与他的祖母家只隔了几条街，虽然他在进初中前就随父母移往北京居住生活，但是我们对这条充满故事的苏州河，竟都拥有着非常相似的童年记忆。

他年迈的祖母现在搬到了静安区的延安路上居住，离我工作的文艺会堂只有咫尺之遥。他虽然在北京工作，又定居在北京，但总无法摆脱无尽的乡愁，只要一有机会，他便会来到祖母家小居写作，那里永远有一个属于他的安静空间。也许，他那天到文艺会堂来喝咖啡是命运的安排？

我们喜欢同样的古典音乐，喜欢同样的诗人和作家，都是奢书如命的"书虫"。在这之前，我从不知道，我们彼此的生活轨迹曾经那样多次地互相交汇过、穿插过。只是在那样的时空段里，我们两人都毫不知情。

# 第十九章

## 刻骨铭心的爱，但他不属于我

### （1982 年春）

不知从什么时候开始的，我们的见面成了仅属于我们俩的秘密。

我上班的时候，他在祖母家埋头写作。

午饭时，我会飞奔出文艺会堂，在任何可以容纳我们的地方短暂的见面。每次见到他那含蓄真诚的笑容，便会使我感到不再孤独。

下班回家后，我所有的注意力都集中在窗外。那时全弄堂只有一架公用电话，设在 3 号居委会的门房间里。只要电话间的阿姨一声喊，我就会不顾一切地冲下楼去。电话的那头是一声轻轻的"喂"，不用再说第二个字，我的心已在欢乐中融化。

不知从哪一天开始的，我们双双掉进了爱河。毫无准备地、不可救药地、完全不受理性控制地爱上了。无法分辨是他爱我深，还是我爱他更多一些。在我们这个爱的世界里，所有付出的，都会从对方得到相等的、毫无保留的回爱！这是我有生以来第一次有这样的体验。

原来书本和电影中描绘的刻骨铭心、不顾一切的爱情是真正存在的！

我的心每一天都会因为想到他而发出幸福的绞痛。即便是在任何一本杂志上或报纸上看到他的名字，一股温馨的暖流便会在刹那间流遍我的全身。我成了世界上最最幸福的女人！

他给了我一本红色丝质封面的笔记本，在首页上，是他那极为秀丽的题词：

"我把我的心留给你，留给你一颗永不枯萎的种籽。"

在笔记本的第二页，夹着几朵罕见的无名小红花。

他同时又递给了我好几张布满他笔迹的小纸条，那上面有他昨晚为我写的诗……

"为我？这样一个微不足道的孤苦女孩写诗？"

"是的，虽然我不是个诗人！在遇到你之前，我只懂得写小说和散文。但是，现在我的心里溢满了诗的激情，我要每天为你写，你是我心中的诗！"他对我说。

他的字体是那样美好，他的诗句令我感到生活中所有经历过的痛苦和磨难，在那一刻已经是如此的微不足道；所有自己多年来对异性紧闭的心房，突然毫不设防地整个对他敞开；只有他理解我、只有他能读懂我。在他的面前，我重又变成了那个心怀梦想的纯真女孩。生活中的每一天和每一秒钟，都变成了一首首永恒的、仅属于我的诗！

那天晚上，在我的小屋里，借着暗淡的灯光，一笔一画地将他给我写的诗，抄录在这个珍贵的笔记本上。


### 《当你》


当你
一任那珍珠似的泪滴在我的面前洒落

我曾想

我要给你抚慰

我要给你欢乐


当你

忧郁地睁大

湖水般深沉的眼睛

静静地在期待着什么

我曾想

我要让你

把应当得到的一切

获得


就这样

你

悄悄地走进我心里

为人间那个

最神圣的动词

筑起一个

窝

1982 年 3 月 25 日　深夜


## 《只有你，只有我》

让世界在我们身边暗淡吧

只有你，只有我
只有我们的呼吸……
大地上唯一的歌声
只有我们的心跳……
人世间唯一的语言
只有我们的眼睛……
夜空里唯一的星星。


让世界在我们身边暗淡吧！
只有你，只有我……

1982 年 3 月 25 日　深夜


在启东的那六年中，我一直抗拒着这种太土的乡下语言。但是在潜移默化中，竟渐渐能够说出一口地道的地方方言了。离开后就再也没有去拾起的启东话，一到了他的面前，竟突然变成了我们共同的乡音。

### 《乡音》

你忽然
用银铃似的嗓音
轻吐出我的乡音
我的又熟悉又陌生
又土又浊的乡音啊

你无法想象

我的惊喜

仿佛在飘零的沧海上

又看到了一块陆地

又发现了一个你


我知道

你的声音

无论说什么

都好听

然而我的乡音

曾使我痛苦得流泪

像一缕灰色的烟

像一股苦涩的泉

每一个音符都是

酸辛


以后

我再不怕听见乡音了

哪怕你嘲笑着用它

轻轻地

骂我一声。


　　中午休息的时候，我们会在任何一个可以容身我们的地方见面，在公园、在湖边、在长椅上、在树丛间。

下班后，只要有点滴的时间可容我们在一起，我们隐身在江湖中、小船上、阴影下，每一个可以接纳我们的小角落。

## 《有了你》

有了你

世界变得多么美好！

周围的一切

都闪射出从未有的光芒。

让我们说一声谢谢吧——

谢谢那艘拥挤的小船

谢谢那条汹涌的大江

谢谢给我们依靠的

街树和围墙

谢谢给我们庇护的

温暖的阴影

还有那辆好心的汽车

和一张好心的报纸——

（亲爱的，这是只属于你我的故事，将来，我要你给我

讲——）

我家的小屋成了我们共同的爱巢。只要是他不需要开会、笔会或者是加班写稿的晚上，他都是在我家的这个小屋度过的。

在那个简单的小瓶里，插着他为我带来的鲜花。

"我只喜欢白色的花，代表着纯洁和神圣。"我对他说。

于是，在每一次花还没有完全凋谢之前，他又会替我带来一束盛开的白花。

"我不愿意看到你眼中的失落和悲伤。"他知道我的心总是会因了花的枯萎而失落。

### 《紫罗兰，一个多么美的名字》

是枯叶还是花？
你望着窗外轻轻地问我。
是花，亲爱的
枯叶早已在去年便已脱落

也许它们太朴素了
朴素得看不见花的姿色

朴素些不好吗
比那些艳花丽草，它们深沉得多

是花，亲爱的
枯叶早已化成花的泥土——
（后来，我们才知道它们就是紫罗兰，一个多么美的名字）

呵，我们是多么深深地相爱着啊。

有生以来第一次，我感到生活是这样的美好。他那魁梧坚实的肩膀就是我避风的港湾；在他毫无保留的爱的沐浴中，我的心变得更加纯净，我的性情变得更加温柔。虽然我不是一个诗人，无法像他那样用优美的文字准确表达出自己的内心，但是我能用我的眼睛、我的触摸、我的声音和我的一颗真诚的心来对他展示，并奉献上我所有的爱。

### 《你的眼睛》

看着我
不要作声
你的眼睛
会把一切讲给我听

是的
你的眼睛
深得像亚麻色的湖泊
然而
我决不会
只是在湖面上飘的舟舸

### 《我的时钟》

从此
我的时钟紊乱了——
有的时间
　　会走得很快很快

有的时间

却仿佛凝固了

你呢？你！


但是，儿时的家庭阴影一直笼罩着我，极度的不安全感永远隐藏在我的心底，在我有限的生命中，从来没有任何一点幸福是与生俱来，命中注定的。我对目前所拥有的巨大的幸福，在潜意识里总是充满了害怕失去的恐惧。

"你会永远爱我吗？当我老了，变丑了的时候，你还会像现在这样爱我吗？"我一次又一次地问他。

### 《老，永远和我们无缘》

"老了你还会喜欢我吗？"

问得多傻！让肉体枯萎吧

我不会

再让你的心憔悴

只要不辜负

那个神圣的字眼

青春和热情

便有不竭的能源


不要发愁，小傻瓜

老——永远和我们无缘！


在我的记忆中，还从来没有碰到过这样一个可以使我彻底信任，完全让我保持自我的人。

他的身体是如运动员般魁梧，他的感情却犹如女性那样的细腻。他沉着而不多言，自信又不骄狂；他的文字华美而又不失朴实；他的性格既坚韧而又充满对弱者的不尽同情。他在我的眼里是男性最完美的化身，我觉得自己是毫无防范之力，深深地掉进了爱河。

转眼春去夏来，他已成为我们家的常客。爸爸和妹妹都喜欢他，就连平时唠叨不停的新妈妈，也掩饰不住对他的喜爱。

"玲玲总算是找对男朋友了！"新妈妈对着爸爸说。

"石磊这个孩子虽然才大玲玲五岁，但到底是个作家，那么懂道理，那么谦虚老实，本本分分的，一看就是个好人家出来的。看来将来玲玲跟着他，也不会再吃大苦！"

新妈妈最近是越来越通情达理，善解人意了，仿佛也要在石磊面前像个真正的妈妈！

爸爸照样是不善言语。但是不知从什么时候起，他开始特别注意起《人民日报》、《文汇报》、《解放日报》和《新民晚报》的文艺版起来。只要是发现有石磊的文章，他就会戴上一副老花加近视的眼镜，非常认真而又吃力地将一篇又一篇的文章剪下来。然后自己又去买了一本大的图画本，将石磊的文章认认真真地贴到画册上去。

他还再三嘱咐我，只要知道石磊在哪份报纸或刊物上又发表了新作，就要马上告知他，他会立刻到书店找到那篇文章。才短短的几个月，他剪下收集的文章已有挺厚的一本了。

在那段时间里，我觉得我们两人是世界上最幸福的人。只要我们能在一起，所有其他的一切都不再重要了。

但是，我其实是应该想到的，生活从来不会对我这样慷慨，我所梦想的一切从来就不应该属于我。

那天下班后，他第一次没有来电话，也没来我家。

第二天中午，我匆匆敲响了他祖母家的门，依然没有人回音。

两天过去了，依然只有沉默，无边无际的沉默。

他仿佛突然从空气中消失了，所有过去几个月中的欢笑和情爱，似乎只是一片海市蜃楼，唯有那个笔记本上他写给我的诗，才能证实他确确实实是存在过的。

"为什么？为什么突然这样消失，连个招呼都不打？是我做错了什么吗？"我一遍又一遍反省着自己，始终找不到答案。

第四天中午，我惊喜得看到他在文艺会堂的咖啡馆里喝咖啡，只是，在他的身边有一位女子正背对着我。还没容我走近打招呼，他用我熟悉的眼神暗示我不要接近。就在此时，我们编辑部也有人到咖啡厅里来用餐，见到石磊，便上前与他打招呼，隐隐约约中，我听到他在对人介绍这位女子是他的"未婚妻"。心突然绞痛着陷入了绝望的深渊，我的世界在那一刻彻底崩溃了。

我立刻便知道他身边的女子是谁了，她是石磊的女朋友江颖。石磊好几次提起过她，知道他们青梅竹马，江颖在他农村下放的时候一直接济他，他们是初恋的情人。这次一定是突然从北京赶来看他了，我这才明白了他沉默的原因，他不是自由之身。

但是我一直自认为他们之间已经结束了，就好像我和小邵之间的那段初恋一样，只不过是少男少女之间的初蒙恋情，早就成为了过去，可现在突然成了他的"未婚妻"？

我知道他是从来不会刻意欺骗隐瞒我的，一定是有什么特别的原因，有什么难言之苦！我的心在怦怦地跳个不停，脑子里一片混乱。自己都不知道是几时离开咖啡店，如何熬到下班，怎样回到家的。我终将面对无情的现实。

现在想来，其实他一直是在给我暗示的。我应该注意到他笑容后面的忧伤，我应该敏感到他极少愿意让我们在他祖母家的小屋相聚，也从未让我见过他在上海的家人，一定有什么特殊的原因。但是可能因为他太爱我，太不忍心伤害我，所以就一直让我沉醉在这个自己编织的美丽的梦之中，不想太早唤醒我，不愿意用他的手再一次将我推进绝望的深渊？

喔，天哪，我所有的欢乐，原来都只不过是一个瞬间即逝的美丽的泡沫。我所有新希望，也只不过是一座永不可企及的海市蜃楼。我为什么就那样不敏感，只是选择那些自己想要听的话，而完全忽视了那些话语背后的真正含义？我怎么能够这样毫不设防地完完全全地爱上一个男子，到头来却发现他早已有所属，永远不会属于我？

但有一点我是相信自己的，那就是他对我的爱是真实的，就像我对他的爱是完全无保留的！

《红烛》

送你一枝
燃烧的红烛
这就是我的形象

假如你喜欢
那朵小小的火苗

我愿意
用整个的生命
为你燃烧

也许生命短暂
然而我决不
吝惜能量
我的热只给你
我的光只给你
我的生命只属于你

当我们这两颗深爱着的心一刻都不愿分离的时候，竟然同时也是需要面对残酷现实的那一刻。我强迫自己冷静下来，真正地了解一下他的故事。

当石磊 1966 年毕业的时候，江颖是低他两年的 68 届的同学，他们也许是初恋的情人。上山下山开始后，石磊被分配到老家的启东乡下插队落户。当他在乡间孤苦无助，整天劳作于田野间，完全看不到前途在哪里的时候，江颖有幸分在了北京的工矿。江颖一直在经济上接济石磊，同时在精神上给予了他无限的温暖，也是他有一天可以回到北京的唯一的希望。江颖的父母离异，母亲又再嫁，她无家可归，于是便搬到石磊的家中住下。对石磊的家庭来说，上上下下、近坊远邻、亲朋好友都认为江颖是他家未来的媳妇。

1977 年恢复了高考制，幸好石磊在"文革"前就已打下了良好的教育基础，再加上他自己的不懈努力，成功考入了北京一家大学的中文系。

从 1974 年开始，当石磊还在启东农村务农的时候，他就已经开始写小说和散文。进入大学中文系后，在那样一个人才济济、学风极浓的环境里，石磊的创作灵感如泉水般喷发，写下了许多反映他当年插队生活的小说和散文。他的作品被许多专业的文学杂志认同，刊登在全国各个刊物杂志上，拥有了大批热爱他文章的读者。还没从学校毕业，他就已成了文学界的新星。大学毕业后，自然就被北京作家协会接纳，他在全国知名的一家出版社担任小说编辑。

当然，接下来最正常的事便是向作家协会申请房子，然后他和江颖就可以结婚成家，开始全新的生活了。可是谁会想到，他竟会到上海来开笔会，又想在这里完成他的长篇小说，最不可思议的是，上帝竟然让他遇见了我。

我们谁也没有刻意去设计过我们的相遇，也从不知命运会让我们彼此相爱。爱的到来是那样的如火如荼，不受任何理念的左右和控制。我们爱得是那样彻底，那样真挚，那样不含任何杂念，那样的毫无挽救而且不可自拔。

江颖在一个星期后返回了北京，石磊仍然在上海继续他的长篇小说写作。

"我要从北京调到上海来，我想要与你在一起。"石磊的眼里含满了泪水，我的心则在内疚和自责中绞痛。

"我觉得自己是个罪人，是个把自己的幸福建立在别人痛苦之上的自私的人。但是我爱你，我不能没有你！"我充满内疚地对他说。我们相拥痛哭。

可是我的心仍然在哭泣。这样的爱会有一个好的结果吗？我不敢相信。这是一条通往爱情坟墓的路吗？我不断地问他也自问！

### 《爱吧，趁我们还都活着》

不，不应该是坟墓。
我要用我的爱情，
把它从你心里驱逐
然后让我们携手而行
去追求应该得到的幸福。

一切都会得到的！
相信吧，不要怕身边，
有风暴、有地震、有漩涡。
只要爱着，就会充实，
就会有无穷无尽的欢乐。
爱着，爱着走到生命的尽头，
那时，我决不会诅咒坟墓。
爱吧，趁我们都还活着。

"可是你该怎样去对江颖说呢？我们怎能伤害一个无辜的人呢？况且她曾是你的爱人、恩人？她遭到这样的打击，完全不是她的过错，我们是否太残忍了呢？"我的眼前浮现出江颖痛苦的面影。

他对我说："也许我们应该等待？"

### 《我等……》

在我生命的旅途上

有过太多的等候和期待，
怅恍、失望
曾经像沉重的影子
在我的身边徘徊
我害怕等待

现在我等……
等那一阵为我们
敲响的钟声
等那一轮为我们
升起的月亮。

现在我等……
等你的风
轻轻地向我吹来，
等你的雨
轻轻地向我飘来。
等你的笑
等你的声音
等你的握手
等你的吻……
我等，我等。

我等……
等痛苦化成甜蜜

等惆怅化成欢乐，

等孤独化成幸福……

我等，我等。


只要你

也这样等我，

那么，不管

这等待如何漫长

我会永远等着……

亲爱的，我等你。

我等，我等。


我们就这样在辗转、自责和痛苦中度过了几个月。江颖还是不知情。他希望让她慢慢意识到他们之间的距离，也许，她会最终决定自己离去。

然而，他们之间开始有了许多的争议，每一次他们通电话，江颖显然意识到了有什么不对劲儿。女人的心总是敏感的，尤其是对自己所爱的人。石磊的眼睛里充满了血丝，人也逐渐憔悴下去了。虽然他仍强作笑容，不让我知道他面对的巨大压力，但我是知道的！

"昨晚在电话里，江颖对着我大哭大叫，说是我如果再不回北京，她就要跳楼自杀了，我想她当时声音大得左邻右舍都能听到她的哭喊声。"石磊苦笑着稍稍对我描绘了一下昨晚电话里的情景。

但我知道，在这简短的几句话后，还有着许许多多不便让我知道的故事。我真是一个破坏别人幸福的罪人！我难以原谅自己！

江颖再怎样发火喊叫也是情有可原的。如果别人抢走了我的爱人，我也许会更伤心欲绝。我该怎么办？

**《我愿意》**

是谁设置了
这么多的笼栅和屏障
是谁遣造出
这些多余而又可悲的灵魂
是谁在爱的阳光下
涂抹灰暗的阴影

我愿意
去寒冷的星空
去寂寞的月宫
去没有生命的荒原
去没有光明的海底

只要你
和我在一起
哪怕走进地狱
我愿意

1982 年 4 月 4 日

当然我的心里还是充满着幻想，充满着希望。我只想随他走到
天涯海角，但是却不知道该如何跨越过自己内心的障碍。

### 《既然有了目标》

既然找到了目标
那么就走吧
不要彷徨，也不要回头。
我们在一起便不会迷路
星星、野花、草
大山、江河、桥
都会成为这路的标记

担心着目标遥远吗？
我却觉得它很近很近
只要路上还响着两人的足音
一切，都亲切而又清晰。

既然有了目标，亲爱的
我们就应当一步一步地走
不管天涯，还是海角……

　　哦，他是多么的自信，坚强，义无反顾，勇往直前啊。我只需要他拉着我的手，我就不会再害怕前方的黑暗。

　　可是，江颖似乎越来越觉察到发生了什么，他们之间在电话里的争吵越来越加剧。每次我们见面，我都能从他的眼睛里看到那种难言的隐痛和无奈。我是拆散他们的罪人。

## 《我要什么?》

假如有一天夜里
魔鬼用明晃晃的尖刀
横在我毫无戒备的头颈
然后狞笑着发问:
给你最后三分钟
你要什么? 说!

我什么也不回答
那惨白阴森的刀光
却也不能使我昏晕
我只希望
在闪烁着星星的夜空里
能看见你清澈的眼睛……

我们在一起的时间,变得越来越短暂,也越来越珍贵。每一次不得不分手的时候,彼此都觉得好像会是一场永别。哪怕是暂时的别离,也使我们的心充满了绞痛。这就是真正的爱情吧! 那种偷尝禁果般的带有深切罪孽的爱情!

我整天以泪洗面,无法逃脱对自己的自责。我的情绪也越来越感染到了他,他的心中开始有了不安全感。他意识到我可能想要退出。

## 《不要摇头》

当你摇头
当你忧郁地
睁大疑虑的眼睛

当你沉默
当你轻轻地
吐出心底的叹息

针……
便会刺痛我
……心

我不忍心
看你美丽的心灵
笼罩灰色的阴霾

难道还不相信
我能把它们驱除?
不要摇头,亲爱的!

他依然住在他祖母家的小屋里埋头写作,他的压力很大。
出版社一直在催稿,他的心又无法两全。为了能让他集中全力完稿，同时也不想引起别人的猜疑，我们的见面稍少了些。可是，几乎所有没和他在一起的时间，我都在想念他。而他，就连梦中也与我在一起。所有我的思念与他的诗相比，都是苍白无力的。他将他的梦用诗的语言记录了下来。

## 《画梦》(一)

你的微笑充满了世界
辽阔的天空中只有你的眼睛
透明的、温暖的、海一般的深沉……

你的声音充满了世界
静寂的大地上只有你摇着银铃
轻轻的，甜甜的，诗一般的抒情……

你的呼吸充满了世界
安谧的空气中只有你的芳馨
悠悠的、淡淡的，花一般的醉人……

我呢，我在哪里？
我找不到自己的身影
一阵无声的呼喊，回旋在旷野深村……

于是你也悄然隐去
像一片随风而散的彩云
沉没在无边无际的星海之中……

（果然是日有所思，夜有所梦？为什么不能保留我祈盼的情境？）

## 《梦中》

梦中竟没有你
你为什么不肯来呵——

假如你能走进我的睡乡
我愿意
所有你不在的时刻
都是梦——

"哦，我再也不能忍受这种无尽的期盼，这种难忍的分离，这种压抑的激情，还有这禁锢中的爱情了。我需要呼吸，需要自由，带我远离这个囚禁我们的牢狱吧，让我们自由地飞翔。哪怕只是一天，我的心也会充满了快乐！"我对他说。

"我们一起去山里吧，到那没有人烟的地方。只有你和我，只有清风和溪流。只是短暂的几天，但我想那会是我们的天堂，我们的仙境。"他对我说。

几天以后，他把我带到了莫干山。只有他，只有我。那是一个仅属于我们的安静美好的世界。

莫干山上，有一个简陋的小屋，那就是我和他临时的爱巢。

莫干山的历史，莫干山的景点远近有名，但我们所涉足的，都是在没有人烟的丛林荒野。树绿、竹青、云高 、风舞。峰峰有水流，步步踏清泉，那是一个多么静谧的世界。

在那个只属于我们两人的世界里，我们无需掩饰，不再恐惧。我们像两个被上帝放逐到伊甸园里的亚当和夏娃，暂时享受着偷吃禁果的欢愉。

我的身体被拥在他温暖有力的臂弯里，我们的五指紧缠在对方发烫的手掌中。我们在丛林的庇护下尽情地欢笑，我在大山的回音中高声地呼喊着他的名字。

**《你的呼唤》**

因为你的呼唤
我居然
喜欢自己的名字了

当你含笑呼唤着它
我突然
在一面清澈的明镜里
照见自己
反璞归真的影子

哦，亲爱的
我只是你的诗人。

敲醒黎明的

晨钟
叫我一声
亲爱的
再叫我一声……

我们偎依在一起，我伏在他的膝前。我们共同遥望着天空，他吟诗，我笔录。

## 《让我们沉默》

语言结束时
便是音乐的开始

亲爱的
让我们沉默
就这样
互相凝视着
用眼睛
倾吐心曲

是的，只要
热血还在奔涌
我，就要在
你的亚麻色的小湖里
游泳

### 《我相信了，你不必再说》

是的，在这个世界上
我应得到的最好的部分
将来自于你手中

因此你的光芒在我的泪珠里闪烁

而我给你的
能不能是你应得的最好的
（我相信了，你不必再说……）

我们相依着在丛林中漫步，突然间，我觉得自己完全迷失在这山野间，到处都是同样的翠绿和相同的树。

"不要害怕。看看这道顺着山沟流淌下来的清泉，只要跟随着它，有水源的地方就一定找得到人烟。"他对我说。

他总是那样的沉着、智慧，对大自然充满着爱心和认知。这句话，永远刻到了我的心里。

"你是这样的强壮，这样的善解人意，这样的聪慧，这样的像个顶天立地男子汉。我从来也没有过一个哥哥，一直希望能够永远得到哥哥的保护，你能允许我叫你一声'大哥哥'吗？不管今后命运把我们带到哪里，'大哥哥'将永远在我心里。"

我把他拉到了屋外，对着满山的竹林，朝着远处的峭壁，发自肺腑地大叫一声：

"大哥哥，我爱你！……"山在回音，林在同呼。

"大哥哥哥哥…… 我爱爱爱爱……"

我把我的爱心永筑在了莫干山的林海之间。

# 第二十章

# 秋天，我们从此天各一方

（1982 年 9 月）

又回到了上海，又掉入了这个现实的世界，又开始了令人窒息的等待。

什么时候才能够云开雾散？什么时候他才能有勇气将事实告知江颖？我不敢追问，也不敢去想象其间的细节。

编辑部组织了一个文学青年的创作笔会，邀请了上海一些初露才华的青年作者参加。我只是一个抄录名单、发送通知、安排座位、倒茶接待的工作人员。在这样的场合，我的头从来不抬，眼睛永远不和与会的任何一个成员接触。我喜欢在自己那个安静的角落，在那些激情和空洞的发言者中，做一会儿仅属于我和他的白日梦。

下班，刚赶上回家的电车，头一抬，竟有人在对我微笑。我认识他吗？

"小朱，我是肖明，这几天一直在你们的学习班里。"一口标准的普通话。

哦，怪不得有点面熟。我礼貌地一笑，转身往车前的空间挤去。我不想和陌生人说话。我的心里除了"他"容不下任何人。

刚下车，身后响起了快速的跑步声，一转眼，肖明又站到了我的边上。

"不好意思，我知道我们还不认识，但是，我非常希望能够和你成为朋友。"

"对不起，我从不和工作中的任何人交朋友。"我头也不抬，继续赶路。

"我已经注意你好几天了，你似乎非常不快乐！为什么不愿意有个朋友来和你共同分担呢？"他竟然是这样执著，且又恬不知耻。

"请你不要这样死缠着我，我不需要你这样的朋友！"我斩钉截铁地厉声对他说道。头也不回地离去了。

第二天在学习班上，我感觉到有一双眼睛一直在固执地死盯着我，我刻意地从不回视。心里觉得非常不舒服。

下班后，刚走出文艺会堂，一抬头，又是这个肖明等在马路的对面。一身洗得发白的旧军装，一个旧军用书包，倒也不是一个俗气的人。一见我，立刻大步迎上前来。

"请原谅我的固执，也请相信我并不是你想象中的无赖。我只是需要将心里话对你说一下，因为如果我不说出来，我是不能原谅自己的！"

要对我说什么？我又不认识你！不要来烦扰我，我只想赶快回家去等待石磊的电话，等待石磊的到来！我在心里大声地狂呼着，嘴上却没有发出一点声音，我不能对任何一个人泄露仅属于我们俩的秘密！

他也许以为我是默许了，紧跑几步赶上我的步伐。"如果我对你说，我已爱上你了，你会感到吃惊吗？"

我从没想到一个陌生人会这样单刀直入、毫不掩饰地对我宣示他的感情。但是这种激情却无法在我心里引起任何共鸣。这让我突然想起了在部队文工团时的那些追求者，一颗颗火热的心都在我的冷漠中破碎。我是极其吝啬自己感情的人。

"谢谢你对我的看重，尽管我们还不相识，但我确实有点受宠若惊。不过，非常遗憾的是，我已经有男朋友了，不可能再接受其他任何人感情的。请你原谅！"我礼貌地一笑，有意留给这个纠缠者一个冰冷的背影。

几天后，石磊去了庐山参加笔会。我陷入了一个孤独无助的深渊，只有他留给我的诗与我作伴。

**《我把我的心留给你》**

我把我的心
留给你
留给你
一颗不会枯萎的种籽

我把你的爱情
印在心里
印在心里
一片不会褪色的记忆。

为期一周的作者学习班结束了，我如释重负。终于可以逃脱令我极不舒服的注视的侵袭了。

下班后，刚跨出文艺会堂的大门，一抬头，又是这个肖明站在街对面。不想搭理，急右转离去，他气喘吁吁地又紧追上来，似乎是不达目的绝不罢休。我真是又好气又好笑，只能站下，第一次直视他的眼睛，非常严肃地说道：

"我早告诉过你我已有男朋友了，请不要再浪费你的时间！"

"我知道，但是我不相信！"他的话音充满了肯定。

一见我惊异地瞪大了眼睛，不相信他的自信，他立刻缓转了口气解释道：

"我这样说是因为我已经跟随和观察你好几天了。下班后我就守在你家的大门口，我从来没有见到你出去和任何人约会过，也没见有人来你家。所以我认为，你说已有男朋友的说法只是一个借口而已。"

我简直不敢相信自己的耳朵，禁不住愤怒地大叫起来。

"你居然暗中跟踪我？还在我家门前守望？谁给你的权利这样骚扰和干预我的私事？我有没有男朋友和你没有任何关系。我根本就不认识你！"说着我冲动地扭头就要离去。

肖明一下拉住了我的臂膀，语气诚恳地说道：

"如果我的所作所为伤害了你，我在这里恳请你原谅！但是你要知道，感情这东西不是我自己可以理智控制的（这一点我也有同感，只是对象完全不是他）。从我见到你的第一天开始，我就觉得你是我生命中注定要碰到的人。我知道你根本不在乎我心里对你的感情，可能还会嘲笑我，但是我总安慰自己说，这是因为你还不了解我的缘故。只要你给我一点能够接近你的机会，我相信你是会喜欢我的！"

见我一个劲儿地摇头，他又继续自顾自地说道：

"我知道跟踪你是一种非常卑鄙可笑的手段，只会使你更看不起我。但是如果你站在我的位置上设身处地想一想，就会理解这是我能够了解你的唯一途径。请相信，这是我一辈子来第一次做这样的事。看到你没有下班后的任何活动，说明你仍是单身，这给了我一点新的希望。我是决不愿轻易放弃你的！"

听了他的这一番话，我是既好气又好笑。原本的愤怒也没了，感到他就像个大孩子那样既固执又自以为是。我苦笑道："谢谢你对我这么抬举看重！但是你错了，我没有骗你，我是有男朋友的，只是他最近在外地开笔会，所以我们没有见面。这下你清楚了吧？希望不要再跟踪我！"

他的神情一下子变得非常沮丧，像一只泄了气的皮球那样的突然没了生气。我不禁感到稍稍有些内疚，不管怎样，他对我是一片真心，尽管我不能给予同等的回报，至少也不应该伤害别人。

我对他摇了摇手，说了声再见。可是他又紧赶几步，走到我边上。

"好吧，我相信你！保证不再对你说这些让你不高兴的话了。但是，我们既然已经互相认识了，能否成为好朋友呢？至少可以互相帮助，苦恼的时候有个人说说话？这你就不能拒绝了吧？"他像个孩子那样诚挚地恳求道。

"你多大了？虽然长得高高大大，怎么就像个小孩子一样缠人？"我对他说话俨然像个长者。

"我是 1955 年 3 月生的，属羊。"他诚实地说道。

我不禁忍不住大笑起来。"哈哈，我早知道你还是个孩子，却要到我这里来充大人！我比你整整大一岁呢，是你的大姐姐！和我同龄的男人我都嫌他们不成熟，就更不要说像你这样的大男孩了。赶快别做梦了吧！"

不过，在这同时，我的心里却有如释重负之感，相信这个大男孩已经理解了我的意思，也就不像先前那样讨厌他了。

"你的意思是说，既然我像你的弟弟，你就愿意做我的姐姐、我的朋友？"

"你平时不工作吗？怎么有那么多的时间胡思乱想，广交朋友？"我岔开话题反问道，毕竟我对他的了解还是零。

"我刚从崇明的军垦农场顶替我妈妈回来。妈妈原是师院的音乐艺术老师，会唱歌，钢琴也弹得很好。现在为了我，只能提前退休了，这样我才有机会回上海工作。现在我正在等待上海师院的接纳分配。因为在农场时写了一些文章，发表了，所以才参加了你们编辑部的学习班，有幸认识了你！"

我没有仔细去听清他所说的故事，唯有其中的"崇明"、"农场""顶替"、"回城"、"艺术"等熟悉的字眼突然唤醒了心中对启东那段早期生活的记忆。毕竟我们都是同一个时代的人，再加上他又比我小，衣着朴实大方，也不是那种我痛恨的俗气之人，再加上我已明确地表明了对他的态度，相信他也不会再对我存非分之念。也许，能够成为朋友也不是件坏事？我试图在心里说服自己。

他也许感觉到了我对他态度的变化，立刻抓住机会强调说："我因为常年在农场，现在刚回上海，也没有什么朋友。所以，如果你允许的话，我非常愿意成为你的弟弟，并做你的好朋友。不要拒绝我吧，来，和我握一下手，我们一言为定？"他友好地伸出了讲和的手。

在这一刻，我已不能再自以为是地伤害这个大孩子了。

"好吧，仅是朋友或弟弟！"我再次重申了自己的立场，第一次对他伸出了友谊的手。

就这样，我们成了朋友。一种简单、自然、不带任何爱情色彩的纯友谊，至少对我来说是这样。他也信守了他的诺言，没有再对我说过一句令我感到讨厌的话。

石磊终于从笔会回来了，我的生命重又萌发了希望的幼芽。尽管我是如此不愿意伤害江颖，但我还是希望这件事能有个最终的结果。是我太现实太不浪漫了？我不知道！但他的诗却使我为自己的顾虑汗颜。

### 《平静的期待》

是的，一颗心
就是一个缤纷的世界
就是一个变幻无情的自然

那么，不要
为一时的忧郁而忧郁吧
那只是一片乌云，是一片雨

那么，不要
为一时的欢乐而欢乐吧

那只是一片阳光，是一阵风

也许，应该
安宁与画古如斯的夜晚
平静地思索，平静地期待。

## 《你向这世界要求什么》

冥冥之中总有人在问：
你向这世界要求什么？

我愿用沉默作答
而在心里轻轻自语：
只有你是最宝贵的！
只有你的爱是最宝贵的！

我视财富如草芥
我视功名如尘土
为了爱，我可以
像轻轻地抖落身上的灰末
毫不吝啬地摈弃
所有身外之物……
然而不能没有你
亲爱的，只有你是最宝贵的！

9月的天已开始有些凉意了。尽管夏季尾声的上海"秋老虎"还在那里虎视眈眈地发着余威，但是秋天毕竟还是无可阻挡地到来了。

路边的梧桐树开始变黄，大片大片的树叶掉在路上，我踩着自行车在这片落叶铺成的路上行驶着，残叶发出沙沙的哀鸣声，就好像我那颗失落的心那样无奈而又充满悲哀。

表面上，一切似乎还是和六个月之前一样，石磊仍然住在他祖母家的小屋里，努力修改完最后一稿的长篇小说，我们依然彼此深深相爱。但是，现状也还是与六个月之前一模一样，我们仍在无望的等待……江颖知道吗？

当新妈妈了解了我和石磊之间的真正状况后，开始给我施加压力。

"你知道我对石磊很有好感，也晓得你们很要好！但是对你们的做法我是不同意的。你现在的身份是第三者，在道德上是要遭千人骂、万人剐的。所以，除非石磊现在立即作一个选择，你们这样拖下去是不行的。"

"可是我不能逼迫他去作出选择啊，这样对他的爱人不公平！"我心里非常不自信地说，不知道自己真正要的是什么？

"公平？什么是公平？你不要又当婊子又想立牌坊。你们现在这样拖着，才是对大家都不公平！"新妈妈说话永远是既刺耳难听，但又不无道理。

我只能争辩说："但是从事实上来说，江颖已经是石家的人了，办不办手续都是一样的。现在如果石磊去对她摊牌，她也许会做出什么傻事来，那样的话我们一辈子都不会原谅自己！再说，你叫她到哪里去啊？她已经在石磊家住了多年了！"

"那么只有你离开，别无出路！"新妈妈暂定截铁地说。

"你明明知道这件事情是不会有个好结果的。这是在中国，不是你看的小说里的外国人，想怎么样就怎么样！你们两个还在一个系统里工作，尽管他在北京，但是同行业风声会传得很快，将来他爱人吵到编辑部来的话，你们两人就全完了。这种插入别人家庭的第三者是伤天害理，遭人骂的！将来你还怎么在这个单位待下去啊？你这一辈子都会抬不起头来！"

我的眼前浮现出编辑部章阿姨和其他人鄙夷的眼神。我打了个寒颤，使劲儿摇摇了头，希望把这令我恐惧的画面甩掉！

此刻，我只能含泪低头缩在角落里的小方桌后面，沉默着，一声不吭。心里却在抗争着，狂喊着，悲戚着，为自己、为我所爱的人、也为那位我无意伤害却实际上正在伤害的江颖。

"可是我爱他！我爱他！我爱他啊！我不能想象一个没有他爱的世界。但是如果我爱他，我怎么能够这样自私地要求他去作这样的一种选择呢？我相信他也曾经非常非常爱江颖，现在这种爱也许已经变成了一条亲人之间的链接，一种默契、一份约束、一个无需语言的承诺，一张无法挣脱的千丝万缕的复杂的大网！他该怎样从这里面走出来呢？"

"我们之间的是爱，是世间少有的刻骨铭心的真正的爱。但是如果有一天，当他经过千辛万苦，摆脱了所有的束缚，他的身心已会感到精疲力竭。如果到那时，我们开始了家庭的生活，每天面对着柴米油盐的现实生活；如果在那一瞬间，他突然悟到我并不是他真正要的女子？也许我烧的菜不如江颖可口，我洗的衣不如江颖干净；我的忧愁和不自信变成了他鄙视我的理由，他对我的爱再也不复存在！如果，再如果，当他意识到所有这一切都是一个极大的错误，而这罪魁祸首便是我对他的爱。如果到了那时候，我该怎么办呢？"

新妈妈显然是听不到我的心声，她要一口气将她想说的全部说完。

"你已经28岁了，还有几个月，一过年就要29岁了。现在社会上女多男少，你要是再这样拖下去，到了30岁就是老姑娘，再也嫁不出去了！"

"不是我要赶你走，但是家里地方小，自你从部队回来，一个人就占了一件亭子间，我们四个人要挤在后房间。现在妹妹们都长大了，爸爸又回到市区工作，所以你要赶快考虑好自己的前途。不管是和石磊，还是另找一条出路，我需要你今年过年前想办法搬出去！"

我惊异地睁大了眼睛看着新妈妈，不敢相信她会在我这样绝望无助时候再来一个雪上加霜，我求助地含泪转向爸爸。爸爸的眼睛里充满了对我的同情，但是在新妈妈强悍的威力之下，爸爸是永远不愿意将矛盾激化的。他拍了拍新妈妈的肩，示意她稍稍平静些，又转过身来对我说："玲玲，你知道我有多么喜欢石磊，我也一直相信他是一个最合适你的人。但是我确实没有想到你们现在的处境是这样的复杂。妈妈说的也许是偏激了一些，但还是有很多对的道理的，你要仔细想一想，尽快地做一个决定。我这个人比较保守，总是觉得这样下去也许会出人命的，到时候你们一辈子都不会有翻身的日子。你们之间也不会幸福！

"其实，这一段时间我看着你那么憔悴，那么不开心，整天眼泪汪汪的，心里也一直替你难过。我可能比较老法，没有经历过你们这样的感情，但是通过石磊的文章我是可以感受到一些的。不过家庭生活其实是很平凡、很琐碎的，真正到现实生活中来的时候，光靠爱是不能当饭吃的。"

爸爸的话印证了我内心的忧虑。我没有吱声，爸爸又继续说道："妈妈说的要你年前搬出去的话，你也不要太放在心上，家里总会有你一口饭吃，一个落脚地。但是妈妈说的也是实情，现在妹妹们都长大了，前楼又被房东收回，我们几个人挤在后房间，夏天很不透气。我年纪大了，晚上又睡不好，所以让大妹妹暂时和你挤一挤，也许会缓解一下。"

"他在北京作协申请房子了吗？"新妈妈突然在一边问道。

我不懂得她隐藏的意思是什么，立刻回道："他是否申请房子和我一点关系也没有！不管我和他的结果怎样，我都不会去占别人的房子的。"我提高了声音，激动地说。

在我们的爱情中，从来没有过一刻是掺杂和涉及到任何具体物质因素的，我决不能让新妈妈亵渎我和他之间这种纯真的感情。

"你就不要太天真了！"新妈妈毫不留情地打断了我的话。"如果你们将来可以在一起，你当然要力争这套房子，如果你觉得单单有爱就可以不食人间烟火，你也太天真了！"

"好了好了，不要再争了！"爸爸又一次插进来打圆场。然后不是很肯定地转身对我说：

"如果你和石磊的事情目前还不会有个结局，那么你可能是要想想办法。也许你自己也应该向编辑部申请一套房子？"

"可我是单身，编辑部排队等房的人一大串，怎么可能给我呢？"我委屈地说道。

那个年代的中国是没有个人买房的权利，也没有私人租房的房源的。唯一的途径是靠所在单位分配房子，但必须是结婚户。我自知毫无希望。

"那么你就必须要赶快做个决定，要么让他娶你，要么你就赶快找个有房的人嫁掉。越拖越嫁不出去！"新妈妈突然插进来，毫不留情地说。

我的心就像一只在大海上漂浮颠簸得太久的小船，实在是再经不起这一番狂风暴雨的袭击。我太累了，只希望这世界上能够有一个可容我栖身的小屋，哪怕仅能放进一张小床和我的书，就将是我的宫殿。可是在这世界上没有一寸我的容身之地！

突然，楼下传来了敲门声，有人在喊着我的名字。新妈妈探出窗外看了一眼，回头对我说道："他说是找你的，一个高个的男孩子。"我的脸呼的一下红了，热血一下冲到我的脑门，不用再多说一个字，我就知道那是谁了。

我头也不回头直奔楼下，一打开门，还没容他开口，就气呼呼地压低嗓音不客气地吼道："你怎么会到我家里来？是谁给你这个权力的？你又在跟踪我吗？"

肖明可能被我这突如其来的愤怒吓晕了，愣着一时说不出话来，只是委屈地看着我。

我突然意识到自己可能还沉浸在刚才与父母不愉快的谈话情绪中，这样将火气转发到别人身上是不理智的。我抱歉地苦笑了一下，稍稍缓和了一下口气。"你是怎么知道我家门牌号的？随便闯入我家来是非常不礼貌的。你让我怎么和父母解释你是谁？一个从天上掉下的弟弟吗？"

肖明也许意识到了自己的唐突，喃喃地解释说："我以为自己上次已经和你解释清楚，我是早已知道你住在哪里的了。可能是你没有理解我的意思，对不起！今天来找你，是因为你上班总不能说话，下班你又永远呆在家里，所以我只能自己冒昧找上门来了。请你原谅！"

我又好气又好笑，顺手带上了大门，一边自顾往外走，肖明便随着跟上。走到外面的天平路上，我对他说："对不起，家里不方便。你有什么事要找我，请说吧！"

肖明显然不是很习惯看到我性格中这非常冷酷的一面，咬着嘴唇不开口。过了好一会儿，他才说道："我只是想让你和我分享一下好消息。我师范学院工作的通知单下来了，下个星期就可以去报到上班了。但是因为我没有文凭，所以无法顶替我妈妈的教师工作，暂时被分配到学校的后勤部工作。可能是以体力活为主。反正只要能回上海，不管干什么我都心满意足了。先进去再说，以后再努力去改变！"

我突然感到自己和他的命运之间有如此相似的地方，都是这种不甘现状却又无能为力的社会小人物。我不禁对他充满了理解和同情，语气也立时缓和了下来。

"祝贺你！同时也谢谢你的信任！你今天特地赶来就是要对我说这个吗？"

在那一刻，我自己的内心还是乱如细麻，只想找个时间理理清楚后面该怎么办，根本就没有心思去听别人的故事。我在想赶快支走他。

"还有一件事我想对你说一下。"肖明有些支支吾吾。

"什么事？快说吧！"我的心又是一紧，深怕他说出什么令我难堪的话来。不过，他一开口，就立刻使我放心了。

"谢谢你前一阵替我介绍你的女朋友黄珊，我和她上周在公园见过一面了。"我如释重负般地松了一口气，笑着问道："怎么样，她是个非常优秀的女孩吧？年龄正合适你，又是个搞美术的，你们谈得怎么样？"

说句老实话，我这几天完全沉浸在自己的苦恼中，早就将给他们介绍的事忘得一干二净了。黄珊是我回上海后认识的一个非常好的女朋友，也和我一样眼高手低，一直没找到个合适的伴侣。我觉得肖明还是个不俗的男孩子，又比黄珊大两岁。黄珊小巧美丽，又聪慧文静，自感到他们是非常合适的一对，于是就替他们牵线介绍了。

"我今天来就是想向你汇报一下。我知道黄珊是个非常优秀的女孩子，也很漂亮，但是我对她找不到感觉，也许是我们的类型相差太远了。我不想伤害到黄珊，所以不知道该怎样对她去说，只能来找你求助。实在不好意思闯到你家来！"肖明总算是将他今天来的目的说清楚了，我也随之原谅了他。

"好了！不要再道歉了！黄珊的事情我要想一想该怎么对她说。千万不能伤害到她了。最近我自己的心乱死了，过几天再说吧。我会将这件事情处理好的。"我有些心不在焉地说，只想赶快将他打发走。

"你看上去很憔悴，也很不开心，有什么事情我可以帮到你的吗？"肖明关切地问道。

"没什么，在这世界上什么人也帮不到我，只能靠自己理清楚！"我转过脸去，试图抹去脸上残存的泪痕。可是不知为什么，新的泪水又夺眶而出，刹那间泪流满面，我再也控制不住，哇的一声就哭出来了。肖明一下慌了手脚，掏出手绢递过来，同时安慰我道："我们往前走走吧，你陪我到车站？我不是说过要成为你的朋友吗？如果你信任我的话，也许愿意对我说说你的苦恼，我可以替你分析分析？"

不知为什么，在那一刻，我确实非常希望有一个朋友可以和我说说话，帮我理一下这千丝万缕的复杂关系。因为，自从我和石磊爱上了以后，我几乎疏远了所有的女朋友们，因为我不能对任何一个人泄露这个仅属于我们两人的秘密。父母是知道真情的，但是他们给我的除了压力还是压力！

此刻，面对肖明对我发出的真诚的友谊信号，我终于控制不住，将所有的哀怨一泄而空。我诉说了我和石磊之间的纯洁、无尽的爱，我对目前现状的无奈，我对前景的忧虑，我对自己给江颖带来的伤害的自责和愧疚，我刚刚和父母之间的争议，我对该怎样往前走毫无目标和方向。

肖明一直静静地听着，一句话都没有插过，非常耐心地听我说完。然后，用一种我从没在他身上看到过的那种成熟自信的口气对我说道：

"谢谢你对我的信任！其实在你还没有对我说这一切之前，我就已经知道你和你所爱的人之间的关系一定有什么难言之痛。因为你老是一个人，这种关系是肯定不在正常范围之内的！"见我苦笑了一下，他又继续说道："其实在我看来，事情非常简单！因为在这个三角的关系中，你并不是有决定权的主角！所有你刚才对我描述的一切，都是出自你感性的主观认识，而你对真正现状的了解，仅仅是来自他给你的选择性的信息。你没见过他爱人，所以你并不一定已伤害到了她，因为也许她根本就不知道你这个人的存在！我个人认为，你妈妈的话听上去也许很无情，但是还是有一点道理的，那就是你必须让他立刻作出选择！

"不！不！我决不可能这样去逼他！"我的面前浮现出石磊那双凝视我的眼睛。"这真的不是我！不是我的个性！我不要做这样自私、俗气的女人！"我努力辩解着，都不知道自己真正想说的是什么！

"但是这样下去的话，再过六个月，你们的情况还会是同样的。你愿意再这样拖下去吗？"他的话不无道理，我又一次想到了新妈妈给我的驱逐令期限，离过年只剩几个月了！

"其实这是一件非常简单的事。你不是说他现在还在上海完成书稿吗？你应该趁他还没回北京之前好好和他谈谈。最好今晚或者明天一早就去那里见他，把所有你今天和父母的谈话都告诉他。你只需要问他一句话，一句可以将所有你的苦恼全部都打消的话，那就是：'有一天你会娶我吗？'如果他给你的回答是肯定的，毫不犹豫地，你就会知道他的选择是你，你应该耐心的等待！因为在一个男人给你这样的承诺以后，你就应该信任他，相信他会将一切都安排好，不要再给他压力！"

"但是如果他不能给我确定的回答，我该怎么办呢？"虽然我深信石磊是爱我的，但仍然不是很自信他会给我什么样的回答。

"如果他无法回答你的话，那就说明他没有打算选择你作为终身的伴侣，你就应该离开他！除非你愿意将来做他的情妇！"肖明在这个时候表现得异常成熟，说话果断又不讲情面。

我的脸呼的一下涨得通红。"请不要用这么难听的字眼来侮辱我！我是决不愿意做任何人的情妇的！"

肖明抱歉地说道："请原谅我的直率，我只是想让你看清你现在的实际状况而已。不管是用什么字眼来形容，事实上的情况就是这样的。"

电车来了，肖明和我挥手告别，临行时说："你如果明天早上去见他的话，我下班后会到你家来找你。也许会有让你高兴的好消息让我一起分享。如果没有的话，至少我也可以和你一起分担一下。你说呢？"

我没有拒绝。在这一刻，他是我唯一可以分忧的朋友了。

整晚辗转不安，彻夜未眠，好不容易熬到了天亮。翻身跃起，骑上车就往延安路方向飞驰。因为他祖母家还有亲戚同住，所以我们平时都极其注意，不到万不得已，我是很少上门去找他的。但是今天，我已顾不上那么多了，我一心只想扑入他的怀抱，希望他能直视着我的眼睛说："我要你成为我的妻子！请你等我！"只要有他这句话，再大的压力我也不怕，再漫长的等待我也不在乎，再穷再苦我也会和他在一起，哪怕是逃到天涯海角！

他刚刚起床，小屋里弥漫着一股浓郁的烟味儿，夹杂着一股我熟悉的仅属于他的男人的体味。靠窗的书桌上堆满了被划得五颜六色的稿纸，床头边，一个烟灰缸里塞满了烟蒂，被子凌乱地掀在了一角。他平时整洁、光滑的脸上，此时却是胡子拉碴，双眼因熬夜而充满了血丝。我的心顿时涌起一阵怜惜，偎依在他温暖的怀抱中，只希望时钟可以在那一刹那凝固，让我们相拥的时间可以长一些，再长一些。

不过我知道，再过一会儿，我就要去上班，他也还要写作。我还有这样重要的话要对他说，一分钟都是不能浪费的了！但是我不知道如何开口。我们之间的爱一直是这样的纯情，这样的不食人间烟火，这样的含蓄，这样的不涉及具体的物质因素。即便是我心里有万千的疑问，也从来不允许自己开口询问。现在，突然要我这样单刀直入地问这样一个太实际的问题，实在是与我的个性有太大的距离。但是我别无选择！

"你将来会与我结婚吗？"我突然憋住呼吸，不顾一切地问出了这个惊雷般的问题。对他来说，一定是太突然、太出意料之外了，他震惊地看着我，一时说不出话来。

时钟在一分一秒地流逝，我的心在一点一点地往下沉，他依然沉默。他的眼睛没有再正视我，只留给我一个痛苦的侧影。在这一刹那，我突然悟到，所有我们之间的一切，也许都只是一个辉煌的海市蜃楼。我懂了，我应该退出去！

我已不记得自己是怎样离开他祖母家的，那漫长的一天又是怎样度过的。我只觉得身心崩溃，万念俱灰。我不知道今后的路该怎么走，从这一刻起，我将如何再面对他。如果我已明知我们的爱只是昙花一现，我怎么可能再继续奉献出我全部的心呢？

我依然相信他是深爱我的，只是他无法摆脱现实的束缚，我不怪他！但是我需要的是一种我能够全身心付出，同时也能得到完整回报的爱！一种能给予我安全感，赐予我保护的爱！我只希望能拥有一个小小的家，只需要一个我爱的他，他也只有一个唯一的我。我会是一个世界上最好的妻子，他也会是我唯一的所爱！

但是现实是不会允许我们有这样的梦想，他也永远无法作出抉择。即便他今天给我的答复是肯定的，我们就会幸福了吗？不！仍然不会！她依然、而且永远在我们的脑海里，在我们的良知中！我们的愧疚和自责会最终葬送我们的爱。如果江颖不幸福，我们也永远不会幸福！我是第三者，我是闯入别人生活中侵袭者，错的是我！不是他！只有我退出，他们的生活才会恢复正常，他也不会因为我而遭人耻笑。

他是那样一个受人爱戴的作家，我则是草芥无能之人，我怎么有权利让他为了我放弃一切呢？要是我们的关系公之于世的话，他一定会被别人骂为忘恩负义的陈世美。他刚刚起步的事业会受到阻挠，他的名誉会受到影响。而这所有的一切都是因为有了我，这个害人的"第三者"！我必须立刻离开他！我的心里暗暗做了决定。可是，我又该到哪里去呢？偌大世界哪里才是我的容身之地？我无法找到答案！

下班回家刚吃完晚饭，肖明便已如约在我们的弄堂口等我。我们沉默着，沿着天平路往肇嘉浜路方向走去。（那个年代的上海，既没有咖啡馆，也没有小饭店。唯一能说话的地方便是在路上。）

我一直没有开口，肖明也没有催逼我。只有我们的脚步在静寂无人的秋夜中，发出沙沙的响声。过了很久很久，已经快走到了天平路衡山路的尽头又开始往回走，我这才开始平静地叙述了今天所经历的所有一切。

这时候的我，已经没有了悲哀，没有了彷徨。整个一天与自己内心的对话已经非常清楚：唯有我退出，才是不使三人俱伤的唯一出路！只是，下一步，我该走向何方，心里一点底都没有！

"嫁给我吧！"肖明突然对我说，一下子使我大惊失色，不知所措！

在我今天所有的反思中，肖明的名字是绝对不属于这个计划之内的。我对他一无所知，更谈不上爱他！除了希望有个朋友讲讲话以外，他还是个陌生人！

他看出了我心里在想什么，立刻接着说："不要认为我这是一时冲动才对你说这样的话。我昨晚回去想了很久很久才决定的。因为我知道今天所发生的这一切其实都是必然的。你需要有人能够保护你，给你一个安全的家。我相信我就是上帝派来给你这一切的人！"

"可是你明明知道我不爱你，心也许永远不会属于你，你为什么要为我这个陌生人去做这样大的牺牲呢？"我实在无法想象他这样做的理由。

"但是我爱你！从我第一天见到你的时候，我就已经无可救药地爱上了你。我千方百计地想要接近你，即便你再讨厌我、拒绝我，我也不愿放弃你！我知道你不爱我，但是如果我们结了婚，你开始了解我，我相信你会渐渐爱我的！我对自己很有信心。你只是现在还没有看到这一点而已！"我知道他说的都是真话。只是我从来没有见过他这样胸有成竹的男子汉的一面。

"不要以为我是找不到人才这样缠着你，你应该相信这一点对我来说是不会有任何问题的，除了你以外！所以，也许就因为你是这样一个特殊的女子，我才更珍惜你！"他一口气把想要说的话说完。

我相信像他这样高大的帅小伙，当然是不愁没有女孩子爱的，但我并不是自视清高才不愿接受他，而是我的心里根本容不下除石磊以外的任何一个人。不过我感激他对我的这片真心，于是我真诚地对他说道："谢谢你把我看得这样完美，更谢谢你在我这样绝望的时候宽容地接纳我。但是，我不能想象一个没有爱的家会是什么样的，我更无法想象自己置身于其中。我觉得这样做对你也是不公平的，我不能这样做！"

"可是你有其他选择吗？"肖明一针见血地说。

"我早就替你想过了，如果你不是立刻结婚，彻底从你们的关系中退出来，你们就永远不可能了断。这样的现状就会永无休止地重复又重复，你最终会接受成为他情妇的地位。这是你想要的吗？"

我的心被刺痛地收缩起来，但是却无力反驳他的话。我知道他说的都是事实！

"如果你答应我，所有的问题都会迎刃而解。你可以立刻从家里搬出来，不用再去受你后母的责骂，也会缓解你爸爸所受的压力。我家虽然不宽裕，但至少地方还挺大。我昨晚和我爸爸说过了，他说如果我需要，是可以把我家三楼的阁楼间给我们住的。无论如何，会有一个你的容身之地。"

我绝对没有想到他已经和他父亲说到了我，看来他是非常认真的！

转眼快要到我家的弄堂口了，我们停下步子，站在路边，肖明面对着我说道："你不需要马上回答我，可以今晚好好想一想，明天再给我答复。但是不要拖得太久了，我的心脏受不了，因为从现在起的每一分钟我都会在那里等待你的答复！"

我的心太乱了，不知该说什么！肖明突然用一种我从没见过的强硬的态度对我说道："不要再犹豫不决，也不要再继续你的恶梦了。你一定要认清楚，这是唯一的出路。除非你还想再等待新的白马王子出现。我要是离开，就再也不会回头，你不要再把我推开了！"

见我认真地在听，他又继续说："另外，石磊的态度已经表明得非常明确，你就不要再对他抱有任何幻想了。事情既然已是这样，就应该让他去爱他的妻子或爱人，而你，需要学着来爱我！"

他说的话是这样简单、清晰、有力，而又充满实际的哲理。也许，他是对的，我不应再犹豫！

"好吧，我答应嫁给你！但不是马上，我需要一段时间理理清楚！"我豁出一切地说道，脑海里一片空虚，就好像是个殉情者，摧残自己是我唯一的选择！当然我不会这样对肖明说。

"真的？你答应我了？天哪，我简直不敢相信这是真的！！"肖明突然高兴地跳起来，兴奋得就像一个纯真的孩子刚刚得到了一份向往已久的礼物。

我不知道自己这样做是否是个错误？但肖明是对的，我没有其他的路可走！我没选择的余地。

"你快回去吧，时间不早了！"我对他说。

他的眼睛闪着兴奋的光芒，突然提出了一个令我吃惊的问题。

"既然你已经答应了，我们就已算是订婚了，是吗？如果是这样的话，你能允许我吻你一下吗？只是一下，请不要拒绝我！"他的口气是充满希望的，我又一次看到了他像个大孩子般纯真的一面，觉得自己竟然像个姐姐那样看着他，心中浮起的是一种母性的怜惜之情。

"好吧，就一下！"我指了指自己的前额："只能在这里！"我对他说道。

他小心地凑上身来，在我的额上点了一下，我不禁打了个寒颤，心中丝毫找不到我对石磊那样熟悉的感情。

我转过身去，正试图抹去他在我额上的无形的印迹，突然，远远看见我家弄堂口有个人影一闪，立刻就隐入了黑暗中去。我的心立时飞快地往下沉，坠落到了一个无底的深渊。因为凭我的第六感觉，我已经意识到那是谁了！上帝怜悯我，为什么要安排他恰恰看到了这致命的一吻？是你决意要将我推上这条不可回头之路吗？

我敷衍着送走了肖明，赶紧急跑几步奔进弄堂。果然，在那棵硕大的白兰花树的阴影下，站着我期盼而又熟悉的身影。我不顾一切地冲向他，所有的忧虑和痛苦在一刹那间都烟消云散了，我只想拥抱他，哪怕只是最后一次，哪怕我会为之被送上绞刑架，我也在所不惜！

可是，他没有像过去那样迎向我，而是退后几步避开了我，我愣愣地伫立在他的面前，这才看到他满脸都是泪水。呵，他一定是看到了刚才的那一幕，他一定是误解了我，我极想对他解释这一天都发生了什么，为什么我要这样做。我有太多太多的话要对他说，可是，他的脸是那样地充满鄙夷和悲哀，虽然他没有作声，但是他的形体语言似乎要将我拒于千里之外。我的心在委屈地流泪，他没有给我任何解释的勇气和机会。从我们认识到现在，第一次，我感到了这种无形的隔阂和距离。

我们沉默着一起往电车站走去："我送送你吧！"我轻轻地说，

也许这是我唯一可以有勇气说出的话。

他还是沉默着，空气沉重得像山一样压得我透不过气来，他的心突然变得像海一样深不可测。

我们两人站在电车上最靠后的角落里。他的脸朝着窗外，我的头低着，无神地呆望着脚下的纹路，心里除了疼，还有深深的委屈，但我无法解释。在这样的气氛下，任何语言都已是多余的了。也许，他应该蔑视我。只有这样，他才可以忘记我！但我能够忍受没有他的日子吗？我不知道！

到延安路了，他祖母的家已经不远，他依然沉默着。这种无言就像一把锋利的刀，在我的心里搅割着，我感到自己正在流血。呵，那个对我一点也没有意义的吻，竟成了我永远无法抹去的罪孽。就在那一刻，我觉得自己的冤屈变成了一道永恒的枷锁，被强行套到了我的脖子上，从此以后再也无法发出申诉的呼声。在我唯一所爱的人的眼里，我永远地变成了一个背叛他的罪人。这世界是多么不公平啊，这就是我的命运！我无法对他开口，无法作任何解释，任何语言在这样的时刻都是苍白无力的。我将独自背负着这重负，踏上一条永不再有他的不归路。

从此以后，我不断地在各种报刊杂志上读到那些诗篇，我相信，这是他为我，也是为他自己写的。


**《爱情再不属于我》**

爱情再不属于我
它属于流失的时光

爱情再不属于我

它属于存封的向往


爱情再不属于我

它属于梦

属于梦中的幻想


爱情再不属于我

它属于我坟茔上

年年吐绿的青草

1982 年 9 月 10 日深夜


## 《你会呼唤吗?》

我知道

你的桌上

鲜花依然会吐露芬芳

昔日的旧痕里

新芽会拱破土壤

而我

只有你遥远的呼唤

才会震醒寂寥的心房

你会呼唤吗? ……

## 《不会忘记》

我的日子
从此黯淡无光
只有回忆
会闪烁光亮

不会忘记的……
那条小路
那张长椅
那棵大树
那片湖塘

不会忘记的……
那回荡在山谷里的呼喊
那倒映在清泉中的目光
那萦绕在绿荫里的鸟鸣
那升起在我们窗前的太阳
不会忘记那座山呵
……

## 《在远方……》(一)

在覆盖着青苔的小路上

在杳无人迹的深山里

我默默地跋涉

是为了寻找什么呢

只有呜咽的流泉

陪伴着我

只有飘忽的山岚

追随着我

等在前方的

是岩石　岩石

默默无言的岩石

垒成空谷

把我的呼唤

一次又一次

扔回给我


## 《在远方……》（二）

在远方

在那温暖的小屋里

你听见我的声音吗

曾经用不着呼叫

你会探出窗口

你会倚着门框

给我一个会心的微笑

给我一片宁静的温馨

给我春天的气息
我相信这气息的永恒
我相信它只属于
我们

## 《在远方……》（三）

当春天
被飘零的黄叶淹没
你的预感也从此
消失了吗？
心与心的感应
也会被霜雪割断吗？
从春天的树上
摘下一棵温暖的心
可以随手丢弃它
然而它不会腐烂的
不管是在幽暗的深渊
还是在冰封的角落
它是不死的种子

## 《在远方……》（四）

等着
我依然会出其不意

出现在你的面前

出现在你的梦里

让世界

永无休止地反复吧

我的目光只注视你

我的呼唤只向着你

哪怕灵魂

老损成伤痕累累的空壳

你给我的纯真

你给我的热情

你的含泪的诅咒

你的深沉的歌

永远不会消失


## 《在远方……》（五）

山应当理解我

因为我们曾经

把所有的心愿

都轻轻地倾诉于山谷

是深秋了

这里依然绿意葱茏

泉水透明得像水晶

洗濯着我们的双足

我默默地跋涉

我默默地跋涉

1982 年 9 月

## 《苍白的誓言》

苍白的誓言
秋风一般飘忽
脆弱的围墙
沙器一般松散

泉失去了清纯
花失去了芬芳
梦的天堂里
失去了那一轮
温暖光明的太阳

独自登上运去的小舟
············
独自

1982 年 10 月

第二天，他登上了回北京的列车，再也没有回返……

# 附录：石磊的诗

## 《你的爱的河》

你用你水晶般透明的心
在我心中撞击出灿烂的火
点燃了就再不会熄灭呵
我要给你光，我要给你热

然而你说，你的爱是河

好，就让我变一条小鱼
在你清澈的浪波中游吧
就让我变一颗卵石
永远承受你柔情的抚摸

然而你说，你的爱是河

就让我变成雨，变成雪
变成飞泉、溪涧、瀑布
飘飘洒洒，涓涓不断
到你的美妙的河床里汇合

然而你说，你的爱是河

是河又何妨呢

我依然会是永不熄灭的火……

来，滚滚滔滔地从我身上流过吧，

我要把你燃烧成一条温暖的河

## 《心儿，是自由的小鸟》

几茎爆青的树枝

一株倔强的小松

描绘着那方灰白的天空

是的　真好

一样是生的颂歌

一样有爱的憧憬

让我们一起仰望着吧

当太阳为我们照耀

心儿，会变成两只自由的小鸟

## 《夕阳》

夕阳垂挂在你柔软的发梢

像一只红蝴蝶，无力地飘

它终于在我们身后消沉了
只有眼睛里的光，还在燃烧——

哦，人生能有几度夕阳
明天的旭日属于谁，我不知道——

## 《月亮》

瞧，月亮！
一弯上弦月
细细弯弯
像你笑着的小嘴。

月亮，月亮
你就为我笑吧，
你的笑声
融合了两颗心——

## 《你和我》

这间路边的小窝棚
无声地接纳我和你

在这里，你微笑着捧给我
一杯醉人的蜜

是的，在我的记忆里
任何宫殿也不能和它比。

## 《不要担心枯萎》

多好呵
那绿色的
会唱歌的
——华盖

亲爱的
你的笑声
你的眼泪
它大概也懂
于是才
才一天浓似一天
一天比一天葱郁

不要担心枯萎
它不会的，不会
只要记住
那由枯而绿的经历

## 《爱，使你变得鲜艳》

爱，使你变得鲜艳

（也许，只有我能看见）
你的眼睛是太阳的颜色
你的脸颊是花的颜色
（原谅我用这个俗气的词
原谅我找不到更好的字眼
然而我喜欢花呵）

就这样含笑看着我
让我面对太阳和花
把你的浓浓的惆怅
把你淡淡的忧怨
留给逝去的岁月——

## 《你来了》

你来了——
我的天空和鸟
我的森林和雨
我的江河和海
我的白帆和风
我的骆驼
我的灯

你奔跑
你欢笑

你的柔发轻轻地飘
小心小心
不要摔倒

远远地
把手伸给我

## 《你的心》

我感觉到
你的心跳了
你的娇小美丽的心
跳着跳着
轻轻地，轻轻
在唱一支

只有我能听到的歌
我听到
你的心跳了
你的娇小美丽的心呵

## 《你是——》

你是
我的欢乐

我的痛苦

我的灵感

我的生命


我的心

只为你跳动

我的热情

只为你汹涌


你的爱

使我年轻


## 《你不必担忧》


是的　我会

为你消瘦

为你憔悴

因为我爱得深沉


然而，比起我

得到的幸福和欢乐

这些代价

只是一根鸿毛

几片落叶


让爱情指数葱郁吧

其余的
你不必担忧

## 《让我们一起迎接真正的开始》

生活——
一幕又一幕
变换着内容的悲剧

一个永恒的主题
结束了又开始
开始了又结束

让旧的永远结束吧
我们一起迎接
真正的开始

掏出心来
像丹柯
走，
一直到
生命化作飞扬的灰烬。

## 《奔回来，为我》

我知道你会

奔回来，亲爱的

奔回来，为我

忧郁的旱漠心田

再洒几滴甘露

奔回来，为我

没有了你的孤独的旅程

点一盏希望的灯

## 《画梦》（二）

披一身蝉翼死的羽纱

你无声无息地飘来了

你的娇小美妙的身体

闪烁着我从未见过的光芒……

伸出手来，伸出手来

我要紧紧地把你拥抱

然而手竟是如此沉重

仿佛套着一副冰冷的枷镣……

又是稍纵即隐

又是来去匆匆

听不见你歌一般好听的声音

只看到你飘然逝去的背影……

（说梦是未来的先兆。我不相信，我不相信）

## 《画梦》(三)

飞起来了，我有翅膀。
下面是茫茫无涯的大地
可以想见的色彩都在那里翻腾
无法想象的色彩也在那里流淌
浅蓝色的空旷的田野里
房屋像一簇簇七彩的蘑菇
河流是一缕缕飘忽的烟雾——

你在哪里呢？
你在哪一朵小蘑菇里躲着
你在哪一条小河里游着——

我要飞向大地找你
不知是什么
摇摇晃晃地将我拉住——

飞起来了，我无法降落
（梦能测验想象和智力？我的缤纷的梦多么贫乏愚蠢——梦里没有你啊——）

## 《画梦》(四)

你唱着

一曲无字的歌
你笑着走来
从遥远的地方走来

这段路怎么走不完呢？
我想大声喊叫
你竟化成了一道闪电

一声霹雳——
（醒了，一身大汗，是的，再无法入睡——）

真奇怪——
我盼做梦
盼在梦里和你欢聚
却也有点怕梦
怕梦中没有你
怕在梦中看你的冷漠——
然而怎么能没有梦呢？
亲爱的，每夜都来吧
否则我的生命
便会有更多的空白。

**《画梦》(五)**

一次真正的欢聚

我的小爱神啊
在一支红烛温柔的光芒里
我们，融为一体——

但愿我们的生命
凝固在这一点上
永远永远——

（醒来，无比孤独。亲爱的，你有这样的梦吗？明天，让我们把所有的美梦，都变成现实）

## 《永远听不厌你的声音》

叫我一声
亲爱的
再叫我一声

是的
永远听不厌
你的声音

是荒凉的山林里
清晰美妙的鸟鸣

是沉寂的水面上

亲切悠扬的
涛声

是漫漫的夜色中
敲醒黎明的
晨钟

叫我一声
亲爱的
再叫我一声……

## 《我吻你》

让全世界都羡慕地看着吧
我们在阳光下亲吻

我吻你，吻你
早霞湖光似的眼睛
我吻你，吻你
九曲柔波似的秀发
我吻你，吻你
玫瑰花瓣似的嘴唇
我吻你，吻你

# 第二十一章

## 我的婚姻　本不应开始的无归路

### （1982 年初冬）

1982 年 10 月，初冬到来的时候，肖明第一次把我带到了他家，正式与他的父亲和弟弟见了面。

他的家坐落在长宁区江苏路口，一条名为利西路的窄窄的小路上。他爸爸"文革"前是上海华东广播电台传音科的科长，妈妈也曾是电台合唱团的演员，所以现在住的都是属于电台的房子。

这样一栋外观非常硕大、美丽的花园洋房，我想当初建造时一定是属于哪一家有钱人的私宅，文化大革命中突然强行搬进了许多新的人家，于是，原本只应住一个大家庭的三层洋房，现在竟挤了五六户人家。不知道为什么，进门的那天，这栋楼房突然让我想起了苏联电影《瓦西里医生》中那个在大革命期间被大众强行入侵的家，使得原本非常美好的建筑被损害得千疮百孔，原貌全非。

肖明的家那时只有他父亲和弟弟三人生活。妈妈已经去美国纽约几个月了，据说他外祖母早年移居国外，现在"文革"结束政策放宽，他妈妈才得以机会出国看望几十年未见的母亲。

他的父亲叫肖光，是个非常和蔼可亲的人，一米八几的个子，一口带东北口音的普通话，令我想起了部队的战友们，顿时缩短了与他的距离。他们的家在二楼的一个大房间里，摆设简单而又有品味，一看就是个知识分子的家庭，使我的心里顿生好感。

在一段礼节性的谈话之后，他的父亲示意肖明离开房间，他需要单独和我交谈一下。只见肖明轻声带上了房门，屋中只剩下了我和他父亲。

"小朱，你不介意我和你稍稍交谈一下吧？"他父亲和蔼地对我说道，并顺手递过了一杯水。

"哦不不，当然不在意！"我立刻回答道。

虽然这只是我第一次与他的父亲见面，但奇怪的是，我心里一点也不紧张。只有怕失去什么的时候人才会有恐惧感？

肖光先生沉思了一会儿，仿佛是在考虑应该用什么样的方法来表达才合适。还没开口，微笑已经挂在唇边。

"前几天肖明突然回来对我们宣布，说是准备要和一个女孩子立刻结婚，使我们都感到非常突然。我相信你一定可以理解我作为父亲的心情，因为在今天之前，我们还从来没有和你见过面，现在突然要迎娶一个新媳妇进家门，至少我们需要了解一下肖明喜欢的人到底是什么样的。所以今天，我是奉了妈妈的指示来和你单独谈一谈的，可以吗？"肖先生的口气和善，话语又是那样的合情合理，使得我这样一个平时在生人面前总是不自在的人，竟然完全没有不安之感，相反，我的内心完全放松，面对着他的是一个完全真实、自然的我。

　　我点了点头，诚挚地说道："当然了，任何您想了解的都可以随便问，我会尽力回答的。"

　　在接下来的十几分钟内，我用最简洁概括的方式，描述了我的出生、我的家庭、我在过去十年里的奋斗史，以及我目前的工作情况。

　　我的述说是那样的平静，不带任何感情色彩，仿佛那是一个属于别人的故事，而我，只是一个述说人罢了。因为我并不希望通过这个来博取别人的同情，我只是觉得自己有这个责任和义务来让他了解我。

　　肖先生一直耐心地听着，不住地点着头，但从来没有打断过我。他关注的眼神，给了我很大的鼓励。不知从哪一刻开始的，我对面前的这位长辈充满了尊敬和好感。我想世界上的任何一个孩子，都会希望拥有这样一位善解人意的父亲，肖明是幸运的。

　　肖先生说道："谢谢你能够这样坦诚地告诉我关于你的一切。虽然你才二十多岁，但是和我周围的同龄孩子相比，你经历的远比他们要多得多，这也许就是为什么你要比他们都成熟的缘故吧。"

　　我感激地笑了笑，他又继续说道：

　　"只有和你谈过了话，我才可以开始了解为什么肖明会喜欢你，因为你具有那种自信和诚实，我很欣赏你这一点。不过，作为肖明的父亲，我是非常了解自己的孩子的，我懂得他所有的弱点和长处，所以，在你这样坦诚地告知了你的一切以后，我也觉得非常有必要让你更多地了解一下他，以及我们这个家庭。然后，由你自己去做最后的决定，好吗？"

　　我平静地看着他，点头默许他的建议。他喝了一口水继续说道：

　　"我想你可能早就了解肖明是我们的长子，但你不一定知道他同时还是我们肖家门里的长孙。所以，从他出生的第一天开始，就一直受到全家的宠爱。尤其是他的奶奶，更是把他视作掌上明珠和心肝宝贝。再加上他从小聪敏乖巧，灵气十足，又好读书和幻想，在体育方面也是篮球场上的干将，所以，在我们家和学校里，同样是男孩儿，肖明似乎总是比他的弟弟要得到更多的关注，更多的爱。

"但是，文化革命开始以后，我被戴上了'资产阶级学术权威'的帽子，因为不服这种莫须有的罪名，又被关进了监禁隔离室，在潮湿寒冷的隔离室里度过了很长的一段时间，以至于类风湿关节炎发作，致使我几乎半残废。"他说着，对我伸出了他的手，五个手指的关节处都红肿变形，扭曲且无法伸直。

"类风湿关节炎"这个一直让我恐惧的名词，现在竟然在这里看到了活生生的实例。我的眼中充满了对他的同情。

他又说道："在我和妈妈都被强行监禁，后来又远送到外地的干校农场，去接受劳动教育的那几年里，肖明和他的弟弟都正是成长发育的时期。因为没有父母在身边，奶奶便是他们唯一的监护人。但是奶奶没有受过什么教育，只能是保证他们有吃的，不冻着就已非常不错了。好在他们这两个孩子都还懂事，没有闯下什么大祸。但是，当我们被准许回到上海，全家终于团聚的时候，我们才感觉到他们已经突然长大了，再也不是那两个需要我们呵护的孩子了。尤其是肖明，毕业后被分配到了崇明的军垦农场，更是离得遥远，变得非常有自己的思想和主见，与我们在情感上的交流也越来越少了。"

肖先生的眼里流露出一种伤感的惆怅，然后又使劲摇了一下头，似乎要将这种悲哀甩去，只见他话锋一转，稍稍提高了点嗓音的说道：

"但是，作为父亲，我还是非常了解自己的孩子的。肖明的优点是非常善良，对不幸的弱者总是充满了同情，而且聪明好学，总是希望能够干一番事业。但是他的弱点我也不愿隐瞒，他做事情三分钟热度，每天一个新鲜的主意，但是真正能够坚持下去的并不多。还有，他很骄傲，可是内心却比较脆弱，非常容易受伤，而且听不得反面的意见。不过，我想这是我们肖家门里的通病。"他自嘲着笑道。

虽然我们的谈话还不到半个小时，但我却仿佛已经认识他们全家一辈子了，我为他的坦诚和直言而感动。

"另外，还有一件非常重要的事我一直在犹豫，不知当说不当说？但是看到你是这样一个知情达理的孩子，我觉得作为长辈，是一定有必要让你了解的。"肖先生稍稍矜持了一下，又接着说道：

"肖明是个非常需要朋友的人，不管是男同学还是女朋友，大家都非常喜欢他。正因为他知道自己长得不错，个子又高，所以尤其是女孩子们总是喜欢追着他。在过去几年里，进出我们家的女孩子已经不计其数，都快要成一个排了，不过，我们还从来没有见过他像这次这样认真过的。但是毕竟你们才刚刚认识两个月，彼此之间的了解还非常有限。你是个非常优秀的女孩子，我实在不想让你将来有一天受到伤害，所以，考虑再三觉得还是有必要告诉你这个事实，让你对自己选择的人有个更清楚的认识。"

我听了后非常感动，能够遇上这样一位既爱自己的儿子但又绝不包容他缺点的好父亲，让我感到三生有幸。

于是我调皮地笑道："那么，也许我可以当所有这些女孩的排长了！"我的话语是这样的平静，这样的成熟，连我自己都有些惊异居然拥有性格的这一面。

在肖先生的这整个描述中，我的心里竟没有一丝对肖明过去的嫉妒，相反，倒使我的心安了许多。因为我开始了解到，他一直是个被追随者，今天能够这样不顾一切地来追随我，倒有他的许多可爱之处，所有过去对他的疑意也都在此时烟消云散了。

我们接下来又海阔天空地谈了许多，当然，唯有一个话题我是绝对不会触及的，那就是为什么在认识肖明才短短的两个月，竟会同意与他结婚。

还有，我最担心他会问的一个问题便是："你爱肖明吗？"因为我是真的不知道该怎样回答的。在这样受人尊重的长者面前，我是绝对不能说谎的。

幸好这时候，肖明敲门进来，打断了我们的谈话。

"哇，你们谈了这么久啊，我能进来了吗？"他边说边自顾走进门来，同时眼睛直视着我，仿佛要探究出我是否受到伤害。

"我和玲玲谈了许多关于你的故事，我也同时对她有了许多了解。"肖先生竟突然称呼起我的小名来，（可见肖明已在这之前和他们谈过许多关于我的故事）同时对着肖明笑着说道：

"我想对你们说的是，祝贺你们！因为我想肖明是做了一个非常正确的决定。同时也欢迎玲玲会在不久的将来加入我们这个家庭。我代表妈妈和弟弟欢迎你！"

我的心里泛起了一股感激的暖流，对这个今天才第一次踏入的地方，竟已感受到了家的温暖。肖明是对的，这将是我未来一个避风的安全港湾。我会学着去了解他，去寻找内心的那种感觉。但是，将来我会爱他吗？我找不到自信的答案。

两个星期后的一天晚上，肖明把我接到他家。在他家楼上的三层楼上，还有一间二十多平方米的阁楼，那是他弟弟和他平时起居的房间。他让我在靠墙的一排音响设备边上坐下，然后面正对着我，眼睛里充满着神秘的微笑，脸上也焕发出一股我从没见过的兴奋的光彩。

见我疑惑地看着他，他终于忍不住释放出内心的秘密。

"嘿！我已经为我们选好了婚期了，就是在 11 月 22 日，中国农历的'小雪'那一天。"

我惊异地看着他，不敢相信自己刚刚听到了什么。见到我吃惊的神情，他稍稍有些得意，就好像一个表演者，早就预知到观众的反应。于是他更加胸有成竹，眉飞色舞地告知了他的计划。

"先别生气，听我慢慢说！其实这件事我已经考虑了好久了，就是不知道该怎样定下来。昨天我和周密见面，我们查遍了农历中所有黄道吉日，才觉得今年只有这一天最合适！"

周密是他最好的朋友，从幼儿园开始便是他的铁杆哥们，从小无话不谈，所以让他参与是非常合情合理的。但是，为什么是别人而不是与我商量呢？还没等我开口，肖明似乎早已猜出了我在想什么，立刻抢先接着说道：

"我没有和你商量是因为我不知道你会怎样反应，我最怕的是你会改变主意！但是，虽然你没在场，我们考虑的所有因素都是围绕着你。选在'小雪'这一天，是因为你喜欢白色。雪代表着纯洁和高雅，不随流合污，同时冰清玉洁，很符合你的性格。（我不知道他对我的了解是否全面，但偏爱白色确实是我）。另外，小雪的那一天正好是阳历的 11 月 22 日，并排的两个一和两个二，标志着我们从此以后会并肩前行，互相帮助。最重要的那天是星期一，一切将是从新的起点开始。所以我觉得，这个日子是上帝指定给我们的日子，你觉得呢？"

肖明的脸上泛起了兴奋的红晕，他也完全沉醉在围绕着这个日子的无尽的想象中。

我的心被深深地打动了，眼前这个充满了激情的大孩子，为我这样一个平凡女子设计出了如此绚丽多彩美好未来的彩图。我真是个幸运的女人！

只是，在我心灵的深处，我仍在苦苦地思恋和呼唤着那唯一真正爱过的人，不不，应该说是仍然在爱着的人。这个人却不是眼前的肖明。我的心里充满了歉意，但又绝不愿意伤害这个无辜的人。其实到了这一刻，我应该是知道已无后退之路了！我必须在这条已跨出的路上走下去，不管我是愿意还是不愿意！

我抬起头来，感动地看着肖明，充满真情地说道：

"肖明，你真的想好了要娶我吗？我很谢谢你对我的一片真情。但我仍然不知道是否能够接受你成为我的丈夫。因为你现在看到的我都是非常冷静、成熟一面的我，但其实，我的内心太孤寂，太脆弱，太易受到伤害。我需要的是一个成熟的男人，需要一双有力的手臂支撑和拥抱我；需要一个宽厚坚实的肩膀来容纳我的哭泣；我更需要一个像大哥哥一样的男人给予我呵护和安全感。"

"我爱的男人是需要在知识上远远超过我，在生活上则需要依附于我的人。可是，你不是那样的一种男人！尽管你有高大的身材，可你的内心仍像个孩子。在你面前，我有的只是母性的爱，却找不到一丝情人之间应有的爱情。相信我说的都是实话，因为我真正的爱过，我非常清楚自己要的是什么！所以，我确实不知道自己和你结婚是否明智？更不知道命运会将我们带到哪里去？所以，我恳请你要三思而行，不要把你对我的感情太戏剧化了。"我一口气将心里话都和盘托出，一点也不顾及他听了后会是什么样的感受。

我的一番话显然像一盆冷水，将他刚才火一般的热忱浇了一个透湿。他抬起头来，眼睛里充满了痛楚的泪水。

"你刚才所有对你需要的男人的描述都是来自他的形象吗？"见我没有反驳，他又接着说："也许我没有他那么成熟，他那么成功。也许我的年龄是要比他小许多，无法赢得你对他那样的敬重。这些事实是我无法回避和改变的。但是，有一点我是可以非常自信的，那就是我对你是完全真诚、不带一丝隐私的。我的家就是你的家，我的父母就是你的父母。我敢肯定，你对我们整个家庭在短时间内的了解，绝对会远远超过你对他家人全部加起来的所知，这些难道还不能打动你的心吗？"

"我可以对你保证，我会尽自己的全力来爱你和保护你。我懂得你现在对我的是母性的爱多过爱情，但是，这又有什么不好呢？我们在这个世界上都是非常孤独和需要爱的，我也和你一样需要来自对方的爱。如果你能够给予我的只能是这样的一种爱，我相信这也将会是我所需要的。"

我知道，任何一个女人在这样的一种真情话语面前都会彻底放弃自己的坚持。就是在那天晚上，我同意了将婚礼定在了"小雪"这一天。

1982 年 11 月初的那几天里，肖明在他父亲和弟弟的帮助下开始粉刷三楼的房间。

他妈妈从美国给他汇来了1000美金，说是让我们买些家居和生活用品。这在当时平均工资每月只有几十元人民币的年代里，1000美金对我们来说就是个天文数字了！

我们买了一套淡色的、简单但新颖的家具，选了一张淡苹果绿色的躺椅，当时一致约定，只要婚礼一过，就将这张椅子移到楼下让爸爸去享用。他的身体不好，腰背常年受着病魔的折磨，这也算是我们对他尽的一点孝心吧！

将会成为我们新房的三层楼上，毕竟是个阁楼。虽然地方还算挺大，但靠窗的斜角处连身都直不起来，再加上房间的许多角落都参差不齐，七凸八凹，找不到一块齐整的平面。不过这可难不倒我们，他的父亲和弟弟都是动手能力非常强的人，他们利用起了屋中的每一寸空间，将参差不齐的角落变成了一个个书橱和玻璃柜。我也用一块半透明的薄纱，横挂在木梁上，把安置在斜角下的床和靠门那一块的沙发处，隔成了两个空间。

生平第一次，我有了一个可以让我随心所欲布置的家。虽然只是一个小小的阁楼，但我的心里却充满了感激之情。从出生起便一直寄人篱下、四处漂泊的我，是那么渴望有一个可以容纳我的小屋，一个属于我的家。

20世纪80年代初的上海，正是人们刚从"文革"的清贫中醒来、开始追求物质享受的年代。尤其是男婚女嫁，仿佛是人生最重要的时刻。女方必备六到八床红红绿绿的绸缎被褥，再加上一大串锅碗瓢盆、热水瓶、搪瓷脸盆、尿盆的陪嫁物。而男方的首要条件便是要有房子，哪怕是一个小亭子间，一个能放下床的小角落，都是成年女子的首选。到了婚嫁的那一天，不管你家的经济条件是否富裕，一律大张旗鼓，阔摆宴席。一辆辆挂红披绿的车，装满了陪嫁物，在大街上招摇过市。

我一向蔑视和痛恨那种世俗的小市民风气，自然不会效仿这些习俗。我用自己的工资买了两条被面，一条天蓝色的，飘着淡淡的白云；另一条浅粉色的，显现出初放的花蕾。自己到布店里扯了几块的确良布，配上同样的淡蓝和粉红，在布面上用蓝印纸描上了几片嫩叶，几支荷花。下班后坐在那里神飞手舞，才几天的工夫，两对刺绣好的枕套便完成了。在那一刻，我才真正地开始感受到，新妈妈在我小时候那样逼迫我学所有的女红手工，这一下可是真正用上了。

天平路的家中没有什么是属于我的，除了我的书。我把这几年已积累了几百本的书装进了一个个大箱子里。肖明借来了一辆三轮的"黄鱼车"，将我所有的家当一骨碌全部装进了车。他前蹬，我后拥，转眼已将我简单的一切移到了他家。

我们轮流着将车里的东西往三楼的新房里搬。当我捧着一大摞书，与正从楼上往下的他打了个正面的时候，不知为什么，我的心里突然打了个寒战，我不禁想到："为什么我仍然觉得他和我如同陌生人？这真的是我唯一能走的路吗？"我找不到回答。

所有的一切都在按部就班地进行着，家中的亲朋好友、单位邻居都知道我要结婚了，只有我的内心，仍然游走在这一切之外，仿佛是在天空的上方注视着别人的行为。

11月5日，我和肖明先去领了结婚证书。从区政府出来，各自分头骑上自行车赶去上班，心里没一点幸福感，就好像我们不是刚刚在法律上成为正式夫妻，而是刚刚买了两张电影票而已。

11月22日晚上，我爸爸、新妈妈和两个妹妹，与他的爸爸及弟弟，再加上我和肖明，两家一起在华山路口的华山宾馆里吃了一顿饭，这就是我们的婚礼了。没有宾客，没有朋友，连红喜字都没有一个。

一直到最后，当肖明的爸爸举杯祝福我们新婚快乐的时候，在一边递菜的服务员才意识到了这是一桌婚礼的宴席。

"你们谁是新娘子啊？"服务员在我们中间寻觅着，却找不到答案。因为我没有为婚礼买上一件新衣服，仍然穿着平时的便装，连一朵红花都没戴。

那一天是农历的"小雪"，北方已经降雪了。上海虽然还没完全褪尽深秋的红叶，但已可以感受到冬天的寒冷到来了。

后来，在一个偶然的场合，我读到了关于农历"小雪"这一天的释意：

> 小雪，开始下雪。小雪时，太阳黄经为 240°。气温下降，开始降雪，但还不到大雪纷飞的时节，所以叫小雪。虹藏不见：由于不再有雨，彩虹便不会出现了。天气上升地气下降：天空中的阳气上升、地中的阴气下降，导致天地不通、阴阳不交。闭塞成冬：万物失去生机，天地闭塞而转入严寒的冬天。

在以后的几年里，我曾经不止一次地想到过，如果当时肖明了解了"小雪"的真正含义，他还会选这一天为我们的婚期吗？他会希望一个再无彩虹、天地不通的未来吗？

也许，这就是命运给我们的预兆。

几天后，我又看到了石磊的诗。

## 《小雪》

那个古老的动词
在我心中凝成山峰
这山峰越来越高
你也许不知道……

我等着小雪
等着那些冰凉的雪花
覆盖我青青的顶峰
小雪过了是大雪
雪花飘飘的灰暗天空下
你会看见一座雪山

就这样匆匆地走了
走得那么仓猝
在暖雨绵绵的南方
化尽你心头的残雪

但愿你记着
北方还有一座雪山

1982 年 10 月 26 日

# 第二十二章

# 婚后的生活
## 我的儿子出生了，但是……
### （1983 年 10 月 23 日）

俄国作家托尔斯泰在他的著名小说《安娜·卡列尼娜》中的开场白："幸福的家庭都是相同的，不幸的家庭各有各的不幸。"

我的新婚生活开初是平静、有条理的，同时又掺杂了一点不属于我本性的"孩子气"。

我们去杭州度了几天"蜜月"。西湖边游人簇拥，喧哗声此起彼伏，我尾随着肖明在各个景点中随波逐流、摆姿留影，心却在寻觅那远留在莫干山岩石绿林中的呼声。

肖明也为我写了诗，他用标准的普通话为我朗诵，可是我的心却激不起共鸣的浪花。我为自己的无情深表歉意："对不起，你的诗真的写得非常好！只可惜我是一个很传统的人，对于这些太新颖前卫、太现代化的诗无法理解！不是你写得不好，而是我自己太才疏学浅，不懂得怎样欣赏罢了。"看着他眼中流露出的失望之情，我只是希望能够给予他一些鼓励。

我不懂诗，真的没有资格做任何评判。但因为肖明是写给我的，所以我只能告诉他自己的真实感受。

肖明的诗有着华丽的词藻、宏大的激情，排列成梯形的诗行有一种视觉上的美感。但是不知为什么，我却读不懂，也记不住。就好像我们是属于两个完全不同语种国家的人，所有的诗情在翻译和理解的过程中，完全失去了原汁原味。虽然生活在同一个地方，却各自属于跨越时空的另一个时代的人。

曾经，石磊的任何一首顺手拈来的小诗，就像他在对我诉说，朴实深沉，真情自然。无需刻意，便会在我的心中划过深深的印记。他的诗就是他的心声。


回到上海，肖明和周密一起躲在三楼的房间里，拉上窗帘，将新房临时变成了一个暗房。桌上放着各种各样的水盆和盛器，倒上药水，放进底片，转眼间，一张张笑脸从盆中泛起，在蓝光下显得越来越清晰，在横跨房中的长绳上，用夹子串成了一条微笑和摆姿的照片的河流。上世纪 80 年代中国的许多年轻人，似乎都有印放照片的技能。

照片中的我清瘦、硕长，黑亮的眼睛里充满着问号。当年最流行的"冷眉"式削发横遮半个前额，又在耳后短短地突然消失了。我的笑是矜持的、温柔的。深绛红的半腰长裙，紧束在合体的白色小针织衫上，就好像是晚霞中一片被映红的飘逸的白云。

肖明的笑容是灿烂的，满足的。许多张照片上都有他歪头咧嘴，故作滑稽状的神态，就好像一个终于得到了新年礼物的孩子，在尽情享受这每一秒的美好时光。

只有当我们两个人同时在一张照片上出现的时候，你才会注意到我们其实有多么明显的不同。照片中的我显见得要比肖明成熟得多，尽管任何人都会说这是一对俊男淑女，但只有我可以感受到那一岁之差的距离。在他面前，我永远是个姐姐或母亲。

虽然我才刚刚嫁入这个家门，但是我很快便找到了自己在这个家中的位置和角色。因为妈妈不在国内，一家三个大男人的衣食起居的重任，便自然落到了我的身上。

每天清晨5点，我便早早起床了。寒冷的哆嗦中，顶着尘露去菜市场买菜。那个年代是没有超市，也没有冰冻的货柜。每家人都是天天早上去菜市场买菜，所有的鱼肉菜蔬都是供当天煮烧吃用的。爸爸给我一个每天可花费在菜钱上的预算，就要靠我用这点极其有限的资金，在饭桌上变出层出不穷、变化无端的美味菜肴。

那个年代是没有一本烹调书可以教你怎样起步，也没有电视节目身传言教、现身说法的。当时唯一可以让我懂得如何起步的，是他们家隔壁的邻居顾妈妈。顾妈妈是个家庭妇女，却把所有的孩子都培养成了专业搞音乐的。她家的煤气灶紧挨着肖家，于是，她便成了我做菜启蒙的最好的老师。但当我掌握了几项做菜最基本的原理以后，所有的一切都迎刃而解了。

我想我是一个生性喜欢做菜的人，而且对各道菜肴之间的颜色搭配、酸甜辣咸有着非常准确的悟性。也许，小时候在新妈妈手下常年的训练，使得我做家务事既快又好。

我可以把一块最普通的猪肉，变成五花八门的美味菜肴。每当我将颜色搭配得恰到好处的晚餐端到桌上的时候，爸爸和弟弟的惊叹声，以及肖明骄傲自豪的眼神，常常会使我感到一切的努力都是值得的！我喜欢这个主妇的角色。

那时候还没有见过洗衣机，所有的脏衣服都靠手揉和擦衣板搓。每个星期下来，浴缸里的盆中总是堆满了要洗的脏衣服。三个大男人都不懂怎样做家务，家中又只有我是女子，中国的习俗中总是由女人来料理这些家务。于是，每个周日（中国那时是六天工作制，只有周日一天是休息日）我都要洗衣、买菜、做饭、收拾整理家。好在我做事飞快，既干净又利索，儿时的所有锻炼现在都得到了用武之地。

当然我依然每天去上班。每次骑车经过延安路上的那栋房子，就会立刻想到石磊，闻到那股带有烟味的气息，他那双凝视我的眼睛又会清晰地浮现在我的面前。

上班时，我完全处在一个身心空灵的状态中，所有的一切都是在那里机械、有规律地运作着，唯有我的听觉，永远注意在那台唯一的电话机上，每一次电话铃响，我都会如箭一般射出我的座位，只希望在电话的那一头，会传来一声熟悉的"喂"声，我盼望着他会至少还把我当成朋友，容许我有机会将那一天真正发生了什么的所有真相告诉他。但是，没有他来的电话……于是我知道，他已经永远离开了我，毫不留情的、充满鄙视的、再也不会回头……

1983 年的春节是在 2 月中旬。我第一次在肖明家操持、筹备过年的年货，不知怎的，身体却不争气地生起病来。每天一点食欲都没有，刚吃一点东西进去，便立刻吐了个稀里哗啦。整天病恹恹的，提不起精神来。我担心潜伏的自身免疫性疾病开始向我进军了，赶快到医院去检查。验血报告一出来，医生便微笑着对我说道："祝贺你，你怀孕了。"

呵，怀孕了？这是一个多么突如其来、令人惊异的消息啊！我愣在那里，不知该是高兴还是担忧。我们才刚刚结婚两个多月啊，要在工作之余照顾好三个大男人已经令我精疲力尽，担当好一个贤妻惠妇的角色更不是件易事。再说，我们对将来的新生活，还有那么多未完成的计划。

我想在春节过后就去上夜校的高考补习班，争取明年报考大学中文系，边工作，边读书，也许新的校园生活和文凭，可以使我改变现状，重新找回那个自信的我。

肖明已经开始与人一起合作写电影剧本，希望将来能自编自导，以此来完成他想当个摄制导演的梦想。

我们还希望有机会的时候，能够到祖国的各地看一看，北京的长城、重庆的三峡、桂林的山水、深圳的中英街，都是我们"宏大"的旅行计划。

可是现在，还没容我在这个新家稍稍喘口气，连一个计划都还没有实施，突然，一个新的生命进入了我们的世界——悄然无声地、令人毫无心理准备地、全然不在预料之中地降临了。虽然这仅仅是个一个多月大的胚胎，我还不知道性别是什么，但是，这个幼小的生命已经在我的腹中萌育了。要为人之母是一件天大的事，需要巨大的责任心和精力来承担的，我不知道自己是否已准备好；无论是心理上，还是精力上。

当肖明知道了这个消息以后，激动的泪水溢满了他的眼眶。他将自己的手轻轻地抚摸着我依然平坦的腹部，像个大孩子那样不停地发问：

"真的吗？这里面真的有个小生命了吗？我要当爸爸了？你要当妈妈了？"

肖明的爸爸更是激动万分。"太好了，我们老肖家后继有人了。希望是个儿子，这样他就将是我们肖家的长子、长孙、曾长孙了。这可是一件了不得的大事啊！我要赶快写信到美国向妈妈报告这个好消息，恭喜她就快要做奶奶了！"

在家中这样一片激动和喜庆的气氛中，我才慢慢开始感受到这一切是真的在发生了。所有的计划、一切的梦想，都要先让路给这个幼小而又神圣的新生命。

爸爸立刻找人给家里请来了一个帮工的阿姨，这样每天早上去买菜、拣菜和烧饭的重任便移交给了阿姨。当然，我也不需要再去洗衣和收拾家，阿姨为我承担了几乎所有的家务。但是，晚饭的一顿菜我还是坚持烧的，因为我可以看得出爸爸他们都吃不惯阿姨做的菜。

那个年代的物资还是非常缺乏的，经济条件也极其有限，为了保证胎儿的营养，肖明爸爸规定我一天必须吃三个鸡蛋。

"人的生命是由蛋白质组成的，一个小小的鸡蛋有着生命必需的所有元素，所以这是你一定要吃下去的。"

当时我的妊娠反应极其强烈，每天一早起床就什么也不能吃，感到一阵阵的恶心，吃什么吐什么，所以，要吃下每天规定的三个鸡蛋是一个非常艰难的重任。尽管阿姨给我变换不同的做蛋法，但我还是感到完成这个任务很艰难。以至于在以后的很多年里，只要一看见鸡蛋我就会有一种恶心的生理反应。

过去家中吃饭总是以先敬肖爸爸为主，但现在我却突然成了全家照顾的对象，使得我在饭桌上常常感到受宠若惊般不知所措。

20 世纪 80 年代正是中国开始实行"计划生育"和"每对夫妻只生一胎"新政策的高潮期。

因为在上世纪 50 年代，毛泽东主席曾说过一句气势磅礴的话："在世间一切事物中，人是第一个可宝贵的。在中国共产党的领导下，只要有了人，什么样的人间奇迹都可以创造出来。"

毛主席的这番话，奠定了 50 年代时的国家人口政策。国家号召多生多育孩子，每家都有五六个、甚至十个以上的兄弟姐妹，生得多的还被冠上了"光荣妈妈"和"英雄妈妈"的称号。但是，在历经了 50 年代末的三年自然灾害、60 年代中的文化大革命，国家所有制的计划经济，以及低迷的生产效益，在国家经济基础极其薄弱、农粮物资极度缺乏的时候，中国的人口却已在 80 年代初的时候猛增到了 9.87 亿人，成了世界上人口最多的国家。

于是，在 1980 年的 9 月 25 日，中央发表了一封关于人口增长的致全体党员和团员的公开信：

> 人口增长过快，人民生活水平很难提高。拿粮食供应来说，要保证城乡人民的口粮、工业用粮和其他用粮，将来每人每年平均用粮最少应该达到八百斤。如果多生一亿人口，就必须多生产八百亿斤粮食。现在我国每人平均大约两亩耕地，如果增加到十三亿人口，每人平均耕地将下降到一亩多。在目前条件下，在这样少的土地上，要生产出每人平均八百斤粮食，还要生产出足够数量的经济作物，是相当困难的。此外，人口增长过快，不但为就学就业增加困难，还会使能源、水源、森林等自然资源消耗过大，加重环境污染，使生产条件和人民生活环

境变得很坏，很难改善。

解决这一问题的最有效的办法，就是实现国务院的号召，每对夫妇只生育一个孩子。

……


我只能生一胎，不管是男是女。

三个月的时候，我就极想知道胎儿的性别。

但是医院有规定，在做超声波后医生即便知道胎儿的性别，也是不允许告知的。当然，就像当年在国内做任何事，只要有门路，总是会有捷径的。电台的总工程师就住在利西路上，他的妻子正是我们附近的长宁区妇产科医院的主任，于是，她悄悄地找到了为我做超声波的医生，立刻赶到我们家来报告："嗨，是个男孩啊！老肖家的种啊，你爷爷可要乐坏了！"我如释重负般松了一口气，并不是为自己，而是为肖明的父亲。

中国几千年的历史，一贯重男轻女，孩子随父姓是天经地义的事。因为现在只能生一胎，如果我生的是个女孩儿，传宗接代的重任就会落到肖明弟弟将来的妻子身上，而且谁也不能保证他们会生男孩。即便弟媳生的是个男孩，肖家期望的长子、长孙、长曾孙的世袭传统也会被打破，我感到自己的肩头责任重大。上帝保佑让我的胎儿是个男孩儿。

从那天开始，我几乎每天都在心中与腹中的胎儿交流："我最最亲爱的儿子，你现在也许还只是一个在懵懂之中的胚胎，丝毫也不知道外面的世界正因为你的存在，而开始变得如此的美好。在没有你之前，妈妈（那是一个多么令人害羞的称呼啊！）的世界一片灰暗，从不幸无爱的童年，到多灾多难的少年，每一步走的都是艰难。

现在上帝将你送到了我的腹中，我会从此刻开始，把我所有的母爱都给予你，所有的一切都只是为了你。我向你保证，绝不会让你的童年再重复我悲惨的命运。我会保护你、深爱你，同时要让你受最好的教育，将你培养成一个品格优秀、独立自主的男子汉。"

一直听说女子分娩生产难，但从来不知道会是这样的难。

在我怀孕七个多月的时候，腹中的孩子还是非常小，小到了如果只是远处正面对着我，或者只是看我的背影的话，居然会看不出我已怀孕快八个月。只有当我侧过身去的时候，才能看出我即将临产。

依然每天去上班，自行车已经不敢骑了，只能挤电车。

那时候的上海，公交车和自行车是市民上下班的唯一交通工具。车少人多，上下班高峰时车站上往往是黑压压的一片。车门刚打开，还没容车上的人往下走完，下面的人已开始拉着扶手往车上涌。每次的车里都是挤得水泄不通，最后攀上车的乘客往往要地上的人帮助拼命往里面推，在售票员的紧拉大喊声中，车门才能吃力地关上，往往可以看到最后上车者后背的衣服还被夹在门缝中。

好在我们住的江苏路利西路离文艺会堂还不远，大多数的时间我都是走过去上班的。但是最后的两个月身体重了许多，腰酸背痛，压得我受过伤的脊椎疼痛不已，双脚也如发酵馒头那样肿得连鞋都套不进，所以只能硬着头皮去挤公交电车。所有急着想要赶上电车的人们是不会有时间去注意或怜悯我这个行动笨拙的孕妇的，刚刚勉强爬上了电车的台阶，却被前面的背影使劲儿往后一蹭，于是，毫无自卫能力的我被推下了电车，仰面摔倒在车门下。

我虚弱地睁开眼睛，天空的背影下是一片黑簇簇骚动的头颅。

想要移动，身体却不听使唤，腹中开始隐隐作痛。恍惚中，只听到周围关切的人声："她的脸色好惨白啊，看来要立刻送医院。"

"哎，小姑娘，你的产科医院是哪一家啊？要马上去医院的！"我轻声地告知了长宁区产科医院的地址，好心的人们将我送到了医院。

医生一检查，就立刻要我住院。于是，氧气瓶、盐水罐在我的病床前围了一大堆。医生硬行规定我绝对卧床，不准下地，弄得我心里七上八下，忐忑不安，不知道胎儿的情况到底怎样了。直到下午，我们的邻居，这个医院的妇产科主任刘阿姨来探望我，这才让我了解到，今天早上的事故使我差点早产。幸好及时地送到医院，途中也没有太多的波折，才使腹中受了惊吓的胎儿逐渐平静了下来。

刘阿姨对我说："你的胎儿太小了，要是再早产的话肯定会有问题。现在你的验血报告出来显示你贫血，营养不足，也不知道你为什么不多吃点？"

我心里有些委屈，自己已经尽力在多吃了，但是每天的食物总是有限的，我不能只顾自己不顾及家人啊。当然我什么也没有说。

刘阿姨又继续说道："离你的预产期还有两个半月，你必须绝对卧床静养保胎。俗话说，腹中一日，腹外一月。胎儿在你肚子里多呆一天，要比早产出来强上百倍。所以，你要尽量让他足月出生，这样才可以完全的健康。老天爷让女人十月怀胎是有道理的，你可不要让他太急着跑到人世间来啊。"

于是，我只能乖乖躺在医院的病床上，天天接氧气，只吃不动。肖明也每晚下班后给我带来不同的新鲜饭菜，于是慢慢的，蠢蠢欲动的胎儿慢慢地又沉入了睡梦之中，保胎成功了。

　　我亲爱的儿子小天天在上海家中的照片。他出生在一个幸福的年代，至少照相机已经开始普及，我们可以为他的人生留下一些印迹。

|   | 2 |
|---|---|
| 1 | 3 |

1　我们刚刚搬到真如西村的新家，当年的真如西村还是郊外的一片田园。我带着小天天去散步和赏野花。

2　在自己家中的小天天。

3　初为父亲的肖明对儿子充满了发自内心的爱。儿子是爸爸心中的太阳。

1　小天天与自豪的爷爷在一起。他是家中备受宠爱的长孙。

2　1983 年的我与肖明在上海。

3　3 岁的小天天在利西路的家门口，与邻居家的小女孩乔乔在一起。

| | 1 | |
|---|---|---|
| 2 | | 3 |

1983 年 10 月 21 日的晚上，我开始了临产前的阵痛。

从来没有想到过分娩会是这样的疼痛！从来也不知道这个过程竟会延续两天两夜。

我一直不想要剖腹产，因为我听说只有自然的顺产才不致损害婴儿，也只有自然产可以孕育更多的乳汁，让我的身体可以恢复得更好。但是不知为什么，我腹中的孩子这样的弱小，却需要我费尽全身的力气来将他推入这个世界。我的嗓子哭哑了，身上的汗水干了又湿，湿了又干。每次累得刚昏睡过去，又被腹中一阵阵的剧疼唤醒。医生一次又一次地检查，但还是没有见到婴儿的头颅出现。

"今天要是再生不下来的话，就要打催生针，或者剖腹产了！"妇产科主任刘阿姨对着肖明说道，言语中已没有一丝可以争论的余地。

下午三点钟，阵痛一阵紧似一阵，羊水破裂了，我被送进了接生房。在将近半个多小时的声嘶力竭哭喊中，下午三点四十八分，孩子终于被拉离了我的身体。一阵如释重负般的解脱，我开始沉入一个深深的洞穴。周围的一切都远去了，消失了，只有那片浓浓的睡意逐渐包围了我。

"哇哇……"

突然，一声响亮而又略带沙哑的哭声将我从睡意中唤醒，我勉强睁开疲惫的眼睛，只见医生和几个护士正将一个小小的婴儿包裹在一条毛巾里，见我伸出手去，他们将孩子捧到了我的面前。

"这是你的儿子，才五斤七两啊，快看一看吧！"护士笑着对我说道。

呵，我的儿子，我的小宝贝。

第一个映入我眼帘的是那一头乌黑浓密的卷发，长长的，一直盖到了他的鬓角。那张深红色的、厚厚的嘴唇，立刻使我找到了肖家血缘中的特征。这是我们的儿子，这是肖家的长孙、曾长孙，我闭上眼睛，欣慰地流下了幸福的泪水。

朦胧中，听到有个护士在小声耳语般地说："你看，是个残废！可怜的孩子，是个残废！真是作孽啊，可怜的妈妈！"

"要不要告诉她孩子是残废啊？"另一个女声也加了进来。

"不要，现在还不是时候！"一个压得很低的男子声音不容置否地说道，是刚才为我接生的医生。

"呵！他们是在说谁？是谁残废？是我的孩子残废吗？为什么不把孩子递过来让我抱一抱？"我的心里在不断地自语着，狂叫着，但却发不出声音来。

"这是我在做梦吗？这不是真的，一定不是真的！"我很想睁开眼睛大声地问一下，但是护士已经抱着孩子离开了房间。我再一次沉入了深深的睡眠中。

等我醒来的时候，我发现自己已被换到了一间很大的病房里，肖明坐在我的床前。细细看去，便知所有在这个房间的女子都是已经生完孩子的。

喂奶的时间到了，护士们推着小车，将一个个婴儿递送到每个妈妈的手中。我期待着能够第一次拥抱心爱的儿子，眼神追随着护士的每一个动作。但是，车上已经空了，却没有我的孩子。

"我的孩子在哪里？你们为什么不把他抱来给我？出了什么事了？为什么不告诉我？"我突然回忆起了在产房里时护士们的窃窃私语，心立刻被巨大的恐惧所包围，禁不住哭出声来。

"你快去找医生呀，或者找刘阿姨，问一问到底是出了什么事？他们把孩子抱到哪里去了？"我拼命拽着肖明的手，一边哭，一边恳求道。

肖明终于回来了，身后跟着妇科主任刘阿姨，还有为我接生的医生。刘阿姨坐到了我的床边，轻轻地握住了我的手，关切地说道：

"别着急，孩子正在睡觉。没事的！"我不禁松了一口气，刘阿姨的话我还是相信的。

"不过，有件事情我们还是要和你说一说，但是你先要冷静点！"刘阿姨话锋一转，我的心又提了起来。

我的接生医生插进来说道："你刚刚睡着了，我们不想惊醒你。这次你的生产这么艰难，是因为上次你摔跤后，惊动了胎位，致使胎儿的两条腿被分开，一条正常的在下，另一条却跑到上面，紧贴着头颅，成为一个一字的叉形。在一个多月的保胎期间，我们都希望胎儿会自行调转位置。但是没想到他无法转过来。所以，整个的分娩过程中，孩子的那条左腿一直是想要与头颅一起出来的，只是空间不够，所以才让你这样痛苦。"我的眼里开始溢满了泪水，想象着我的儿子挣扎的状态。

刘阿姨又接过话头说道："但是因为他的左腿在你的腹中时就因为外来的震动移动了位置，最后几个月中一直处于极不舒服的姿态，所以他的膝盖受了伤，现在非常红肿。我们还要观察他一下，看看胯骨是否也受到了影响，将来会不会有后遗症。"

呵，我的儿子，我的宝贝！你历经千辛万苦，才刚刚挣扎着来到这个人世，却已要承受这么大的磨难。现在你饿吗？你疼吗？你冷吗？我只想把你紧紧拥在我的怀抱里，保护你，爱你，不让你受到任何的伤害！可是妈妈却连抱你一下的权利都没有。我的心又开始在流泪。

刘阿姨一定能够理解我心中的隐痛，捏了一下我的手又说道：

"别着急，孩子醒了以后，我们要给他做一些检查，因为他还有些黄疸，我们要确诊完了以后再将他抱给你。再加上你刚生完，奶水还没有吧？我们的医生都是非常专业的，所有做的一切都是为了孩子好，所以你要相信我们，好吗？"我无奈地点点了头，不能再说什么。

就这样，整整过了两天，我一直没有看到孩子。我的乳房开始肿胀，又烫又大，蓝绿色的青筋暴露着，乳汁不停地滴下来，将衣服都打湿了，并开始结起了一个个硬块。我疼得实在受不了了，哀求医生将孩子抱给我，让我来喂他。终于，如一个世纪般漫长的等待好不容易结束了，我的怀里第一次拥抱上了我最最亲爱的儿子。看着他被裹在襁褓中，此时正贪婪而又满足地吸吮着我的乳汁，一股热泪止不住地沿着我的脸颊淌下来，这是幸福的泪水，这是母亲的骄傲。

我的目光深情地注视着他的小脸，一刻都不愿意移开。临床的妈妈们早就知道了我在过去几天中经受的磨难，纷纷围到我的床边，想要看看这个历经磨难的小生命。

"哇……，你的孩子这么漂亮啊，看看这双眼睛，眼睫毛那么长啊，就好像是一副假睫毛！"临床的一位妈妈赞叹地说。

"哎，真的，哪见过刚出生的婴儿有这样乌黑浓密的卷发的，好像个洋娃娃。再看看这双手，又细又长，十指尖尖，将来一定会是个钢琴家。"对面床上的妈妈也发出了由衷的称赞声。

"老实说，瘌痢头儿子自己的好，没有妈妈不说自己孩子好看的。但是我今天不得不承认，你这个孩子是我们这批生的孩子中最好看的一个。你看看他那个挺括笔直的鼻梁，就好像个外国小人。"又是一位妈妈参加了评价我儿子的队伍。

我不知道，这是因为大家深知我过去几天所遭遇的，想要给我一些安慰呢，还是我的儿子真的是像她们称赞的那样好。不管怎样，我对大家的好意充满了发自内心的感激之情。

孩子吃累了，半含着乳头就睡着了。突然，我见他的小嘴一咧，划过了一丝笑意，不禁惊喜地失声呼道："肖明，快看快看啊，儿子会笑了！"

"才几天的婴儿哪会笑啊，那只是一种面部神经的自然表现。"刘阿姨这时正好走了进来，笑着纠正我道。

"唉，这是真的呀，刘阿姨，我是真的看到他笑了！"我固执而又认真地坚持着，就仿佛惟有我的孩子是特殊的，史无先例的。哎，第一次做妈妈呀，刘阿姨露出了理解的笑容。

"时间到了吗？可不可以让我再抱他一会儿？"我恳求道。再说，我还不知道他的腿部情况呢，真想解开来看一看。

刘阿姨一定是看穿了我的心事，立刻接过话头说：

"我现在来，就是要来教你帮他换一下尿布，顺便和你一起看看他的腿伤。"

刘阿姨边说边接过了孩子，将他放置在床上，小心翼翼地打开了襁褓。立时，一双像小鸡腿那样柔弱精瘦的腿显现在我们的面前，一受到寒冷，立刻自然蜷缩起来，于是，你可以非常明显地注意到，他的左腿膝盖处，要比腿部肿大近一倍，又红又亮，显见得里面有炎症和积水。刘阿姨刚刚用手指轻触了一下，他便突然大哭了起来，越哭越伤心，越哭越响亮，引得周围的孩子也都大哭起来。眨眼间，我们这病房中的十几个孩子，哭声此起彼伏，一个比一个响亮，但是在我们这些新妈妈的耳中，就好像是在唱一曲嘹亮的生命颂歌。

几天后，我们母子被准许出院回家。既然已经知道发生了什么，我的心倒开始平静了下来。

"既来之，则安之"。肖爸爸一直在这样鼓励和安慰我。

是的，只要孩子的头脑是健康的，其他部位都是健全的，只是膝盖的问题，我觉得没什么大不了的。不管发生什么样的问题，只要有我在，有我对他无尽的和无条件的爱，什么都不再可怕！

回到了利西路的家中，我开始了"坐月子"。

中国妇女产后"坐月子"是延续了千百年的传统。也就是说，在孩子生下来后的一个月中，产妇要尽量卧床休息，不吃生冷食物，身体不下冷水，不能吹着冷风，连看书看电视都要禁止，总之，"坐月子"的产妇是需要专人服侍，完全不能打理家务的。这样的习俗从母亲传给女儿，老人教授年轻人，一代又一代传下来，在所有的人眼里都是天经地义的事了，所以我也就乖乖地听奉指令，躺在床上闭目养神，除了每隔几小时要起来给孩子喂奶外，所有其他的时间都是吃了睡，睡醒了又吃，分娩时消耗的所有元气，都在几个星期中慢慢恢复了。

那时，物资极其有限和缺乏，所有孩子的必需品，都是我们用最传统的古老方法为他准备的。

比方讲，每天要用的尿布，是我在孩子出生之前的几个月，就去布店扯了十米"龙头布"来自己制作的。所谓的"龙头布"，是上海的老人对那种没染过色的原胚布的俗称。她们认为尿布是直接贴着宝宝身体的，而且需要大量换洗。所以，做尿布的原料一定是要没有化学染料的、不会让孩子的皮肤受到过敏的全棉胚布。而且，每一条尿布的剪裁都不能用剪子剪开，而是用划粉作好记号后，顺着丝绺自然地撕开，据说这样才不会使尿布的边缘有剪出来太硬的印迹，以免擦伤了孩子的皮肤。尿布上的带子也是全棉的，柔软的，在用之前已经一次又一次地洗过，在太阳底下晒过。

用来包裹孩子的襁褓是一条柔软的，有着几只小鸟图案的天蓝色的小被子，那也是我亲手为他缝制的。10月底的上海已经快要进入深秋了，孩子被裹在这温暖的襁褓中是非常暖和的。

只是，每次给他换完尿布，来照顾我坐月子的阿婆总是用一条绑带，将孩子从头到脚都绑得严严实实、笔挺硬梆。我可以看到孩子在这样的束缚中非常不舒服，尤其是他那条受过伤的左腿，我总是担心这样的捆绑会造成他血脉不和，所以，有一次，见阿婆一转身下楼去了，赶紧悄悄地替孩子松了绑，看着他在睡梦中舒展开了他的手脚，我满足地松了一口气。只一会儿，我也挨着孩子进入了梦乡。

不知过了多久，我突然被一阵孩子的哭声惊醒，睁开眼来，只见他将已松绑的襁褓踢了个一干二净，整个身体完全赤裸在那里，身底下的尿布已是屎尿混合，黄灰色的一片。他的边上是手忙脚乱的阿婆，一边忙着给他擦洗、一边在不断地嘟噜埋怨着，见我醒来，便突然提高声音说道："你为什么要将绑带给他松开？要是冻坏了谁来负责？"

我自知理亏地小声辩解道："我觉得你绑得太紧了，他会不舒服的。"

阿婆连听都没听完我的话便毫不客气地打断了我："我都生过五个孩子，伺候过十几个月子了，到底是你懂还是我懂？小孩子的感觉还没长好呢，知道什么舒服不舒服的？老祖宗几百几千年传下来的习惯自有它的道理的，年轻人就知道赶新潮。现在看看，把小人冻坏了吧，要不是我上来看见，还不知要出什么事呢！"

我不想再争辩，只能随她去了。

好在阿婆没有强迫我不准刷牙、不洗澡。虽然旧时代的产妇都是那样被硬性规定的，但我是我行我素，只是小心不沾凉水罢了。当然阿婆看不过去，又无法左右我，只能在那里不住地唠叨："作孽啊，不听老人言，吃苦在眼前。现在坐月子不养养好，将来作下病来就来不及了。"我知道她是好心，也就一笑了之，不去和她认真计较了。

在孩子还没有出生之前，我们大家都已经开始为给孩子起名字的事儿绞尽脑汁。肖明和他爸爸查遍了资料，否定了几十个，可一直到了孩子出生，还是没有想出一个大家都能一致认可的名字。

我希望我的儿子将来能是个聪明善良，努力奋斗，但却能够脚踏实地的人，即便平凡，也求快乐。他的名字应该符合他的为人。

但肖明和他的爸爸却有着截然相反的观点。"我们肖家门里的小孙子一定会是一个非常不同凡响的人，就像我们的祖先，是蒙族的将军，是清朝被册封的唯一蒙族八旗子弟，他是皇族的后代，所以，我想我们就叫他'太阳'吧，因为他给我们的生活带来了这么多的欢乐和希望，就好像我们家中的小太阳。"肖明和爸爸都充满感情地说道。

"别傻了，哪有叫太阳的，只有毛主席才是太阳，将来他长大到学校要被人家笑话的。"弟弟在一边插嘴说。

确实，名字是一个人终生的标记和符号，实在是需要慎重考虑。

终于，大家达成了一个共同的协议，儿子的名字将叫"天天"。虽然这个名字不是我的首选，而且感到稍稍多了一些稚气，不过，我喜欢那份朴实，那种不太张扬的，顺口道来般简单的发音。

肖明和爸爸对名字的理解和我却是完全不同的。"天天就是天外有天，天际广阔，无边无际。太阳和所有的星球都包含在天空中，所以天天是博大和永无止境的意思。"

多好啊，同样的名字，理解不同，意义也就全然不同了。这就是中国文字的丰富和伟大之处吧。

不管我们大家都是怎么想的，"天天"真的成了我们家的小太阳。所有人的注意力都集中于他，所有的一切都让位给他。尤其是爷爷，要治好小孙子的腿成了他最最重要的任务。在小天天还没满月之前，爷爷已经抱着他跑遍了全市几家最好的医院，找到几个最好的骨科专家来给小天天会诊。

"今天我带天天到华东医院，找到了骨科的专家为他会诊。当时那个医生把天天放到了一张冰冷的 X 光桌上，孩子全身脱得只剩一件单衣，又将孩子的腿猛地一扳，让他的病腿紧贴在机器上，小天天一定是疼坏了，哭得是那样的惨，可把我心疼坏了。我也只能一边帮助医生把住他的腿，一边自己在边上心疼地偷偷流泪。哎，"文革"中我被关在黑牢里都没有屈服掉过一滴泪，现在看着我的小孙子受罪，这个泪水就止都止不住了。"爷爷那天从医院回来后，对我们形容着带小天天看病的情景。

幸亏了孩子爷爷的四处奔波和到处求医，我们终于对小天天的腿伤有了一个确诊的结果。虽然他的膝盖在出生时是那样可怕的红肿和弯曲，但都只是局部的表面病变。万幸的是他的骨头没有受到伤害，也没有永久性伤残的危险，也就是说，只要我们细心料理，他的腿伤会自行恢复痊愈，不用太多的时间就会如正常孩子一样了。

"我向你保证，当孩子一岁左右开始下地学步的时候，一定会跑得比谁都快！"医生安慰着爷爷说。

于是，全家人心中的一块大石头终于跌落到地，一场可怕的虚惊终于过去了。感谢上帝！

虽然小天天在两个星期的时候又因为小儿黄疸再次住院，头上被插满了针头、管子，脸也肿得不成形，连满月的那天都是在医院里度过的。但是，这些都全然没有再吓住我们全家。我们相信这个幼小的生命是个斗士，不屈不挠，永不抱怨，也绝不屈服。

虽然小天天当时还是个几个月大的婴儿，全然不知到底发生了什么，但是，这些与命运和现状抗争，永不放弃的性格，一直延续到了他的成年期。

这些都是以后的故事了！

# 第二十三章

## 婚后的四年……
## 儿子、学习、渐渐消失的爱

### （1983 年—1987 年）

婚后的生活是平淡的，有规律的，就好像一条涓涓的细流，平静、没有波折，源源不断地静静流过。

我想从骨子里来说，自己是一个非常崇尚中国传统习俗的女人。我非常相信在这个世界上，男女之间应该各有分工。原则上是男人主外，女人主内。

结婚后，我努力想要成为一个好妻子、好妈妈、好媳妇、好嫂子，在我的心里，做好一个中国传统的贤妻良母是我义不容辞的责任和愿望。

我从来不让家里的男人们做一点点家务。"男人应该主外，去干大事，做家务的男人太娘娘腔了！"这是我的一贯原则！尽管我们两人都要全职工作。在妈妈还没从美国回来之前，家里上上下下的安排和经济预算，全部是我帮助爸爸管理的。

肖明也总是说："爸爸是太阳，妈妈是月亮，儿子是星星，月亮和星星都要靠太阳发光，围绕着太阳旋转的。"当然，这是指我们这三口小家而言，我也就义不容辞地一切以支持肖明的事业为主，只要他的事业成功，儿子和我这两颗本不会自行发光的星球，便也就自然可以借到太阳的光芒了。

肖明喜欢我料理家务的样子，我开始变得柔和、随意，不再对他骄傲冷漠，因为他已是我的丈夫。

自从有了孩子后，我们将更多的注意力集中到了小天天的身上，所有的谈话和交流也都是围绕着孩子。

"看啊，小天天的眼睛有多亮多黑啊。眼睫毛长得简直就像个女孩子。"肖明下班一回家总是先扑向儿子，抱在怀里骄傲得总也看不够。

爷爷更是对小孙子的每一个表情，每一个角度都了如指掌。

"哎，为什么我们的小孙子总是咧着个嘴啊？要闭起来才好看呢。不管了，以后要有人来，或者是给他拍照，一定要让他横躺着的位置，这样才可以显示他的长睫毛和大眼睛，他的嘴也不会老张着！"这是爷爷对我们下的指示。

于是，在孩子开初几个月的照片中，永远是躺着的姿势。几十年以后的今天，当我重温这些旧照片的时候，爷爷的话语又一次回响在我的耳边。

"儿子会叫妈妈啦！"我欣喜而又自豪地告诉每一个我认识的人。

小天天才刚刚满月的时候，我便回编辑部上班了。每天单位、家里两头奔忙，要给孩子哺乳。

在他十一个半月大的时候，我决定给他断奶。我是一个乳汁极丰富的母亲，小天天胃口小，常常吸吮不完，于是便经常让隔壁的同龄孩子分享。当然，我也和所有爱美的年轻女子一样，曾被告诫不要给孩子哺乳太久，否则会影响我们乳房的形状，会使之松懈，失去弹性和不再性感。可是，当我将孩子拥在胸前，看着他贪婪的吸吮，快速地长高长胖的时候，所有关于我自身的任何损失都已经不再重要。好在我年轻的时候好动且锻炼，所以孕后的体形很快便恢复了正常。

在小天天才满六个月的时候，我决定去读夜校的高考补习班，争取明年能考上夜大学。这样就可以一边工作，一边读完大学了。

只是，进了补习班才发现，从文化大革命开始就中断了文化课教育，我们这批只有小学四五年级文化程度的学生们，要在短短的几个月里补上几年的初高中课程，是比登天还要难的。尤其是数学课，每次老师一讲课我就开始发懵，一堂课下来往往不知道他在那里讲些什么，我有些泄气了。

"你的数学基础实在太差了，连个普通的算术还没学完全，我想给你补课都不知该从哪里着手。"我妹妹在学校是个数学高手，当我求助于她的时候，她有些为难地说。

"算了吧，你就在家里好好带孩子吧！在单位吃个大锅饭就算了，还去考什么夜大学啊？你要是能考出来，我就从三楼跳下去！"肖明半劝导，半开玩笑地说。

我并不是要和肖明争个高低，也绝不是为了赶时髦拿个文凭。我只是再也不能让自己沉溺在编辑部目前这种可悲的状态中，我必须自救。目前能想出的唯一出路便是上大学读书，提高和改变自己。

我将所有考大学所需复习的课程全部列了一遍：中文、地理、历史、政治、数学。其中只有数学我是再努力也绝无自信心，其他的所有科目都不成问题，只需理解和背出而已。因为那时的高考还是看所有科目加起来的总分数，我相信如果其他的科目我能考高分的话，上大学还是有希望的。

于是，我给自己制订了一个非常严谨的作息时间表和学习计划，除了上班和照顾孩子的每一分钟，我都用来学习。楼上睡房床边的墙上贴满了中国和世界地图，用红红绿绿的笔注明了每一个国家的山山水水和首都。也就是在那时候，我才第一次发现世界竟有这么大，我在心中对自己暗暗地说，有一天，我要走遍全世界每一个我希望拜访的国家和城市。后来我真的是做到了，但那已是几十年后的事了！

肖明的妈妈从美国探亲回来了。她一共才离开上海一年多，家中却已多了个媳妇、一个小孙子，再加上做饭的阿姨和照顾孩子的保姆。肖明的堂妹妹小亮亮，因为她父亲早逝，妈妈身体又不好，爷爷为已故的弟弟挑起了父亲的职责，将八岁的小侄女也接到家里同住。于是，一大家子虽然热热融融的，但是毕竟非常拥挤了。

转眼又是一个夏季来临了，这一年的夏天异常的热，气温达到了39度近40度，感觉上还远远不止。但是大家都在私下传说，气象台过了39度就不再往上报了，怕没人去上班。每一个单位的降温饮料都是冰镇的酸梅汤，用个搪瓷杯喝上一大口，立时感到凉快许多。

我们住的三层的阁楼上，被滚烫的太阳一天晒下来，就好像是个大火炉，一走进去，热浪就好像是一条被关闭已久而被突然释放的火龙，朝你脸上身上扑头盖脸地袭来，还没在房里待上几分钟，全身的衣服就会被汗水浸透。在没有风的晚上，房间里更像个蒸笼，床上即便铺上了席子，晚上一丝不盖，还是热得睡不着。

小天天满头满脸都长出了红色的痱子，又痒又疼，哭叫着抓挠不止。于是阿婆便要一天三次地给他洗澡，然后在他的额上和身上扑满了小儿痱子粉。爷爷心疼小孙子，叫他睡在二楼的大房间里，至少要比三楼阴凉得多。再说，二楼的房间还直接连着大阳台，太阳下山后将大百叶门窗打开，立时感到凉快许多。

虽然爷爷在阳台上养了许多鸽子，还种满了花草，但是到了晚上，二楼阳台上和房间里的每一个角落和空间里，都被家人横七竖八的搭铺睡满了；无论是竹躺椅还是在地上铺一张席子，都要比睡在三楼的蒸笼里强。

在那个年代，中国的老百姓是不知道世界上有空调冷气这个词汇存在的，最先进的降温工具便是电风扇。但是大家怕电费太贵，而且传统上中国人都不愿意电扇对着吹，怕睡着了吹着风会得病，所以总是以手中的芭蕉扇或纸扇摇风。好不容易睡着了，一觉醒来，身底下的席子都被汗水浸湿成了一大片深酱色的印迹。

好不容易熬过了夏天，爷爷工作的单位——上海人民广播电台终于给他分配了额外的住房。于是，爷爷和奶奶决定将那套刚刚分配到的新公房让给我和肖明以及小天天一起去住。

我从记事开始便一直住的是老房子。第一次接触中国的新公房，这才知道分配给你的只是一个钢筋水泥的空壳，所有内部的装修、粉刷，包括厨房和厕所的设备，都需要入住者自己去安装设计的，这可把我苦坏了。因为本来上班和带孩子就已占据了我大部分的时间，再加上夜校的补习班，没完没了的阅读课文，死记硬背下千百条年份和历史事件，一天下来已经精疲力尽。现在又要担起这个装修设计的重担。但是，这毕竟是给了我们一个完全独立的，属于我们的家啊，我不该抱怨！

肖明前几个月已通过我认识的朋友调到了团市委工作，最近又被借调到摄制组去拍电视片。他担任导演，每天拿着个大话筒在那里发号施令，看上去威风凛凛，一下子比我初认识他的时候要成熟了许多。

肖明每天总是早出晚归，当然，所有装修房子的大小事情就全部落到了我的头上。我找到过去的邻居胡成美老师替我设计壁橱和书架，尽管他是搞舞美的，只懂得舞台的布景设计。可是，在那个年代是没有专业的家庭装潢设计师的，在我的恳求下，他为我设计出了布满整堵墙的，令人惊叹的杰作。

具体的装修制作还是要请人来帮助的，中国那时除了政府的施工队，是没有个人的公司和企业帮助私人家庭装修的，唯一的途径是找熟人介绍，能遇上一个好的木工手艺，又愿意下班后来你家帮忙工作的人便是你的大幸了，我终于找到了装修的人。

整整几个月中的晚上，我骑着自行车在利西路和真如西村的路上往返穿行，有时困得都差点边骑边睡着了，猛一惊醒，才没从车上摔下来。

装修工作终于结束了。虽然只有一间房间，无论是餐厅、书房、会客室、还是睡房，全都容纳在一个仅二十平方米的小空间里，当然，还有一个仅够我一人转过身来的小厨房，一个更小空间的浴室，但是，这是一个完全属于我的家，生平第一次，我不再有寄人篱下的感觉。

淡米色的墙纸隐约地显现出细微的几何图案线条，素洁而又雅致。占据了整面墙的白色组合橱，有着最合理的组合，也给了我们最大的利用空间。对面墙上的那幅大海的晚霞，将这窄小的空间延伸得很远很远。最喜欢的是那排环绕着床的书架，随时随地，都可以从期间抽出我喜爱的书，依在床上，就着台灯，立时进入了一个仅属于我的世界。

肖明终于从外地拍外景回来，第一句话便是："这墙纸贴得有点歪？"这就是他对我们所有工作的评语，令我哭笑不得。

我们终于搬到新房子里去了，肖明却极少在家，每天几乎都是早出晚归。

刚开始的时候，我还每晚等他，边复习功课边为他守门，常常坐在那里就睡着了。门声一响，立刻惊跳起来，问寒问暖晚归的人，递过一双松软的拖鞋，舀上一碗小火温在煤气灶上的红枣赤豆汤，又赶紧给他端上一盆温热的洗脚水，往往还没顾上彼此说上一句话，他就沉沉地睡着了。

渐渐的，他的晚归几乎成了每天的规律，他要我先睡，我也不再坚持。再后来，我们几乎不再有互相交流的机会和时间。

真如西村在当时已算是郊区，唯一的交通工具是自行车。要兼顾工作、学习和夜间独自带孩子的重任，真的让我感到有点力不从心了。就在这当口，照顾孩子的阿婆要回乡了，这就更加雪上加霜，令我无所适从。再找个保姆吧，一切又得从头开始教她，肖明的妈妈刚从美国回来，也希望家里白天可以清静些，再加上小天天已一岁多，应该学会与其他孩子相处了，我们决定送他去托儿所。

但是，因为我无法每天按时接送他，晚上又要上课学习，万般无奈中只能将他放进全托班。呵，我的小宝贝，他才刚满一岁啊，就要呆在全托班里整整一周，直到星期五下午我下班后才能去接他。

　　我永远不会忘记他那声嘶力竭的哭喊声，以及每次老师将他从我怀里抱走时，他那痛苦和哀怨的眼神。我的心被刺得像针扎般的疼，这种对孩子愧疚的心情，整整追随了我一辈子。可是在当时，那是我唯一的选择，除非我可以不工作，也不读书。可靠肖明一个人的工资是无法养活我们全家的。

　　小天天开始不断地生病，只要托儿所哪一个孩子一感冒，他立刻就会感染上，总是高烧不止。40度的高烧是不敢掉以轻心的，一送医院就让住院吊盐水，瓶子里的盐水吊着是需要家属看着的，一旦瓶子快空了，赶快就得去叫医生再换一瓶，都说要是瓶子见底空气顺着管子流进血管的话是要出人命的，所以往往一夜都不敢闭眼，生怕出事。孩子在病床上静静地睡着了，我却只能坐在自己带来的小板凳上，趴在床边稍微打一个盹，一夜熬下来，满眼都是血丝。

　　经常看见邻床的夫妻共同守护着，或者互相替换着，心里总会浮起一阵阵的失落和惆怅。"肖明，你在哪里？"尽管我在内心为他寻找了一千个理由，可连我自己也无法为他自圆。

　　当然第二天还得上班，这样疲劳的车轮大战，将我熬得又瘦又憔悴，几乎不再有时间和心情去修饰自己，乍一照镜子，自己都会吓一跳，完完全全成了个疲惫不堪的少妇。

　　好在小天天在这样反反复复的生病和高烧中，竟然顽强地挺了过来，而且开始长胖拔高了，脸上露出了健康的红晕。也许，真的是如老人所说，每一次发高烧，都会让孩子的身体增加一次自身的免疫力，所以孩子发烧是正常的事。不过，处于当时的境况，作为一个年轻的母亲，我是多么的害怕和无助啊。

　　一年以后，我竟真的考上了上海的电视大学中文系。当时的考分加起来正好过了线，而我的数学考分只有 14 分，幸好我的中文、地理及其他科目的分数都考得很高，这才让我幸运通过。于是，我也开始早出晚归，我和肖明几乎没有了见面的时候。

刚开始的时候，我总觉他的忙是正常的事情，我毫无怨言地承担下了家中的一切琐事。

慢慢的，我感到他对我变得淡漠了，我也为他找理由。夫妻嘛，哪有永远轰轰烈烈的爱的，平平淡淡才能细水长流。

再过了一段时间，他眼中爱的火花完全熄灭了，剩下的只有厌倦和无言，于是，我明白了。


终于有一天，1986 年的一个晚上，肖明从外景地拍戏回来，我们难得有机会同时在家，他说有重要的事要和我谈一下，我立刻敏感到他要说什么，果然，他犹豫了一下说道：

"我想告诉你的是，我爱上了一个女孩子。"

"我能知道她是谁吗？"我出乎意料地平静，轻轻问道。

"她是我们摄制组的一个女演员，你也许知道她的名字，她叫姜莉。"

"哦，一个很红的女明星，祝贺你！"我简直不敢相信自己竟然没有一丝嫉妒，就好像在听一段关于别人的故事。

"姜莉最近已经申请去日本留学，马上要批下来了，我想和她一起去，所以，我需要立刻办申请去日本的手续。"肖明不是非常自信地说着，我知道他在斟酌着词汇，生怕我会反对或阻拦他。

"你是希望我们在这之前办离婚手续吗？"我冷静地问道，竟然没有掉一滴泪。

"噢不，等我申请成功以后再办也不迟！"肖明慌乱地说道，显然他没想到我竟会如此平静，倒是他反而有些不知所措了。

我想了一会，抬头说道："肖明，我们夫妻一场，虽然没有爱得惊天动地，但毕竟是共同走了近四年的路，最重要的是，我们有了这么可爱的一个儿子。所以人生在世，茫茫的人海中，我们相遇了，便是一种缘分。现在，你爱上了别人，我们的缘分已尽，我也不怪你，只是，你要答应我两个条件。"

"当然啦，只要是我能做到的！"肖明诚挚地说道。

"首先，儿子必须属于我。因为你马上又会再婚，我绝不能让孩子与后母在一起生活，也绝对不会让他重复我童年的命运。"见肖明点着头，我又继续说：

"还有就是我要带走所有属于我的书。除此之外，房子、钱、家具以及这个家中所有的一切，都可以归属于你，我什么都不要！我来时两袖清风，走时也可两手空空。但是，儿子便是我最大的财富了，只要有了他，我就是个世界上最富裕的人了。"

说到儿子，我的泪水突然夺眶而出，也许我是在为他想象没有父亲的日子，但很快就擦去了，我不想让肖明看到自己的懦弱。

在接下来的一段时间里，竟像没有发生过任何事那样平静。肖明和我在家遇见的机会越来越少，就好像是两个合租房子的人，彼此都在刻意避开对方在家的时候。肖明的爸爸妈妈更是不知情，我想，在事情有个最终的结果之前，不去惊扰长辈是最明智之举。

只是在这个同时，我开始严肃地考虑我和孩子的将来和归宿。即便我相信肖明不会看着我和儿子无家可归，流落街头，但我也绝不愿意接受施舍去寄人篱下，既然缘分已尽，我应该赶快为自己和儿子找一条出路。

1986 年的上海已经呈现出一派全新的、生机勃勃的潮流。人们的衣着开始变得时髦多样，色彩也开始趋向明亮。在"文革"中被认为是"四旧"和"资产阶级奢侈品"的金银首饰，突然成了每一个成年女子的梦想。

从国外进来的可口可乐、雀巢咖啡，成了当时最时兴的饮料。尤其是在家庭的电器用品中，人们突然对物质的需求爆发出极大的渴望与能量。过去连听都没有听到过的各种电视机、洗衣机、双门冰箱的外国品牌名称，"三洋"、"索尼"、"飞利浦"等日本的电器在铺天盖地的广告声中，刹那间成了家喻户晓的"名牌"。

每一个行业，每一个公司都开始大谈赢利效益、收入福利，即便像我们编辑部这样一个纯文学的杂志社，也一下撇开了一贯清高的姿态，开始寻找除杂志销售以外的收入。广告收入当然是最名正言顺的途径。不知为什么，当时的主编曹阳想到了我，让我从通联组抽出来，全职为刊物拉广告。

那几年，肖明的爸爸已调往广播电视局，担任当年国产电视机和其他电器的质量控制的总工程师。所有当时风靡一时、炙热烫手的电视机品牌，不管是大名鼎鼎的"飞跃"牌，还是家喻户晓的"金星"牌电视机，都要得到他的质量关控制和允许才能准许出厂。

当年中国的十几亿人口中，几乎每一个人都在梦想或是正在筹备为家里增添一台电视机，只是还没决定是应该买一台 18 英寸的进口的电视机呢，还是用同样或更少的钱买上一台 22 英寸或 24 英寸的国产大电视机。

为了将一个品牌从零提升到"名牌"，国内的每一个电视机工厂都拨出了大笔的费用作为宣传的广告基金，我想当时的总编可能认为有我公公这样一个大权在手的人，总是可以通融一下，让他手下的那些管广告费用分配的人给我们编辑部分一餐之羹。原本是用来刊登知名画家作品的第二、第三、甚至最重要的第四版版页上，开始让位给商业广告。

我实在不知道自己是否适合担任这个角色，因为在骨子里，自知是一个非常害怕外出应酬交际的人，尤其是这样的交往带有绝对的商业目的性，就更使我厌恶之至。但是，我别无选择。好在肖爸爸确实为我创造了一些机会，至少引我走上一条正确的路，找到了几个关键的人。不过，要肖爸爸这样正直的人去为我开后门，是连想都不要去想的，所以一旦找到了管广告的人，其他的一切就需我自己去努力了。

只是，像我们这样的文学杂志，出版印刷的数量又不高，是非常难持续招到广告商的，别人可以看面子给你一次，但要每月每期都定期赞助刊登，便是一件极大的难事了。幸好我当时认识了上海《新民晚报》广告科的张杰，靠着他的指点和帮助，我认识了一大批当年红极一时的企业品牌的广告掌权者，寻找到了一批自己的固定广告赞助商。

现在想来，80年代的中国广告界，有着一种当时世界上绝无仅有的特殊现象。由于当年中国各企业工厂突发的生产能动性，以及随之而来的创建品牌的渴求性，要想在众多同类的竞争者中脱颖而出，短时间里造成巨大的声势，便需要在中国的传媒界长期占据主要的宣传版面和播出时间。

而当时的传媒机构还是控制得很严，版面也非常有限，于是，上海的各个主要传媒界，无论是电台、电视台，还是《文汇报》或《新民晚报》的广告科负责人，一下成了"人上人"的无冕皇帝。每天晚宴的请帖堆成一大摞，受邀者是需百里挑一，给上十足的"面子"才会点头参加其中的一家晚宴，而且受邀者可以指定想去的饭店，或是锦江饭店，或是国际饭店。

在80年代，好饭店餐馆的选择还是非常有限的，但这些当年上海头等的饭店总是高朋满座，挤满了广告界的巨头们。而我，这样一个让广告商不屑一顾的文学杂志的征求者，因为有了《新民晚报》的张杰这样的巨头给我做靠山，竟也在这些酒宴中有了一席之地。

当然，除了普通的广告形式外，电台、电视台甚至各大报社，都开始举办各种各样的文艺演出，而那些肯花大钱的企业，便会为这些演出赞助大笔资金，分发或抽取众多的礼品，以造成最大限度的品牌影响和覆盖率。

因为我当过专业的主持人，所以，在这些经常的演出中，我就又重操旧业，成了当年受邀率非常高的大型演出的节目主持人。就这样，我为编辑部找到了一份固定的广告收入来源，每月的广告刊登源源不断。

只要每月的广告指标完成，我就无需再到编辑部里去坐班，这样，我也为自己赢得了更多自由空间，有了更多的时间去完成我的学业、读书和照顾孩子了。同时，在广告界的成功和经验，也使我对自己增添了前所未有的信心。

不过，我仍然不知道自己的前途在哪里？我和孩子的归宿在哪里？

# 第二十四章

## 一个女人无尽的探寻梦
## 我将离开中国，前往澳大利亚

### （1987 年 9 月）

生活总是会给人带来许多意想不到的机会，关键是看你如何把握。

1987 年初的时候，我们家的一个远房亲戚，我叫他多民哥哥，千里迢迢地从美国到上海来找个合适的女孩作未来的妻子，他也让我一起参与，说是相信我的判断力。于是，通过各种各样的途径，筛掉了无数的人选，他终于找到了一个喜欢的女孩。他问有什么事可以帮上我？

"你想出国吗？我可以帮你想想办法看！"多民哥哥真诚地对我说。虽然出生在上海，但从小在国外长大的多民哥哥对我的处境充满了同情。

"我能有资格出国吗？既不懂英语，也没有钱，再加上我的儿子，我出国能干什么呢？又有谁会接纳我呢？"

我不太肯定地问他，同时也是在自问。去美国需要通过英语托福考试，我连 ABCD 26 个基本字母都背不齐，要去读书是根本不可能的。而且，我也绝对不愿意仅是为了出国而随便找个人嫁掉。已经有过一次无爱的婚姻，发誓不可再重复。

"你就让我来操这个心吧，我会替你留意的，相信总能找出个办法来！"多民哥哥充满自信地对我说："我一定要帮助你改变现在的状况，也许出国是你唯一的选择！"

就这样，在我的心里开始萌生了一丝新的希望，我的视野，也开始转向了一个过去从没注意到过的全新的领域。我这才发现，几乎全上海的人都想要出国，就像当年的上山下乡潮流一样，现在呼地一下又变成了出国潮，每一所学校在夜间，都变成了各种级别的英语补习班。电车上，公园的角落里，到处都是在背诵"英语900句"的做着出国梦的人。每一个角落、每一个家庭，都在绞尽脑汁，找出久已未联系的在国外的亲朋好友，希望可以为之担保出国。"有海外关系"——这个在"文革"中可以置人于死地的词，现在竟成了提高身价、借以炫耀的同义词。


一个多月后，多民哥哥从美国给我来了一个电话。

"玲玲，"他叫着我的小名，"我都打听过了，美国大学的规定很死，不通过英语托福7级考试是绝对没可能报考的，所以我们要另找出路。"

我的心随着他的话语在一个劲儿地往下沉，难言的失落感慢慢地拽住了我的全身，我硬挺着才没让眼泪流下来。可是没想到多民哥哥话锋一转又说道：

"不过，我上周在报纸上看到，澳大利亚的学校正在对中国学生开放英语语言课，不需要英语考试，只要付10周的学费就可以拿到三个月的签证。我想这是个好办法，至少先出去，以后再想办法留下来。"我的心一下子涌到了嗓子口，激动得连话都说不出来，还没等我开口，多民哥哥又接着说道："我上周已经打电话给澳大利亚，让他们给你寄去所有签证所需的资料，现在一定已经在路上了。等你一收到，将文件填好后寄出，把第一期的1140澳元的学费付掉！这样，学校一出入学通知书，你就可以去北京的澳大利亚大使馆申请出国签证了！"

多民哥哥说得是这样的干脆、果断且有条理，似乎一切都已在他的掌控之中，是个不容置否的事实了。

可是，最关键的问题是钱，我上哪里去找这1140澳元啊，这要相当于人民币6840元，加上国际机票钱、行装钱，至少还要1000澳元。而我们国内1987年时的基本工资是每月90元人民币。就算是我不吃不喝，一分钱也不用，全部都用来还债的话，单单三个月的学费加机票2200澳元（13200人民币），就需要我还整整146个月，13年才能还清。我不知该说什么，但我又太骄傲，不愿意向他开口借钱。

"你还在线上听吗？"

多民哥哥突然把我从遐想中拉回到现实中来。他好像是猜中了我的为难之处，立刻主动说道："不要担心钱的问题，我会先替你付掉的，等你将来在国外赚了钱再还给我也没事儿，关键的是你自己是不是真正做好了出国的思想准备？因为你只能一个人先去，孩子必须留在上海，你要做好长期分离的心理准备。只有你在国外找到一条落脚的出路，拿到了永久签证，你才有可能将孩子接出去，这也许需要一个非常久的时间，所以你要再三考虑好，既然出去了 就不再有回头路。如果只想出去三个月，到时又熬不过苦，舍不下儿子再跑回来，那你就干脆死了出国这条心，我也就不要浪费时间和为你付钱了！"

多民哥哥的话既无情又充满道理，我赶紧回答道："我已完全想好了，我会将一切都交代安排好的。谢谢你为我垫付学费，我会在最短的时间内赚来钱还给你的，请相信我！"

长这么大，我还从来没有让任何人为我付出过金钱，更何况是这样大的一笔。不过，我对自己的吃苦能力充满了自信，别人能在国外混出个结果，我相信自己一定能够打出一片天下。

放下电话，多民哥哥的话音似乎依然回绕在耳边，我为他的无私帮助感激不尽。相信又是上帝在这样的时刻，派多民哥哥来帮我找到一条出路。我感恩！

接下去的那段日子是在不断的忙乱和茫然的希望中匆匆度过的。

肖明似乎再也不提去日本的事，显见的他对知名女演员的一片痴情并没有得到同等的回报——听说她早已搭上了去日本的飞机，而他，则被无情地留在了地面。

当我宣布了要去澳大利亚的消息后，他惊异地瞪大了眼睛，不敢相信我的神速。

"从你说要离开我们去日本的那天起，我就暗暗发誓要走在你的前头。感谢上帝我做到了。"我对肖明说。

"为什么？我当时要是办成了，这房子和家里的一切不就全是你的了吗？为什么你还要走？"肖明有些不解地说。

"你怎么会指望我和儿子寄人篱下，接受你的施舍赖在这里？我想你应该了解我的个性。所以，我先走一步对大家都是一种解脱。"我说的都是心里话。

肖明开始有些坐不住了，不安地说："你怎么能这样一走了之呢？小天天怎么办？他才刚满四岁啊，怎么能让他没有妈妈？"

"不是没有妈妈，而是暂时离开妈妈一段时间。"我立刻接过话题，纠正肖明的话。

"明子，我现在还不知道签证是否能下来，即便到了澳大利亚，我也不知道会发生什么事，所以，带上孩子走是绝对不可能的。而且，我这次要出国，就是要给儿子的将来找一个前途。

"现在国内的孩子年龄那么小，就要无休止地填鸭式学习，进个好学校还要拉关系、开后门。你知道我最不擅长于做这种事，也实在想象不出小天天的将来会变得怎样。出国虽然是走向未知，但至少给我带来希望，我是绝对不会放弃这个机会的！"

我不知自己是在说服肖明还是在给自己打气。

"那么你的工作呢？要是辞了职就再也回不去了！还有，你好不容易考上的大学，还有两年就要毕业了，你这样半途而废，连张文凭都拿不上，不是全部前功尽弃了吗？"肖明还在做最后的努力试图劝阻我。

"是的，我知道工作一辞就再无回头之路，但我在那里不是一直找不到自我吗？既然有机会可以从压抑的环境中解放出来，为什么我不应该抓住呢？没拿到文凭确实是件可惜的事，我为之付出的代价太大了，但是，所有学到的知识都是属于我自己的，谁也无法拿走。即便没有一纸文凭来证明也无所谓了。"

话虽这样说，我的眼里一定还是充满了失落的惆怅。不过，我需要坚强，需要集中全力奔向未来。我为自己打着气！

肖明即便再不愿意我就这样离开，也自知无法劝阻住我，毕竟，他不是早在几个月之前就宣布我们之间已经结束了吗？但要面对肖明的爸爸和妈妈，对他们解释为什么我要突然离开，却是一件非常困难的事。

"我想出去看看外面的世界。"

简单的阐述了出国的打算和进展情况后，我对肖明的爸爸妈妈述说着我想出去的目的。

"过去只是在书本里和电影里看到国外的世界，现在有了这个机会出去，我想试试，希望你们能理解我！"

虽然自知这不是一个最好的理由，但至少，现在还不是让他们知道我和肖明之间情况的时候。我不想伤害他们。

"仅仅是为了出去看看就放弃所有的一切？你的工作，你的文凭，最重要的是你的儿子，还有你的丈夫，你怎么能这样自私，只为自己着想呢？"

肖爸爸一针见血地刺到了我的疼处！我无法正面回答他。

"爸爸，妈妈，我知道将小天天留给你们照顾会增添许多麻烦，但是请相信我，只要我在国外一站住脚，就会立刻设法将孩子接去的。刚才我说的想出去看看的话是真话，但不是全部的事实，我的目的是要为小天天在国外找到一个好的学习环境，让他受到最好的教育。"

"中国的教育有什么不好？咱们的小孙子是中国人的后代，为什么一定要到外国去受教育？再说，你们都走了，肖明该怎么办？"肖爸爸的话不无道理，但是，我不能对他解释。

"我也会去澳洲的，等玲玲在澳洲安定下来以后我就过去，这样我们一家三口很快就会团圆的。"

　　肖明知道我的为难，立刻出来解围。不知情的人一定会感到，我们仍是这样和和睦睦的一家人。

　　肖明爸爸妈妈这一关总算是蒙混过去了，对自己的爸爸妈妈我是不会隐瞒的。只是，我已完全成年，父母的任何喜怒哀乐都已不再能左右我的意志。

　　1987 年的 7 月，我拿到了前往澳大利亚三个月的临时学习签证，8 月 29 日，我踏上了前往墨尔本的飞机，从此开始了在南半球异国他乡后半生几十年的漂流奋斗。